U0131128

七等生

削瘦的靈魂。

【出版前言】

削瘦卻獨特的靈魂

生命裡不免會有令人感到格格不入的時候，彷彿趔趄著從一眾和自己不同方向的人羣中穿行而過。然而如果那與己相逆的竟是一個時代、甚至是一整個世界，這時又該如何自處？一生以叛逆而前衛的文學藝術屹立於世間浪潮的七等生，就是這樣一位與時代潮流相悖的逆行者。他的創作曾為他所身處的世代帶來巨大的震撼、驚詫、迷惑與躁動，而那也正是世界帶給他孤獨、隔絕和疏離的劇烈迴響。如今這抹削瘦卻獨特的靈魂已離我們遠去，但他的小說仍兀自鳴放著它獨有的聲部與旋律。

該怎麼具體描繪七等生的與眾不同？或許可以從其投身創作的時空窺知一二。在他首度發表作品的一九六二年，正是總體社會一意呼應來自威權的集體意識，甚且連文藝創作都被指導必須帶有「戰鬥意味」的滯悶年代。而七等生初登文壇即以刻意違拗的語法，和一個個讓人眩惑、迷離的故事，展現出強烈的個人色彩與自我內在精神。成為當時一片同調的呼聲中，唯一與眾聲迥異的孤鳴者。

也或許因為這樣，讓七等生的作品一直背負著兩極化的評價；好之者稱其拆穿了當時社會表象的虛偽和黑暗面，凸顯出人們在現代文明中的生存困境。惡之者則謂其作品充斥著虛無頹廢的個人主義，乃至於「墮落」、「悖德」云云。然而無論是他故事裡那些孤獨、離羣的邊緣人物，甚或小說語言上對傳統中文書寫的乖違與變造，其實都是意欲脫出既有的社會規範和框架，並且有意識地主動選擇對世界疏離。在那個時代發出這樣的鳴聲，毋寧是一種挑釁，也無怪乎有的人視之為某種異端。另一方面，七等生和他的小說所具備的特殊音色，也不斷在更多後來的讀者之間傳遞、蔓延；那些當時不被接受和瞭解的，後來都成為他超越時代的證明。

儘管小說家此刻已然遠行，但是透過他的文字，我們或許終於能夠再更接近他一點。印刻文學極其有幸承往者意志，進行「七等生全集」的編輯工作，為七等生的小說、詩、散文等畢生創作做最完整的彙集與整理；作品按其寫作年代加以排列，以凸顯其思維與創作軌跡。同時輯錄作者生平重要事件年表，期望藉由作品與生平的並置，讓未來的讀者能瞭解台灣曾經有像七等生如此前衛的小說家，並藉此銘記台灣文學史上最秀異特出的一道風景。

1970年代，七等生於小學任教的課堂

1973年《離城記》，晨鐘（初版）

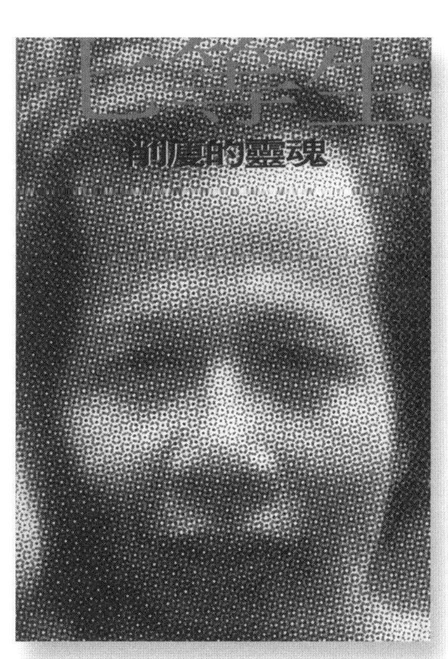

1976年《削廋的靈魂》，遠行（初版）

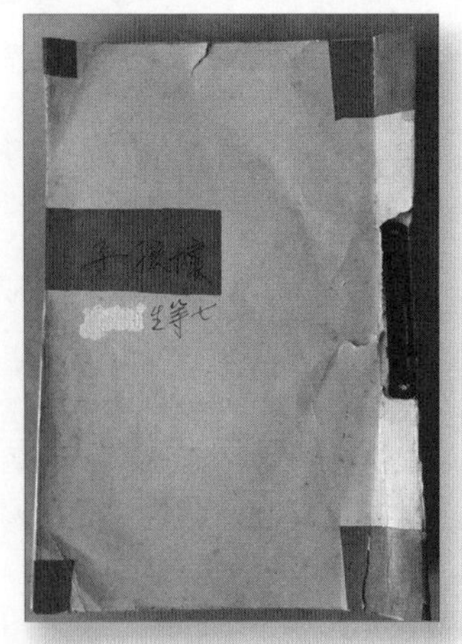

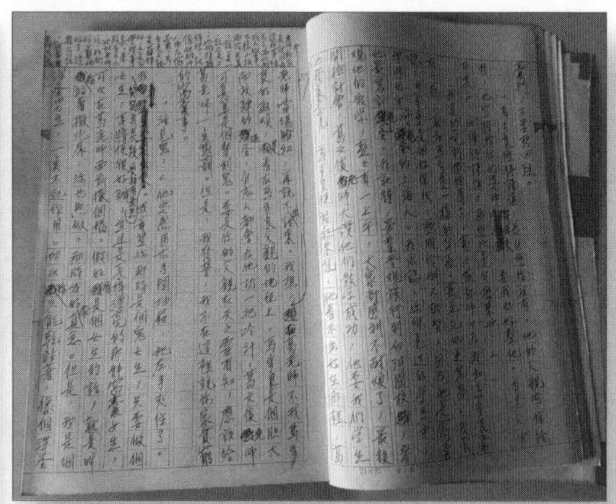

《削廋的靈魂》手寫初稿，原題名「壞孩子」

目錄

無葉之樹集

序

讓我想想，我早已忘掉了它的名稱，我甚至已經對自己的事蹟都無能記住。那座城，姑且這樣說罷，到底有多少我的朋友也無從計算；他們是些什麼人，當我住在城裡時，或現在我離城之後，依然無從明白他們的真實品行，還有他們的名字，我從記憶中索求並且叫喚出來，但是自己發出的聲音再經過耳朵傳到判斷感覺的內裡，總覺得不相像。為什麼我會離開它，我不明白是它排斥我，還是我失落它。我幾乎不敢承認那會是屬於單獨一方的事。嚴格地說，假如是我在生存中喪失了它，我會覺得害怕。從他人之中也許無法感覺死亡，但是任何人，要體嘗自己的死亡並非不可能；當我體察到自己的無知無覺，喪失了生存的空間，切斷了生命的時光，我是會大大的驚訝不已。可是如果我確信是如此，當我完全能掌握到現在的活命，我也會蒙獲著無比的豪情。我是一個驕傲的謙卑者，我失落了一座城，請想想，我有一座城可喪失，損失雖大畢竟能使人誇耀和歡娛。要是情形相反，我是多麼地可憐。在這樣的情形下，我雖可保持一份自適，但是我將不能產生任何的信心，我會在自輕的日子中漸漸沉消失。唯一可能就是個人的生命的運行的一次錯失罷，就像是星宿雖是遵照自然的規律運行，乃有偶然的衝突和一種無意義的脫軌。不從那相對的兩方的任一去猜想，我的記憶的影幕便可能現出一些碎細的真實印象；因為畢竟不是那相對的兩方任一可能的事；也不可能兩者全無。總之，所有能提出的論斷都可能超過或不足。對那座想不起名稱，和不知有多少朋友，也無從考查他們的品行，甚至不明白離城因素的那座城，已沒有任何論計的價值。從此，在我持續下去的生命裡，我只能稱呼它為「無價之城」，在我的記憶的碎片中存在的人物也將加以一些適可的名字。如有任何得失，也必是早埋藏在心中，不可去移，這一切成為我未來生活的基石。

（本文為一九七三年晨鐘版《離城記》序）

離城記

——不完整就是我的本質

一

在大樓走廊的轉角處，我看到與昏暗的小街成為鮮明對比的光亮耀目的麵包店。我走向它，玻璃櫥內麵包的色澤便映在我的眼裡。當我推開那道設在正中央的滯重玻璃門時，才有一種自覺存在的意識；而體會到我正要走進一個可以感覺的世界。我來自何處不但已成為一種忘記而且也不再重要了。我默默地走向角落處的一道木製樓梯，用一種與我體重相合的腳步走上樓去；然後推開阻擋著我的一扇輕便的木門，而置身在一間暖和而適切的咖啡室裡。

我應約前來，舉目巡視座位上的人們。但我不知道高漢是否在這屋子裡。我坐下來等候高漢。侍者把咖啡放在我面前的桌上，我用銀匙舀起少許咖啡潤濕嘴唇，然後伸出舌尖嘗那苦澀味。高漢雖不在此，我心中卻沒有懷疑他不會到來。他主動約我，現在必定有要事延擱而不至於違背約言。

壁上掛鐘的指針顯示已經過去了一小時。我站起來走到櫃台前，詢問侍者有沒有署名叫高漢的人來過電話或留下字條，侍者對我搖頭。我付錢離開那裡。

我離開麵包店樓上的咖啡室是因為高漢未能如約前來。我前往麵包店樓上的咖啡室是因為接受高漢邀約。我不明瞭署名高漢的人是一個職稱怎樣的人物，他為何會知道我，而且他既然約我為何不見他前來？

站在擁擠的街車裡，我無法去注意一條記憶中異常美麗的城市的街景。車子時停時行，有時我閉著眼睛。我走下街車，走向記憶中的大廟。行人幾無而道路窄小幽黑，我望見大廟時才知曉人都集中在廟堂廣場前。許多人在那個空間穿來穿去，像是沒有走出也沒有走入；原來人都消失在夜空下光線照射不到之處，也從那幽黑中閃現進來。我在大廟前的圍柵邊徬徨地望著，大廟像是奠基在人潮中的軀體而從人們的頂部豎立起來。我的視覺使我的腦中的概念歪曲了事實，我開始一心一意想穿過眼前的人羣。

我站在葉立家門口，向灰暗的屋子裡探望，我在等候是否裡面有交談的聲音。一位肥胖而短小的婦人拂開布簾從裡面走出來，當她發現我站在門口的時候，她的不高興神情還殘留臉上，她望著我思索片刻然後才說：

「你如果是來會葉立的話，那麼他已經走了。」

「我應該早些來，他什麼時候離開？」

「就在片刻前，你應該會在路上遇到他。」

「廟前人很擁擠，也許我錯過了。」

「你一定是錯過了。」

「他到那裡去？」

「不知道；我不知道他去那裡，我也不知道他的女人現在住在那裡。希望不要有事情發生。葉立的事姓賴的知道得很清楚，我永遠不會加入，我永遠也不會。」

我默立在門口，聽著她說出這些話。

「你早一步來也許能遇到他，但是現在他已經走了。」

她的奇異的音調在我耳中迴盪著。

「你找葉立有什麼事？」

我像從夢中醒來，我發現她站在我的對面注視著我的臉。我回答她說：

「沒有什麼重要的事。」

她輕卑地望我一眼走開。

「葉立的事最好去問那姓賴的。」

「是的。」我說。

她開始蹲在地面上收拾散亂在四處的器皿。我的腦中閃著葉立逃竄的姿態，我依然站在門邊繼續夢著這一切事物的串演。

「你要進來歇息嗎？」她抬起頭對我說。

「我要走了。」我回答她。

「你是誰，我想不起來？」
「我叫詹生。」我說。
「詹生。」她在口中念著。
「是的。」
「你去問姓賴的，他知道葉立。」

賴君談葉立

我沿著同一條街走到賴君家門口，賴君家的門口緊閉著，我敲著玻璃窗時，它發出清亮的響聲，賴君的母親從屋裡走出來，她隔著透明的玻璃窗對我仔細觀望，她打開一條門縫問我有什麼事，我對她說明要與賴君一談。賴君坐在輪椅裡這時從裡面推出來，我跟隨賴君進入內室。我想著：假如我能見葉立一面，那麼什麼事都可以不必去解說了。相見是一種最大的瞭解。賴君問我：

「你虧欠葉立什麼？」
「沒有，我不虧欠他。」
「那麼他虧欠你？」
「沒有，我和他本質上只是同樣是人類而已，談不上互有虧欠。」
「葉立從來不虧欠任何人什麼。」賴君肯定地說。
「我不是為了這個而來。」我對賴君說。

「他從不接受任何的餽贈或任何人性上的同情。」

「像如此純真的人，在城市裡為何會稱他為古怪呢？」我說。

「對一個堅持己意的人，別人總會有這類的非議。」賴君說。

「你知道他為何而走？」

「他也許是為了忠於自己，因為使人覺得他神祕。」

「我剛從他的家過來，我見過了他的母親，她的表情似乎對葉立有所微辭。」

「所有做母親的都如此。」

賴君解釋說：「當我在未患痲痺症之前，我的母親對我愛護備加；後來我罹患了此症，雙腿成為殘廢，她便不再理會我了。她只是在表面上不理會我罷了，實在地說來她現在比先前更加的愛我，但她愛我完全出於憐憫，因此她的態度是十分的惡劣使人難以接受；她的內心十分痛苦，她對我無能為力，因此也憎惡她自己。可是在我還是一個健康的兒童，能夠活潑地跳躍奔跑的時候，她感到歡欣；她愛我因為對她來說我是一個健全而榮耀的兒子，她擁抱我事實上是擁抱她自己滿意的心胸，她藉著我而陶醉，正如她現在因我而痛惡。母子之間永遠只有一種情愫在維繫著，那就是愛。不論由此情愫所形成的行為如何，其本質是永遠不變。愛所構成的一切也許總是痛苦較快樂更多，可是這裡面並沒有顯出不平衡之處。女人一旦和男人有了關係，將來女人總是從那個男人處轉移去愛她的孩子。女性的愛總是專制的，她愛的對象在開始時必定是純潔和無能，她想教導他使他成為她想像的那種模樣。經由自己的選擇，女人藉一個男人使她獲得這個樣品；她喜歡他的外形，可是對男人內心的不馴性格卻並不恭維，因此她需要另造一個來重新開始。母親們總是希望她們的嬰兒永遠是不長大的孩子。可是她們會隨著光陰而接受到各種各樣的挫折；她所希望和感到驕傲的嬰兒日漸長大了，越來越與那個大男人一模一樣，越來越使她感到失望；她懷疑到自己的能力時，她便痛惡著自己，雖然她自己還是越來越注意自己的外表，可是她對自己永遠覺得不滿意。她從她的嬰兒處學會認識自己，也因此她的痛苦越來越大；然而，她的痛苦即使多麼巨大和無法消融，她依然不會完全絕望。女人不像男人那樣，會感到孤獨無援，她們自身常幫助自己，而且她自身是永遠在產生那愛的因子而自我生存。所謂母性只是寂寞孤獨游塵之類的稱謂，但是女性便像大地一樣地實在和碩壯。她們是循環不已的東西，她們有的是愛，所以她們可能稱為永恆的事物，永遠不被毀滅和打倒的事物。女性是男性所依賴的東西，萬物因她而生存不息。男性無論其功業如何地偉大總不能與她們的愛相較。她們平時顯得自私和現實，為男人所卑視，可是那是她們生活的一種面目而已，不是她們真正的本質。她們看起來污穢且顯示沒有教養的態度，可是她們的愛總是發出一種溫馨的氣息。女人本身像一架天秤，外在和內在雖然互異但卻能互相平衡。有些女人外表看起來總沒有內在那樣好，可是有些女人內在卻沒有外表看起來那麼潔淨。」

賴君把身體移到書架前，他取出一本畫冊回到我面前來，他一張一張地翻給我觀看。

「在這裡女人總是被畫成為怪物或是一種男性專屬的物品。這種表現只能說明反抗的男性的意識型態。但是我以為女性應被視為像風景一樣地和諧。你必須去看看葉立的祖母，她是一位偉大而慈祥的女性的代表；如果葉立不是離城的話，一定躲藏在他的祖母的庇蔭之下。形成葉立這等模樣的一定有一位如此的女性存在，奇怪的是庇蔭葉立的不是他的母親而是他的祖母，況且他的祖母與他根本沒有任何血緣關係。葉立的真正父親不是現在稱謂上屬於他的那一位父親。這個大家庭中除了他的母親之外，都與他沒有血緣關係。葉立能夠在這個家庭中特殊地生活數十年頭可謂奇蹟，那是因為有那位稱謂上的祖母的關係。事實上葉立在家庭中僅僅與他的祖母有密切的關係。葉立的誕生是不幸也是有幸，他在血緣上不屬於現在的父親，因此他的祖母對他予以特別的照料。碰巧葉立的一切條件均足夠使一位心地慈和的女性產生愛意。葉立躺在他的祖母的懷抱對他的祖母來說是一種意外的收穫。她對他的愛是有意的，當葉立長大後還能表現出依賴她的態度也是有意的。葉立和他的祖母也許雙方都不願改變最初的那種形式，這種形式的保持不必經由雙方的商定而由默契形成。雙方之間形成一種互為需要的愛，看起來這種愛是危險的，可是相反的沒有比這種愛更堅固了；他們像兩個可望而不可及的事物在互相吸引，永遠保持牽引的力量而不貼合為一體；一個是有意愛他，他是有意為她所愛，這種愛永遠不會拆散，不像生命體因結合而後分裂。這種愛會維持下去的真正理由當然是潔淨和不互為佔有形勢。葉立完全享有受優良教育和與同輩女人產生戀情的自由，他的祖母把葉立的一切行為視為她關照指導或促引的對象，只要葉立表示出什麼要求，她完全能夠為他辦到。表面看來她只是給他足夠去生活的金錢，可是他對她卻完全憑著一種被愛而領取；因此葉立得到的錢也就等於他得到愛的有形物品。葉立受有高深的教育，尤其專長文學和哲學；葉立的同母異父兄弟有四、五位之多，卻沒有一位能受到如他一樣的教育。這種情形當然與天賦資質有絕對的關係。葉立在品性上所表現的善良和謙卑，完全得助於他的祖母的蔭護的成果，因此也無形中受到他以下的兄弟的敬重。他的稱謂上的父親也不敢隨便斥責他，因為葉立根本無可批評之處。但是他的有血緣的母親則不然。葉立的母親是唯一對他嘮叨的人，她必須以與家庭中的人相反的態度對待葉立。她這樣做無非是為了藏匿她內在的心情。這一切的情形從葉立誕生開始至今未變，這是葉立的家庭形式。葉立的誕生形成他們家庭形式的確立；他雖是個私生子，但他居最重要地位。」

二

翌日早晨，我從一條平坦的水泥路走向一所富麗堂皇的學院。早晨山坡上留有濃濃的霧氣，霧氣中露出校舍彩色的屋頂。這是我第一次抵達城市中這所設在護城山上的古色古香的大學。我抱著一面觀賞和一面是否能徼幸遇到李在平的願望。我在這種無所認知中存著有趣的懷疑。

我發現一座設備完善可充做劇院的大禮堂。遠望舞台有許多化妝的學生在走動。我想我已經找到了門徑了。但我並不急於走到那布幕敞開的台上去，從那些化妝的人中認出李在平來。可是我不想在此逗留太久，更無意要在此地觀看演出。

我從扶梯走上舞台置身在戲劇化的他們之中。我望著幾位貌美的女角和體格碩健的男角。他們全然不理會我在他們之間走來走去。當我幾乎對每一位都認清之後，感到像李在平的身材和相貌的人不可能在他們之中存在。李在平不可能是這齣戲裡的一角。這時一位莊嚴而有氣派的男人從後台的一道門進來，他穿著老式的長袍，長而白皙的臉上帶著一副眼鏡。

他一出現就有幾位女角迎上去站在他的前面和旁邊，他似乎在回答她們的問題且一面從隙間注意著我。我猜測他一定是這羣角色的教授和導演。又有幾位男角走過去，但是他還是眼睛盯著我。我做出在等候他的姿態因此引起他繼續關注我。我引起他的猜疑的是我對他來說全然是個陌生人。那些圍繞著他的角色突然地轉身用他們彩色的臉看我，這時才發覺我立在台上他們之中。他和那些角色一同走過來，把我圍繞在他們的圈子中央。

「請問貴姓？」他說。

「我姓詹，」我說。

「你是李在平常說的那位詹生嗎？」

「我就是詹生，但我不知道李在平會對你談起我，而且也不明白他為什麼對你談起我。」

「你不知道為什麼？」

「是的，我還未與李在平謀面。」

「我不相信。」

「相信什麼？」我問他。

「你有何貴幹？」

「想見李在平。」

「我們現在不歡迎任何人。」他說。

「也許。我不是有意來打擾你們的演出。」

「凡是李在平曾說過的，現在我一概不相信。」

「相信什麼？我想你是他們的教授？」

「是的，我是他們包括李在平在內的戲劇教授，我姓單，李在平曾談起你，但現在我們不再需要什麼人或什麼意見。」

「我知道；我明白你的意思。」我說。

那些學生紛紛散開去做他們未完的事。他對我說出這件出乎我想像的事，使我甚驚異；關於戲劇也不是我與李在平友誼的確切因素，除非是李在平在扯謊，以他自己的想像說成是另一個人既存的意見。

「我記不得我曾對戲劇有過任何深刻的印象。」我再對單教授說。

「請別客氣，詹生。」他說。

在我看來，單教授是帶著虛偽的面貌說了這句話；從他的外表，我相信他是任何意見都不會容納的那種故作姿態的人。

「我對戲劇一無所知，我來只是想見李在平。」

「想見李在平？」

「是的，我想見他。」

「你就在這裡等候他好了，我毫不拒絕；就是你現在要走開，我也要想留你。」他說。

「為什麼？單教授？」

「你表示謙卑，我是可以想見的，不過我們既然相識就應該互相坦誠相處，一切禮貌現在都會阻擋我們的交談，我現在倒有點喜歡你，因此想留你看看我們的演出，並且還要給我們你的觀感。」

單教授用他權威的氣派把我由舞台中央逼迫到舞台的側邊。

「請你告訴我，李在平何時會到？」

「他永遠不會再到這裡來。」

「他不參與戲劇的演出嗎？」

「他不參加，他永不會成為演員。」

「為什麼？他不是你的學生嗎？」

「為什麼？這就是我現在要留下你的理由。」單教授對舞台上的人喚叫著：「準備好了嗎？配音和燈光都準備妥當了嗎？」

我額上冒出冷汗，且感到震撼。李在平到底在我不知之中賣弄了什麼詭計。我走下台坐在一個座位上，整個禮堂只有我一個觀眾。四周響出這個戲劇的前奏音樂，整個場地的燈光熄滅，只有後台的燈光透出的少許光影。戲就要開演了。

這個戲對我是個重壓，我想擺脫它而不可能。我只是來晤見李在平，卻必須被迫來領受一部冗長的戲劇的演出。即使我再無心觀看，它必要如時地表演出來；即使我把雙眼密閉，它依然會在這整個空間發出各種聲音。我相信我現在離開，它會使我惦記它的演出，它存在我的心中像縮小的舞台。我的認識甚至我的生命均無法擺脫它，它的演出成為我內心領受的事實；如果我樂於承受喜於接受也算是一種被動的事實；我的積極的認領也不會使我產生快感。我現在要去觀賞它的演出顯然是勢所脅迫，也是一種無辜的利用。既然一切都非我的意志預先的排定而是由時勢造成，那麼我逃避我的存在是沒有必要的行為。當它來臨的時候，一切似乎都不能逃避因此無法拒絕這種時空的要求。當我還完全清楚我的本能和意志的真面目時，我現在的存在算是一種被安置的命運；或許我要先履行這項被安排的命運，才能在有一天尋找到我的真正的面目。唯有透過時空的洗滌下才能由渾沌無知中顯現出自我來，我去接納這種命運是一種必要的步驟，甚至是一種發出自內心的要求，而這一切的追求會構成理性的產生，變成為合理的生存。當我體會到自己的生存時，會顯現出追求和尋覓的現象，我的所有知覺都因為追尋而活躍敏捷起來，不論形式和內容的樣相如何都由咒詛而變成了感激。生命是有目的的事實，它只有在認真的追求中才能被知覺存在，也會在意識到它時企圖擺脫一切瑣煩和羈絆；當我擁抱住它時，猶如向存在的時光告辭。這生存的時空是個提煉場所，任何人不能避免它的無情試煉，越想逃脫會成為它的嚴酷，唯一之途就是走向它且迎接它。

對我而言，生存的每一刻不是去分別快樂與不快樂而是去實踐連接而來不會斷絕的無數小使命。我是為了一個目的活著，那是一個無從知曉的目的，游走在有與無之間。那是顯現於向時空斷離的一刻且因人而異的事物。因此我的生存不是為了有或為了無，更不能為了無而放棄生存，我是為了抵達那境界，生存對我是一種企求抵達的意志而不在報償。生存不是為了追求快樂或逃避痛苦，當快樂和痛苦成為感覺的握持工具時，常會迷失於它的誘惑，而成為一種現實和具體的目的。生存只有建立在意志的肯定，當想將生存的事實否定時，那便只有墮入於幻境，在幻境中的一切便如幻境中呈現的，生命呈無可救援的狀態。

單教授在舞台布幕的邊側出現，他由扶梯走下來尋找我，他向我走過來且坐在我的鄰位。我再度對他審視時他完全改換了態度，謙卑而自譴的模樣顯露在他的整個軀體上，他在黑漆中顯得有點蒼老；我領悟到他在我第一眼中的那種嚴肅態度是一種職業的面目。音樂停止，幕被拉開。單教授側過身來對我說：

「關於李在平我有些話需要對你說，詹生。」

「我以為國王對阿班尼比對於康瓦更寵愛一些。」舞台上的角色說。

「你知道他為何有這些花招嗎？」單教授說。「從一個人的翻滾的歷程，你一定相信他的軀殼已經結繭和硬化，可是我們的手指伸出去接著它時，卻會感覺那張皮是十分地柔軟。不要擔心你會刺破它，你一直的對它壓迫罷，它當然只有繼續陷進去，那時你就會因為它要破而沒有破而手指退縮回來。你有這點羞慚的感覺嗎？我將要對你說為什麼會這樣，我十分瞭解他。」

「你會覺得這有點不自然，你會嗎？」單教授問我。「首先介紹我是一個典型的戲劇教授，我有義務指導他們，我有權利知道他們。」

「兒子長得這樣漂亮。」

舞台上的角色說。

「也許你不以為然。但是一個戲劇教授的職責不外是這些，否則他將教他們什麼呢？必須要完全地瞭解他們，所有的人都要分配去當個角色，像不列顛王李爾。」

「父王，我愛你……」

「像這個也是，一個漂亮而卻這樣偽善的女人。」單教授不假思索地說。「另一個女兒考地利亞，考地利亞可怎麼辦呢？這是十分複雜的。先不要以為她高貴，也許是高貴，當她是個這種角色時，觀眾人大部份會以為她高貴。我卻以為那是她的命運；我是一個戲劇教授將給她這樣的一種命運。」

「那麼考地利亞可太寒酸了，」

舞台上的角色說。

「一切的紛爭將要開始，」單教授說。

「沒有什麼說的，陛下。
沒有什麼！
沒有什麼。
你不說我便不給，再說說看。
我誠然不幸……
把你的話稍修補一下罷，否則……
你真忍心如此嗎？
是的，陛下。
如此年輕，而竟……
說得對，……是如此年輕而又……
好罷……」

「人人都有一個角色可當，」單教授說。「譬如不適於當醫生或弄臣，便去當官佐信使或軍士及侍從。但是李在平什麼也不是。在這齣戲劇裡他不適於任何一角。要是他現在在此地，戲開演了，他便成為一個不存在的人，他不像我是個名副其實的導演，像你是個觀眾，他是心理上一個為台上這齣戲劇所排斥出來的人。他或許認可自己為法蘭西王，但別人不以為然時，他便當不成。我雖然有權利指派他擔任一角，利用我個人對他特別的感情，可是那將會把整個戲劇弄得不平衡，其他的孩了因為不諧和而怨聲四起。他在戲劇的天秤上顯不出有任何的重量。現在你或可暫時替代他坐在這裡，他的確一向都是和我坐在一起抬頭注視舞台上，可是你沒有他那種失去存在的心情和感覺。我是完全可以把你當做他看待的。你可以從我之中獲知一個被疏離的人的苦痛。」

「人是可以用培養來成就某種角色，假如他不想培養成任何角色，甚至逃避這培養，最後將無法成就某種角色。似乎只有在他是一個定型的角色時，才能被他人所瞭解，如果他什麼也不是，便無法讓他人來瞭解了。」

「陛下，你不用開口，」

舞台上的角色說。

「他的性格不屬於台上的那些角色，他不屬於古典戲劇。」單教授沉痛地說。「我是個戲劇導演，注意的是整體，我沒有把他看成一個特殊的存在。」

「她既有這麼多的缺陷，沒有友好，

請原諒，陛下；

那麼棄了她便是；」

舞台上的角色說。

「他似乎在憎惡什麼，但我相信不是憎惡我或憎惡其他人。我沒有做錯什麼，其他人也沒有做錯什麼，可是他分明是在憎惡。」單教授說。「除了這，我不知道他心中所崇奉的是什麼？」

「天性，你才是我的說明。」

舞台上的角色說。

「我漸漸地發現他來學校的時間和次數越來越少。我生氣了，我批評他，並且要想法懲罰他。你知道，學生沒有到學校來上課是可以令他退學。」

「你真這樣想嗎？

如果你認為合適。

他不能是這樣的一個怪物——。

並且一定不是的。」

舞台上的角色說。

「但是我沒有採取這樣的步驟。」單教授說。「我的氣消平了；突然我無意中發現他默坐在角落，學生們從來就沒有固定的座位，因此使我停頓了一下，我開始感到慚愧。」

「啊，天呀，別令我瘋狂；使我鎮定罷；我不願瘋狂。」舞台上的角色說。

「我和他在校園的草地上漫步交談；他說他病了。」單教授說。「這是事實，我早就注意到他蒼白頹喪的氣色。我心裡想：李在平總是想用點小聰明來瞞騙他的老師，他不是會太坦誠地把他的事說出來的。我平時就抱持這樣的想法，有時就會湧起給這個學生一次懲罰的意念。但是這一次，卻使我大為感動。我想把他瘦小的身體擁抱起來；我知道他走投無路的投到我的懷裡來感到自傲。我所盼望學生的只有這一點：希望我的學生信賴我。我挖空心思日以繼夜地講授，其目的就是想獲得學生的信賴。我想到我曾不會原諒他在學校間怠忽的功課就感到羞愧。他已做成一個誠實的學生，我還有什麼要對他加以挑剔的？他已經信賴我了，我為什麼還要在別的事上藉故找他的麻煩？要是學校知道在我的教授下有這樣的一個學生存在，一定會追查責任，甚至把我解聘。但是我在乎這些嗎？我想我是會為袒護李在平把整個生活改變的，我在那一刻深覺值得這樣做。做為一個戲劇教授同意莎士比亞的地方是太多了。平時我們講求適舒的個人生活，可是我們之中那些人能真正做到從這種表面生活中昇華起來呢？如果不能，就只能算是維持所謂適舒的生活形式的奴隸。」

「上帝保佑你，柯倫。保佑你，先生。」

舞台上的角色說。

「最好隨他去，他是自有主張的。

…………

啊，先生，對於頑強的人，

關上你的門罷；」

舞台上的角色說。

單教授突然走開去，我抬頭把周遭巡視一遍，發現樓上的座位間站著另一位觀眾，他瘦小的身影使我疑惑了起來。我在樓下與他有段無能辨清對方的距離，全室漆黑，我從旁邊的樓梯走到樓上，那影子已經不在那裡。我迅速轉到廊間，瞥望到後門有一個人的背影閃出去，我追過去站在門口觀望尋找，大樓後面除了趕建另外的大樓的工人外，沒有其他人等在走動。我折回大廳時，單教授已經坐在原來的位置等著我，我對單教授毫無隱諱地道出令我疑惑的影子，單教授微笑地說：

「教務處常常派出人來監視上課情形，你這樣的錯誤我也有過。」

「為什麼你能肯定，單教授？」

「李在平和我的姪女愛珈私奔了。」

「私奔！」

「是的，相偕而走。」

「為什麼？」

「為什麼？」

「為什麼要選擇出走？」

「這是不難想像的。」單教授說。「這一次他必須緊緊地捉牢一點真實；對李在平來說，他不能使這個機會像往昔一樣無能地放過溜走。在這之前，他有過麗容，一個報社的女職員；也有過瓊妮，一個律師的女兒。而我的姪女還只是一位未畢業的高中生。假使他繼續和我保持關係，我相信愛珈會在某一天像麗容和瓊妮一樣從他手中逃脫，他唯一的辦法就是出走和藏匿。這是我料想不及的一次錯誤。我原是希望李在平經由我的扶持，從他荒誕不經的生活中轉移目標。

「愛珈並不是不知道她將來有一筆可觀的財產繼承，他們的作法等於對那份財產加以輕卑，因此才決定棄我而去。這一切都非我能想像和忍受的。」

「湯姆是冷了。

進去，朋友，

來，我們都進去罷。

這邊走，陛下。

我和他在一起。

先生，請你順從他的意思。

你帶著他引路罷，
喂，先生，來呀；跟我們一同去。
來，好亞典人。
別說話，別說話；住聲。」

「我不希望如此，」單教授說。「我總希望事情照我想的去做。這便是一個導演的性格。」

「事實的確如此嗎？」

「是的，就是這樣。」單教授說。「你以為他們還會回來嗎？」

「我不是這樣想，將來事情可能會有改變，現在我並不想他們真能回來。」

「我不瞭解李在平也不瞭解愛珈，他們全都不是我能想像的那種人；台上戲劇的角色我全能掌握，可是對他們似乎是例外。」

「我想現在向你告辭，單教授。」我說。

單教授迅速地握住我的手。

「不不不，你不要那麼快走開。」他說。

「李在平不會來，我不願留在此地虛等。」

「你不願留下來把台上的戲看完？」

「不，這齣戲對我不重要。」

「我希望有人陪我看完這齣戲劇。」

「我沒有興趣。」

「看我的面子，詹生。」

「你的戲劇根本不必我來支持才能存在。」我說。「坦白說我對你的觀念感到不能接受。」

「我的觀念？」單教授說。「那麼你的觀念是什麼，詹生？」

「你和我是不相同的，」我說。「是徹底的不相同的生活在同一個城市裡。在你認為不合理的地方，正是我賴以生存的理由。這雖非我的哲學，但我相信真理似乎不在你那邊。我生存的理由與你一樣是為了宇宙的平衡，但義務是由我內心自定的，而你卻滋生一種巨大的權利。你企圖要按照你的意念去做，不能夠如願便覺得傷心，當人們不能如你所希望地去做事，你便認為他是背叛你。這種分別是從出發點便不相同的。你在開始就蓄意造成許多的恩典給予你選擇的少數人，這些少數人也就是被你稱為優秀聰明的人，你喜歡他們當然是他們優秀聰明，而有大部份的人會被你稱為愚凡。你選取了少數人，那最後的目的是希望他們報答你。你心中也明白唯一可行的報答就是服從你；不服從你，你便認為他們是叛徒。」

「你這樣說是不公平的，詹生。」單教授說。

「這是事實，」我說。「也是我的感覺。」

三

葉母的嬸母

午後我要前往拜訪葉立的沒有血緣的祖母的時候，我心中祈望能在那裡看到葉立。我推開福利社餐廳的門，裡面的景象像是剛下過一場大雨，地面上留著一窪一窪如鏡的水，他們似乎剛把午餐後的殘渣清除乾淨。我推門走進使一位俯在桌面上寫信的服務員抬頭注視我，在角落裡另有一位同齡的年輕服務員躺在長椅上睡午覺。那位寫信的服務員告訴我葉立的祖母不在這裡，但假使我想見葉立的嬸母的話，他說他可以通報她。我正要謝他轉身離開的時候，從一道內室的門出現一位漂亮而模樣精明的中年婦人，她的服飾十分樸素，用和悅的眼睛望我，她說：

「我就是葉立的嬸母，葉立的祖母剛剛走，她是為了葉立失學趕回家去追問葉立的母親。」

她招呼我坐在一張餐桌旁的椅子上，並叫那個寫信的服務員拿飲料過來。當她坐在桌子對面我再看她時，覺得她的眼睛很大，皮膚十分的潔白細嫩，她身上穿的普通服裝合適地附給她一種威信的氣派。

「要是葉立在此，我真希望你能勸勸他。」

當她繼續說出這句話時，我無法瞭解她語言中涵隱的事實是什麼。從她的語言中只能猜想葉立使他們一家人都感染了緊張的氣氛。我無法應答的緘默使她感到對我必須加以謹慎的瞭解。

「你大概有什麼事來找葉立的祖母罷？」

「我寧願親自見到葉立，但我為了不能見到他來見他的祖母。沒有特別重要的事，我的意思是說對葉立沒有什麼利害關係的事，我也不知道葉立發生了什麼事，我很想從他的祖母處瞭解到底如何。我和葉立可以說連普通的朋友都談不上，總之我不能用『朋友』這兩個在這個城市顯得意義欠光明的字，因此我與他的關係無法稱呼到是朋友。我和他從未見面，但是都知道對方生活在這個城市裡，為了要離城特地來見他一面，可是我已經在昨晚從葉立的母親處知道了他抱著他的嬰兒離家的事，我也和他結婚前的至友賴君談過話，我本身感有一種求知的壓迫因此來拜訪葉立的祖母以求解答心中的疑慮。」

「你有什麼問題可以問我，我會把所知道的告訴你。我聽了你的說明覺得你們都是一些怪人，我們叫葉立是怪人，你使我覺得你也是一個怪人。」她和悅地說。

我沒有對她稱我為怪人感到生氣，我認為她有一種調合的且善於辭令的外交手腕，使兩方的氣氛變得親切和坦白。她所表示的也許是在罵我和葉立，可是卻讓我無法只因這單一的意思而不高興；顯然她對葉立在家庭中所造成的擾亂有嚴正的看法。

「你們一家人都稱葉立為怪人，因此把我也稱為怪人是不公平的。你這樣的推論似乎是來自物以類聚的原則。我已經表明過我對葉立的一切實際生活，在未動起離城的意念之前是一無所知，而現在我也僅僅只聽過賴君在夜談中的一席話而已。我也想順便告訴妳我的一個奇怪的感覺，我曾在產生離城的意念那一刻接到一位署名高漢的邀約信，我想如果我沒有此意念的萌生，根本就不可能接到那一封高漢的信。我之如此確信是我趕到約會的地點但並沒有高漢這個人在那裡等我，我在那裡等候也未見他應約前來晤面，至今我不知道他是誰。現在妳還未以妳的觀感說出葉立的另一些事之前，就把我與葉立緊密地牽連在一起而加以判定，我認為這雖是不影響到論斷的正確與不正確，卻是非常不正當的，這對我不是預先構成了一種誣陷嗎？」

「我完全是憑著女性的直覺的一種猜測，」她說。「你反而認真起來，我要為這事向你道歉。可是你要明瞭我們叫葉立為怪人並非是惡意；這只是一種分別。（而不是一種惡意的說法）。他在我們家庭中的確是個特殊份子：他不負擔任何操勞，但是卻享受一切福利。在整個家族中沒有人受高等教育，就是他的叔父、葉立的祖母的唯一親生兒子也沒有。我們對待葉立就像對待客人一般親切，同時又像是自己的血肉一樣的信任。他的祖母愛護他優於對待她自己的親兒子。也許這不能只認為葉立長得靈巧漂亮。總之，他誕生就註定受全族人的庇護和愛戴。這一切至今還是難以去想像是什麼因素，這裡面沒有半點做偽，沒有利害關係，完全是順乎自然造成；沒有人因為他的特殊而有半點怨言，比葉立年長的都對他愛護，比他年幼的則敬仰他。我們沒法知道這是什麼道理。我只能大略地說，他的存在使整個家族瀰漫著愛的氣氛，這種愛在人間（是一種）很難達到（的理想），可是卻能在我們的家族中出現。葉立的母親有時顯得有些嘮叨，可是我們都充耳不聞。我們知道她的那些嘮叨是引不起作用，是她個人的一種發洩而已。很早葉立的祖母已經看出這一點，所以叫葉立和他的母親分離。我們都同情葉立的母親，可是那是她個人的命運。許多事我們只能放在整個家族的立場來評定。譬如葉立對我們家族來說他是一個沒有血統關係的人，可是因為整個家族因他而形成一種良好的關係，我們忘掉了人與人之間的某些分別。他給我們家族帶來了無法論價的東西，而我們報答他的卻僅僅是一些有限的物質。這也是我們還時常在經常上幫助葉立的母親的理由；她自從生下葉立，現在又已兒子成羣，自當另成一個獨立的家庭，可是因為葉立，我們之間捨不得拆開，還是繼續維持著一整個大家庭，在這個處處講求現代精神的城市你認為奇怪嗎？」

「我無法說這是奇怪或不奇怪。」我說。「會形成這種狀況，除了你們外，我是一點也不知道它的味道如何。我不知道妳這樣說就是一種解釋葉立為怪人的理由，可是這其中我似乎覺得妳對葉立的批評是很公平又很善良的。」

「人們一旦稱呼某人為怪人是懷著許許多多的惡意，可是我們稱葉立為怪人，卻認為他是個無法解釋的超然形體。他本身對自己也許一無是處，但他卻能引動別人，影響別人的一切行為，啓示人的思想，而且都屬於是良善方面。」

「據賴君說，葉立是個私生子，與你們又無血緣關係，他是怎樣落在你們的家族中來的？」

「這件事我只能用幾句話回答你，這樣的事也只有在想像中存在的才能是優美的。我們最好忘懷葉立母親的那段辛酸往事。這樣的事在我們生存的這個城市中很普遍。可是擺開這個，我們都感覺到這個城市與過去不同，說得奇異一點，像葉立這樣的一輩已經長成了，他們在現時雖然還受長輩們的維護，可是將來的情形是可以預料的，你要離城，我覺得十分奇怪。」

「我的觀念與妳的大為不同，」我說。「妳所見的只是妳的家族狀況，可是這個城市有千萬個家族，但並非每一個家族都有一位葉立。試問妳有沒有考慮到葉立本人的感受如何？他雖帶給你們家族一種和善友愛，可是我想他是以他的生存做代價付給你們的；如妳說他所獲得的是他維賴生活的有限物質以及幫助他母親的經濟，那麼這其中一定有更大的犧牲在他的本質裡。這種本質不像物質一樣容易見到。請妳不要誤會，以為他那使人見不到的隱藏在內裡的犧牲是他與生俱來的本質，不是因你們家族的特殊緣故，而他即使落在別的家族裡情形亦然。假使你們清楚這一層也許你們就不希望有葉立落在你們的家族中，一個能在別處也能生成的就不算珍貴了。我想你們並非沒有意識到這一點，事實上你們是早就知道這一點；葉立是屬於你們，不是屬於普遍的別人；因此而使你們整個家族改變了傳統的態度，你們的家族是做了別的家族所不願做的事；你們的家族因為善良和慈悲而獲得了應有的報償。我這樣說妳能贊同嗎？」

「我贊同你的看法，」她緘默片刻後又說：「可是你剛才說要離城，那麼與這個城市有關係嗎？」

「我的離城不會使這個城市有絲毫改觀，我的所有對這裡有如一粒沙塵。」

「可是要是如狂風颾走了地面的存沙，城市顯然會有改變。」

「這樣的推斷雖是正確，但事實上並不是人人如我的離城是屬於我個人的問題，絕不牽連到任何他人與任何事。」

此時餐廳的門突然發出極大的聲響，我和葉立的嬸母都朝門口望。一位小女孩站在門邊對葉立的嬸母說有她的電話，她站起來隨那位小女孩匆匆地走了。一會兒葉立的嬸母回到餐廳來，她推開門進來時，對我說她讓我等候感到歉意，她吩咐服務員再拿些飲料倒給我。

「電話是葉立的祖母從家裡打來的。」她坐定後對我說。「葉立沒有回來，現在也沒有人知道他在那裡，已經派人出去尋找，一點消息都沒有。大家猜想可能在那個孩子的母親處，可是沒有人知道那個女人住在那裡。這事正巧又逢他的父親逝世。一向沒有往來的親父那邊有人打電話過來尋問葉立，那個人可能是葉立的同父異母的妹妹，是那邊合法的繼承人之一。她來電話希望葉立明天能到場為父送葬。對他親父而言，葉立在排行上是最大的兒子，應該是他父親的最大的繼承人。她說雖然法律不承認葉立的合法地位，可是他們想要求葉立那樣做以慰亡靈。這件事想起來不是沒有道理，可是葉立的母親非常的不高興。如果葉立在，一切便由他去決定。現在他不在，大家反而議論紛紛。這事畢竟是葉立他們父子或母子的私事，與我們全無關係，你認為怎樣？」

「我更加沒有發言的權利。我與葉立所建立的是一切俗事以外的關係，這種關係是看不到無可觸摸也無法說明。我是為我的離城而來，我在這裡的目的只為了見葉立一面。」

「我當然明白你所說的意思。」她和悅地說，她一直在談話中保持這種態度。「你給我的感覺像是一個不存在的人，也許說不屬於這個現世更恰當，你會認為我在辱罵你嗎？」

「一點兒也不。」我低著頭說：「我本來早就要離城，昨天午夜前也許我已經不在這個城市，就因為高漢以致耽擱至今。如果不是去應他的約，昨日黃昏我便能夠在你們本家處見到葉立。」

「那位高漢可能在你剛離開時他才趕到。」

「會可能是這樣嗎？妳知道高漢是誰嗎？」

「我聽也沒聽說過，可是我那樣猜想，生活在這個城市裡是常常會誤時的。譬如你本來想在黃昏找葉立，卻意外地拖延到晚上，這就是極明顯的例子。意外的事在城市裡總是時常發生。」

在廣場噴水池邊佇足思索

當葉立的嬸母這樣表明一個我一直忽視的事實時，我感到毛骨悚然。匆匆告辭離開餐廳，時候已近黃昏，我步行向城市中心。當我路過火車站前廣場時，我佇足在噴水池邊觀看人潮。我突然萌起對我的離城意念做一番檢討的念頭。我雖然萌生離城的主意，可是卻全然沒有任何離城的準備。如果這個意志像是要到某地去遊覽，搭著交通工具離開居住地區域那是非常地可笑。這全然不是心中存著一種外出去調劑心情的想法，如果不是想要與這個城市的一切，與自己所生活過來的一切都加以完全地斷絕關係的話，那就不是我所要意想去做的事。我意想去做的正是要與這個城市斷絕往來，與自己往日的行跡再沒有任何的關聯，擦掉我自生以來的一切俱存的思想。我的離開正是為要去住另一個有別於此城的新城，並且永遠不會有悔意有任何的懷想，甚至永不奔投回來。這人羣來來往往的景象與我所思的行徑是大不相同；他們雖然離開居住的地域，可是還是走不出這城的範圍。他們所思所做都能看出受這城市影響的痕跡。他們從來沒有如我這樣的一種念頭發生，他們在日常生活中所追求的事物，他們並不知道其真正的本態。他們所指認的快樂與不快樂、幸福與不幸福都是這個城市特有和規劃的意涵。城市所頒佈的這一切價值等級從來沒有人對它懷疑。但是我想離城並非對它們感到厭煩，我一直還是在它們的保護下生存，受到它們的功能的恩惠。它們能形成一種秩序使整個大城不致發生混亂。那麼我的意念如何發生起來的呢？那是神授的意志才足能加以解釋。看罷！此時那些人潮湧進火車廂裡然後開出車站，這樣的形貌看似是離城的途徑；飛機載著乘客飛向天空，這樣的形貌也看似是離城的途徑；種種的交通工具把人們從此城移往他地，這樣的形貌也看似是離城的途徑；可是同樣地火車進站，飛機從天空降下，各種交通工具把他地的人們移進城裡，這形同離城的人們又回來了。這種情形是離而不離。這可以想像這個城市那裡是界限嗎？這個情形不是正說明城市的廣大所見無涯嗎？城市是一個圓球，沒有邊界。當我對城市產生這樣的概念時，我如何去實行我的離城計劃？我的新城在那裡？我如何從這個城市離開，我如何進入那個新城？我以這樣地步驟去考查我的思維之時，我突然清晰地知道我的存在與那些人潮的任何一個沒有什麼兩樣。從客觀條件和事實無法分辨我不是人類中的一個人類；從主觀的思維也證明我是一個與人類相同的人類。

四

再赴麵包店樓上咖啡室

我再走向麵包店的時候正是昨日黃昏前來時相同的時刻。我像一個習慣於在同一時候做同樣事情的人般靠近它座落的地點。麵包店在我的記憶已有概念，也知悉它的整個情形。那一條街與昨日我獲得的印象完全相同，麵包店的電光同樣地像個發光體明亮而輝耀；但是昨日黃昏我的無知的心情現在改變成一種真正的憂懼。這一次我不再是受到邀請前來，而是以主動的態度走向那位無法揣摩的人物高漢。我變得非常不樂意要見他雖然我現在必須要見到他，好像高漢是個我心中異常知曉的一位朋友，我和他有某種利害關係因此必須面對面論談一番。二十四小時的奔勞雖是為著私事，但卻使我獲得一點與高漢的關係。我與他的關係是沒有任何他人能加以瞭解的，是那種屬於單純兩者間切身的問題。要是昨日黃昏見到了他，那一定是只有接受他的指派，毫無與他計較的可能。但是今日，我似乎已經取得與他相等平衡的地位，我對他的要求會和他對我的規定同樣地多；我和他如能在今日相見勢必形成討價還價的局面。假如今天他還是對我提出昨日的要求。那似乎已經不合實際了。昨日他的違約顯然是有意造成，彷彿說明像他這樣一個龐大高強者無意與一個弱者對峙，他在等候我的茁壯，他要我有所準備，來顯示他的公平的君子風度。他是有意要我自動向他走過去，雖然最初的意念是他發起的，可是真正的動機還是我最先開始。這像是我走向我想像的另一個自我。

樓上的咖啡室桌椅顯然改變了些佈置，最靠侍者們進出的那扇門的那堵牆壁前擺了一張方形長桌，已經坐滿了許多像在會議的年輕男女，其他座位依然像昨日同樣的時刻般零散地坐著少許客人，從他們抬頭望向我的眼光和表情，高漢似乎又沒有在這些客人之中。可是當我仔細地望向那些低頭座談的人時，我意會且辨識到他們那些人正是學院的那一羣演戲的學生。就在同一瞬間我已經聽到單教授對我招呼的聲音，他從座位裡站起來拉著我的手，他要他身邊座位的學生讓座給我。這個舉動因此而全體的人都起立同時移動了他們的座位。我一時不能明白單教授要我與他們同座有何意指，他應該知道我根本與他們要演出的戲劇毫無關係，而且他們在此地座談也必定是有關於戲劇演出的事。我滿腔要與高漢晤面的熱情突然被他對我的強要舉動拆散了。我此刻對於他們那齣要演出的戲劇感到無比的憎惡。那些高大漂亮而年輕的學生在我經過一番的巡視之後，發現他們與他們在扮演戲劇時的角色依樣地配對坐在一起，正如他們在台上是夫婦情人在現實界也是夫婦情人一樣。上午我在學院既沒有向單教授表現我對那齣戲的意見，現在我也依然不會提出任何的觀感。

我坐下來後單教授握住我的手臂的手已經放開，我恢復了自由後重新站起來，我正要表示我為何要站起來，他又用他的手捉握我的手臂，拉著我坐下來。我感覺他握著我手臂的手非常富於力量和威勢。我只得坐著轉向他說：

「單教授，請你別再誤會。我來這裡是為了會晤高漢，而不是來參加你們的演出會議。

上午我為了晤見李在平到了學院，你卻以為我是去參觀你們的預演。我再度對你表示，我對戲劇沒有興趣，戲劇與我是本質的不能投合，而不是藝術的問題。就因為你們從事於藝術的態度也與我的觀點不同，所以對於你們要演出的事我是全然地沒有興致與你們同坐在一起。」

「以你個人不贊同我們的演出，」單教授說。「這對我們的演出並不會產生任何阻礙。全城的人都在盼望我們的演出，演出的成功已在料想之中。當戲劇演出後的第二天報紙就會登出我們演出成功的情形。有關這一切都早安排妥當。（你要知道凡是團體行動的事從來沒有不成功的，所有的一切都有人事先安排。）那些報導的新聞詞句都是早先寫好，只要到時候把它們印出來就行。個人的意見畢竟力量微薄，如果你說出的是真理，別人也不會信從；如果你想將你的感想借用傳播工具給大眾知曉，如果不是預先約定，編輯也不會採用。你雖然沒有受到我們的邀請，可是你自己闖進來，你總不能說我們橫蠻不講理。雖然這是一個公共的場所，可是並非跟你完全沒有關係。」

「你所說與我的關係有何所指？」

「因為你是李在平的朋友。」單教授直截地說。

「你說我是李在平的朋友，那完全是你想拿它來當成一個口實；你知道有關在平的一切是與我毫無相關的，我甚至連他的實際生活都不知道，還是由你的述說告訴給我。當你要強迫某人成為你的囚徒的時候，你總是不難找到藉口。」

「可是我要問你，詹生，你不知道李在平的生活和其他一切，你為什麼知道有這樣的一個人，你既不知道高漢是誰，為何來應他的約會？」

「我已經對你說過理由是什麼了。這是私人的問題，不可能會合乎你思維和一般常理。」

「假使高漢今晚沒來，你坐在這裡也不算浪費，就像上午你沒有晤見李在平，可是你卻獲得了有關他的一切。」

「如果你認為今晚情形和上午相同，」我說。「那麼我還是早早告退。」

我正要起立，但左右的單教授和一位學生緊緊地握住我的臂膀。

「詹生，當你的思想不再順乎城市的秩序，你便是與城市為敵。」單教授對我說。

「只要我晤見了高漢，一切便會清楚。」我說。

「但是高漢今晚並沒有約你，今晚是你自己來的，並且以為高漢會到來。」

「是的。」我說。「現在我願意做各種各樣的嘗試，只要能見高漢一面。要是如你所說，你是非常知道高漢這個人？」

「不盡然，詹生。」單教授說。「可是有人告訴我高漢曾經在昨日黃昏約你，但是你來並沒有見到高漢。」

「為什麼會有人告訴你？為什麼你要知道？」我說。

「你應該試試想想我的地位如何，為什麼能夠使面前的這羣不馴的學生服從？而你能證明你是什麼嗎？我想你什麼也不是罷。你要知道名譽地位在這個城市是如何地重要。生存需要依靠這些，尤其是享受和有權力的生存更然。這個城市是完全依照這些建立起秩序的，名譬地位就是法則，也就是種統治，人人就是為了這點奮命往上爬。」

「即是蠕蟲，坑底的和坑面的都一樣是蠕蟲。」我說。

「我們回到我們的話題來，」單教授說。「今晚高漢並沒有約你，為何你要來？」

「我來是為了見他一面。」我說。

「假使他不來？」單教授說。

「我已經說過了，我要嘗試各種各樣的方式，只要能見他一面。」

「我可以猜想你昨日黃昏並不怎麼願意想見他，為什麼今日你改變了態度？」

「昨日高漢約我是因為高漢為他個人的關係，今日我想見他正是我為我自己的關係。」我說。

「你要我轉告高漢嗎？」單教授做表情說。

「我能夠做到的話，我樂於向你請求。」我說。

「可惜我自己也不知道高漢是誰，否則我真的願意為你轉告。」單教授說。

「那麼你從何處獲知了消息？」我說。

「到時候總是有人來通知我。」他說。

「那人是誰，你應該追查來源。」我說。

「不可能，每一次來的人都不一樣，而且問他，他也不知道。」單教授說。

「這樣看來，單教授你是整個蛋糕中的一層蛋糕，並不是個吃蛋糕的人。」我又說。

這時候咖啡室門口出現了一位高大而整潔的男人，我和單教授以及那些圍坐的沉默的學生們都以為他是高漢而吃驚地抬起頭來。當他向單教授走來時，單教授已經知道了他是什麼人而把態度由嚴肅轉成他慣常的任性的模樣。那個人來到單教授的身邊，向他的耳邊細聲地說出幾句話。他的語言的怪異使我與單教授如此地靠近亦不明他所說為何。那個高大的男人說完便迅速地離開咖啡室下樓去了。學生們都朝著單教授注視，單教授轉過來對我說：

「我已經獲知李在平和愛珈藏匿的所在，他們只是躲藏起來，你聽到這個消息有什麼意見？」

他說出這個消息，那些圍坐的學生頓時都互相地交頭接耳議論紛紛。

「這畢竟是與你有關的事，單教授。」我說。

「你難道不想與在平晤面嗎？」他說。

「假使你肯告訴我他的藏匿地點，我是想單獨前往見他。」我說。

「你想與他見面交談恐怕已經為時太晚了，」他說。「你大概只能見他而已，而且是在有距離的範圍見到他。假使你不想錯過這個唯一的機會，這對你來說比見不到猶勝一籌，那麼明日午後二時到城市的法院審判庭席上見他。」

「你們想把他怎麼樣？」我說。

「我以愛珈監護人身份控告他誘拐。」單教授說。

「愛珈總有她的自由權。」我說。

「愛珈未到那個年齡。」他說。

「什麼年齡才有自己的自由權？」我說。

「當一個人誕生來到人間二十年後，這個城市的法律才給他所謂自由權去管理他自己，否則就有一個監護人來管教，和支配他。」單教授說。

「這項規定真是不可思議。」我說。「這對我實在是個最不好的消息。」

「詹生，這件事本身對我也同樣不好。我要對李在平所採取的行為完全是因為我生活在這個城市裡，城市早就對這樣的事有了法律上的規定。法律規定了人與人之間的關係，法律劃定人的生活準則，法律使人為友也使人為敵。我要控告在平那是法律要制裁他，法律像個巨人，它以任何人的名義來制裁任何人。整個事件不是我的本意想做的，是法律在此時利用我去做這件事，甚至可以說法律在誘惑我去做；因為法律的規定使我知道應該那樣去做。剛才那位高個子來告知我這個消息，他並不是我指使他為我工作的，但是凡事與我有關自然到時候就會使我知道。我不認識那個高個子，從來也沒有見過他，依我的歷次經驗，他不會在下次出現在我的眼前。誰派他來的，我一點也不知道，也無去從他們的身上找到蛛絲馬跡；他們一旦說出了消息就離開不再回答任何對他們詢問的事，尤其是詢問有關他們的身份，更加渺茫無從知曉。每一次他們出現都使我感到不愉快這是可想而知的。生活在這個城市裡，什麼事都知道並不是一件樂事，但是我的身份就必須要謝謝那麼多；應該知道多少屆時就會全部知道，完全不必我去費心。有時我會問自己，我是誰？然後我回答我是戲劇教授。由於這樣的問答而產生了一種職責的壓迫感，使我想要鬆懈下來喘息的機會都不可能，而會去檢討做一個戲劇教授在此時此地應有具備的知識條件。我完全明瞭這是一種自我束縛的痛苦，可是現在似乎無從做任何的改變。你可以想像現在要我不做戲劇教授更是千難萬難的事，就像一個本來有懼高症的人爬上高塔或站立在塔頂時那種勉強鎮靜自持的樣子，可是要他下來那便等於是要毀了他的命，他寧可在那塔頂做出各種污穢的醜態或讓別人任意指罵，可是他是沒有勇氣依樣一步一步下來。如果要他再上一層他還是有可能；假如還有更高的一層的話，他可以再閉眼睛摸索上去，可是他卻無法閉著眼睛摸索下來。一個站在高位的人的感覺如何，那是可以想像得到的，他的神氣和威風的姿態都是一種偽裝。一個站在高位的人是不會有自動退下來的意念，除非有人不計他的死活把他硬拖下來。

「在城市裡現時都在鞭策那些不知未來的滋味的人去嘗那種滋味。要人去信服那種滋味為珍貴和高尚，只需在他們的面前制定一套價值標準，好似告訴一羣小孩山上那裡有一些李子，那麼他們便會爭先恐後地奔跑著前去冒險。我現在也在鼓勵座間的弟子們將來繼承我的衣缽，認為爭得一個高位是十分榮耀的事；當人與人之間在生活的現實中有著比較時，就是告訴他那不是一件值得的事也不能嚇阻他去做。現在的教育只有一個極明顯的目標：那就是學習爭奪高位的伎倆而不是學習獲得真正的知識。人人明瞭這個事實，可是誰也不可能從這錯誤中逆轉過來。這座城幾時建造的，沒有人知道它的確實年紀，因此人們依循最初的約定而傳遞下來的這個事實也無從改變。流水從高崖奔流下深谷，是再也無法由深谷逆流回高崖；人類是依從一個最初的觀念生活至今的，做為一個戲劇教授自自然然地形成一種內在極度悲觀的想法，雖然我的外表富有一種積極的表現。人人需往向上爬，這句話是一種誘勾的煽動，它本身並不具有何樣具體的真確事實，如果有的話也只是指著生活規模的樣態，而非道德上的某種意指；似乎沒有人能夠鑑定這句話確實有著品德上的從辭事實而立起一個準則，可是生活在城市中的人似乎已經默契了這句話的行動意義。高處在何處他們並不計較，只要信服一個指劃的方向前進即可。人們的視力無法投視自己的遙遠未來，人們的感覺也不知道自己所做的事是好是壞，人們也不知道所立的土地是軟是硬。人們現在已完全地生活在自己不明禍福的巧設中，再難以他們原有的智慧去和自然諧和。

「你也許要問人人往上爬，那高位的空間不是要擠滿了人嗎？是的。那所謂的高位現在的確都佔滿了人，可是從那高位再建另一更高的高位不是不可能的。如果來不及建造另一更高的高位的話，你可以看到那些高位的人紛紛像流星隕失般地滾落和消失。切記，一個站在高位的人當然不可站立太邊緣，也不可神志不清；要是站在太邊緣或稍有片刻的昏庸便有擠落下來的危險。在地平面上觀看屬於紛紛墜落的景象的人，總是自信自己一旦上那高崖是決不會像那樣翻滾下來的；但是那些墜落的人在當初難道沒有類如豪壯和自信的想法嗎？人類真能從歷史中獲得教訓嗎？這是一個頗為疑問的事實。此時應是個人的歷史重於人類的歷史的時候。我覺得慚愧的是在當初我去愛的對象，到後來卻必須採取行動去恨它。像這樣的行為並不是我真正的我願意去做的。」

「那個真正的我現在在那裡？」我說。

「要回答這個問題不是容易的。」單教授說。「我現在再也不能理會李在乎的後果如何，我們對自己未來的一切雖然不能知曉，可是未來的一切似乎已經在冥冥中被安排好了的。是誰來主宰我們的命運一點都不知道，我們只是按著時辰一步一步踏向於那所謂的未來罷了。我們像是在早晨的霧氣籠罩下漫步於樹林，我們的視線十分的有限，在十尺內的事物是清晰的，在十尺外的事物是朦朧的，在二十尺外的事物也許還能依聯想而得知一點，可是超過三十尺的事物是一點也見不到了。三十尺外有絕壁或洞穴是不能知曉的。在這霧氣中站在遠處的事物薄得像一張紙，只有近前的事物才能見到它結實的實體。明天法院審判李在平的事是確定了的，後天的事在今天我們不太敢確定會以怎樣的狀況來襲擊我們，一星期後我們會發生什麼，以及整個城市會產生什麼狀況就不可能預測了。不但如此，在我們的知識領域之外，還有更為令人捉摸不定的變化會突然降臨，就像天空落下冰雹，雖然在這前一刻太陽還在我們的頭上照耀。」

「單教授，法院審判李在平不會連及愛珈嗎？」我說。

「我祈望愛珈回到我的身邊來，」單教授又說。「愛珈必須繼續她未完的學業。假使她回來了，那麼事情會像未曾發生一樣，否則我便只有乘此機會與她脫離一切關係，愛珈和在平的後果如何我是不會加以理會的，我不再負任何責任。我必須再告訴你，詹生，你的朋友李在平並不是單純因為誘拐愛珈而遭到法院的審判，除了這個外他還有偷竊的事實。」

「偷竊？」

「是的，我的家裡遺失了珍藏，如果愛珈不回到我的身邊，我一定要把那幾件珍品追究回來。」

「我不能相信你，單教授。」我說。

「這個事實是不容你不相信的。」他說。

「單教授，你知道偷竊並不比誘拐嚴重，友朋間的往來如果要在最後認真地追究起來，那麼都可能構成偷竊的行為。你的本意是不能寬容李在平誘拐愛珈，但是你知道男女相愛是屬於當事雙方意志的事，他人的干涉總是徒勞無功的行為，而你現在居然捨此就彼以控告他偷竊來實現你對他們的愛情的不寬容。你失去了珍藏也許在他們未私奔之前便屢有發生；甚至推遠之，在李在平未開始到你的圖書室，研究學問之前恐怕就已有失竊的事。」

「詹生，你這樣說是不會打消我已經採取的行動。」單教授說。「明天的判決如何，我將視愛珈對我的服從的成分多寡而定。李在平與愛珈的行為大大地損傷了我的自尊心，你想我會寬容他們嗎？」

侍者突然拍著我的肩膀，遞給我一張紙條和一張鈔票。那張字條這樣寫著：

詹生：

昨日黃昏使你等候了一個小時，我有事不能前來。昨日你飲的咖啡算我請客，如你還有意在未來見我，請駕地下室咖啡屋找惠蘭小姐。

我已經無心流連此地與單教授和那羣演戲的學生去做無謂的爭論。我將侍者送來的鈔票再拿到櫃台去付今夜的咖啡錢便匆匆離開。單教授現在已經陷於沉思的階段；那羣學生卻非常激昂地討論著。我走出了麵包店時，街道的景象與昨日無異，城市最為熱鬧的地區在我的面前呈現，但我卻像單獨行走在沙漠上。

五

我在地下室門邊站立片刻，望著這地方窄小而人聲嘈雜的熱鬧景象。我不知道誰是惠蘭小姐，我走向一個站在茶房門口的女人，當我靠近她時正好她轉過臉來，與我同時互望了一眼。我腦中的所有思潮在片刻中完全停頓，對她兩顆雪亮的眼睛和一張似鹿的臉孔升起一股奇妙的印象。她的膚色黝黑，容易看出她的臉上塗有很多的白粉；這張虛假的面孔正好透露出她本質的純潔。在我詢問她之前，她突然朝著我說：

「我們的蛋糕用完了，你能到街上麵包店為我們買半個蛋糕回來嗎？」

她不理會我是否願意便塞了一張鈔票在我的手裡，我只得推開那扇進出的重門走上石階到街道上來。我之接受她突然的指派是因為我沒有思考是否接受的時間，她正好利用和考驗了我的本質的反應。自昨日黃昏以來，我的心情第一次感到愉快，那是因為我看見一張令我感動的異性臉孔。但是我意識到是出來買蛋糕便覺得受到委屈和荒謬。我心中同時充滿兩種情緒而並不互相矛盾。顯然我不是為了她的那張臉孔的關係出來購買蛋糕，而是凡遇到緊急情況無法辨別它的性質時，我的反應就是服從和接受。因此當我拿著半個蛋糕回到地下室咖啡屋交給她時，她對我說你真好使我極為不高興。她領我到壁角的座位，繼續以她第一次看我的表情端詳我。她的表情就像認為我是她第一次在世界見到的男人，但我卻認為她是我在世界看到的最後一個女人。

「高漢是誰？」我問她。「他是不是妳的丈夫？」

我的問題使她笑起來，而且不斷地搖動著那個我無法不持續注視的頭顱。

「你來是白費事的，」她說。「我並不比你更知道誰是高漢，況且也沒有什麼人是我真正的丈夫。但是你來也是對的，我們這裡正要物色一位助理人員。你懂音樂和藝術那類事嗎？你不懂得也無所謂，我可以教你一些你應當做的事。這個缺額一直沒有補充並不是缺少做這種事的人；許多人向我推介，咖啡屋的老闆限期要我物色到人，他認為我的工作太辛苦，必須找到一位助手分擔我的業務；可是許多人我都覺得不滿意，無論是那些自稱學識很高的或外表很好的，我覺得他們缺少某些什麼，我一眼便看出他們不是我理想的人。但當我第一眼看到你時，我的感覺就認為你像本來在此地工作的人那樣地熟識親切，因此我毫不考慮地叫你為我去買蛋糕。這事情很湊巧，而不是特意有什麼安排。我一點也不認識你，亦不知道你的姓名，但卻覺得你留在這裡做我的助手是很恰當的，你就是我希望物色的人物。我是這裡的業務經理，你就做我的助理人員。我和你必須保持很好的聯繫，當我有什麼意念和計劃時，你便為我去執行。你接受我的請求嗎？你原來是做什麼工作的？教師或銀行職員？」

「我什麼也不是。」我說。

「什麼也不是。那麼你在這個城市是個遊魂？」

「妳認為是什麼便是什麼。」

「你到底是誰？」

「我就是我，而且我就要離城。」

「離開這個美好的城市？」
「當我要走時就走，而且永不再回來。」
「這個城市是在逐漸增加人口，有人能像你也許可以緩和城市的膨脹。是遷居嗎？」
「有這樣的意義，但不是指生活而言。」
「可以生命而言嗎？」
我點點頭，她突然用一種奇異的眼光注視我。
「你做不到，任何人都不能以生命而言離開這個城市，這只是你個人的一場幻想。」
「那麼請妳停止有關的詢問。」
「我覺得有趣。」她說。「當我問你的生活和工作是什麼時，你說什麼也不是。這不是很難令人瞭解嗎？更無法瞭解你為何現在還活著。除非你的生存是一樁祕密外，任何人都會多少回答出這一類的問題，不論說出的是真實生活或故意弄造出另外的一套，總是會因情況需要說出所問的問題。別人會以為你說什麼也不是一種謙虛的說法，大概馬上便會跟著道出實在的情形，但我發覺大概馬上便就是如此，我什麼也不是。沒有其他事是你真正能代表的。你第一次便將真面目顯現給我，這也許是你的一種基本態度。我開始時是存有懷疑，可是現在我一點也不覺得奇怪。」
「我沒有時間再與妳做迂迴的遊戲。」我說。
「你說你要離開城市嗎？」
「是的，明天或許再明天。」

「你要去什麼地方？」

「在我未抵達那裡之前我無法告訴妳是什麼地方。」

「我不能明瞭你的意思，你要離城那麼一定有另外的一個地方是你要到達的。」

「理論上是如此，但事實上並不然。人總有什麼都回答不出的境遇，但這並不能說明他沒有認識。」

「你是誰，叫什麼名字？」她說。

「我名叫詹生，詹生是我的姓名。」

「詹生，你來地下室咖啡屋是為了什麼？」

「難道來此的人都需接受妳這樣的拷問嗎？」

「不要誤會，詹生。」她說。「人們來此地是來飲咖啡的，沒有必要有此問答。他們的生活行為都是千篇一律的，你看他們都有對手談個不停；來飲咖啡已經成為他們居住在這個城市的習慣。一旦養成這樣的習慣，雖然在最初是因為某些事才開始來的，但是習慣既已養成，它有變成為生活中最主要的事物，甚至凌駕當初所以使他接觸飲咖啡的那一件事，就是後來他變得無事可做，但是飲咖啡是永遠不會廢棄。可是，詹生，你是一個奇異的人，你在我的眼中與他人有很大的分別，你來的目的不是你已有飲咖啡談事物的習慣，也不是認為此地是個好休閒的場所，你進來便朝著我走來，而不是尋找一個空間安頓自己，你是的確有著目的來此的，你願意告訴我嗎？」

「我來是為了能晤見高漢。」我說。

「為什麼你不到其他的咖啡室去會他。」她說。

「我正是從另一個叫麵包店樓上的咖啡室轉來的，當我在麵包店樓上的咖啡室時，高漢給我一張字條他叫我駕臨地下室咖啡屋找惠蘭小姐商洽見他的事宜。我想妳就是惠蘭小姐。」

「我就是惠蘭，」她說。「人人知道我的名字叫惠蘭，在這個城市裡沒有人不知曉。你進來後一定認為我就是惠蘭，是不是？正是。好像我身上掛有名牌，像一個小學生或是一位軍人。可是我必須告訴你，詹生，高漢留一張字條在麵包店樓上咖啡室給你，要你到地下室咖啡屋來找我，這一件事畢竟是個玩笑。」

「玩笑?!」我說。

「就是這樣。」她說。

「妳正好提示給我，假如我在最初的時候就認為這是一個玩笑，我現在也許已經離城了。一切蹉誤我離開這個城市的原來是我自已的態度問題。」

「你是否願意接受我剛才對你的建議？」

「我沒有理由接受做妳的助理。」

「你是我要找的助理人選。」

「我並沒有因為妳認為我可以做什麼便去做什麼的義務。」

「我只是請求你接受我的意見。況且……」

「況且什麼？」

「假使那位自稱高漢的人不是對你開玩笑的話，你最後總會在此地晤見到他，不是嗎？」

「雖然有此可能，我也沒有接受妳的請求的必要。我可以天天來此，這樣似乎要自由得多。」

「可是這樣是不經濟的，並且你和高漢之間有時會錯失機會；只要你留在這裡，高漢任何時間來你都會見到他，這不是一舉兩得嗎？」

「我極贊同妳對我的建議，但是妳會那麼想不就是證明妳和高漢之間有著關係嗎？」

「你認為我和他有何種關係？」

「起碼妳知道有他這個人。」我說。

「不，不，我之所以會那樣說是完全為你著想，而不是來安排你和高漢的見面。」她說。

「那麼話還是說回來，妳既不能有把握使我和高漢在此見面，那麼結果終必會是一場無望的空等，我還是不接受妳要給我的那份職務。」我說。

「你總不能在某一方面來誤會我。」她說。「我們之間也沒有條件可談。我喜歡你，詹生，這是我在今晚能對你如此的友善的理由。我坦白地對你說，城市裡有些事總會指引到地下室咖啡屋來，這是一種不可抗拒的潮流，使這裡成為出名的地方。但是那些事與我並沒有任何關係，那些人我大部份也不清楚他們的底細，他們也許有一個目的，希望我能緩和一下情勢的急迫。大部份都是如此，他們只是利用我和這個地方，做為一個緩衝的所在。你由麵包店樓上咖啡室轉到這裡來，依情形而言也是如此，高漢已經看出你的意圖，因此希望由麵包店樓上咖啡室轉另一個地方。但這並不就能肯定說明他一定會來此地見你。假使你繼續每天都來此地等候高漢，有一天他還是會再引開你到另一個他選定的地方。如此永不停止，你永不能晤見高漢。他不見你也許並一定是他有做不完的事抽不出時間來，他也許正好要利用你這個弱點來愚弄你；他的目的就是要折傷你的意志；你表示要離城，那麼他要使你永遠無法達到這個願望。假如你接下我的建議和請求，留在地下室咖啡屋做我的助手，那麼高漢什麼時候來均無所謂，也正好表示出你的一個態度：你只能在此地晤見他，不可能再是另一個地點。一旦他來與不來成為他的事時，那麼他就不至於那樣愚弄你和看輕你。」

「我接受不接受，我留在此不留在此，我見得見不得高漢可能是命運，絕不能因為我的態度轉變促使他也改變。」我說。

「只要你改變便有可能促使他改變。」她說。

「我所想的也許正好到此與妳有著分別。」我說。

「委諸命運是一種消極和被動。」她說。「你所相信的命運，它會有安慰人的作用，但卻說明人已經喪失了能力。你應該再嘗試其他的途徑，所有能夠做到的途徑都需要去一嘗。據我想，高漢並不是一個什麼了不起的人物，或是一個有十足權威的人；如果是，你與他之間的事早已解決，不必有拖延下去的必要。現在這種拖延的情形正好指出高漢與你之間是十分平等，他的所做所為在最後就是要使你絕對的服從他，此刻正好說明他和你都同樣地還未分出勝負。如果他是一個像你一樣的人的話，那麼可以猜測他只不過是一個狡猾的惡徒罷了。你應該有勇氣繼續和他纏鬥。他始終不露面也許正好說明他還有不如你之處，否則他是可以在現在和你直接面對面解決。」

「妳一定以為我和他有些什麼糾葛？」

「那是你和他之間的私事，我不必加以過問。」

「我還不知道我到底與他有些什麼未了之事，從開始是我心中有離城的意念而已。」

「這只是你個人的理由，於他未必就是如此；總之，你要弄清楚就必須見他一面。」

「我現在可以答應妳的請求做為妳的助理，惠蘭小姐。」我說。「可是這是暫時性的，我不願永遠為妳做事，一旦我與高漢見了面，我便有隨時離去的自由。」

「好，詹生，我將盡可能給你高薪，以補償你暫時把自由賣給我。」

「但是，惠蘭小姐，妳要知道，看來像是情勢非要我接受這個職位不可；其實我接受完全還是因為妳個人所給我的印象的關係。」

「先別說出這些，詹生，現在就為我去做一樣工作。」

「是的，惠蘭小姐。」我說。

六

翌日清晨，惠蘭小姐和我單獨在地下室咖啡屋裡交談。

「詹生，我要和你討論一些業務的問題。」

她希望我坐下來與她面對面而談，就像來飲咖啡說話的人一樣的態度。

「我什麼也不懂，是妳想要我留下的。」我又說。

「這事對你不好嗎？」她說。

「有點守株待兔的味道。」我說。

「事實上你自己也沒有更好的辦法。」她說。

「這是妳給我的一種假定，我要留下來完全是看在妳的面子上。昨晚我已經這樣對妳表明過了。」

「我會記住這一樁事情。」惠蘭小姐說。

「你知道嗎，詹生？」惠蘭小姐又說。「來這裡飲咖啡的人一直都在抱怨音樂不好。有些人覺得在地下室咖啡屋這種場合中播放古典音樂不適當，可是有一位青年顧客說我們播出來的古典音樂水準不夠。這使我不能明白音樂在咖啡室裡到底是掩護還是陪襯的作用，你認為怎樣？」

「這裡要播放什麼音樂，我也覺得茫然。」我說。

「假使你是一位來飲咖啡的顧客，你需要音樂進入你的耳朵裡嗎？」

「如我來飲咖啡，我也希望有音樂這種東西。」我說。

「我不知道是否有那種來聽音樂而不是為了飲咖啡的人？」她說。

「兩種人也許都有。」我說。

「所以我們也必定要注意我們所播放的音樂。」

「到底要播放什麼音樂，我還是感到無著。」
「詹生，這是你正式工作的第一天。」她說。
「我總不能裝作對音樂內行，惠蘭小姐。」
「那麼你對什麼事物有把握？」
「我不確知我真能做什麼，我從來就沒有專門做過什麼事物。」
「這是不可能的。」她說。
「這是可能的。」我說。
「這個世界是由於人知道去做什麼而建立起來的。」
「這還不是個全是人的世界；人還未主宰這個世界，也還未主宰他自己；人是在感傷中活著。」我說。
「你真是這樣誠實嗎？」她說。
「我的確如是如此，不知道自己能做出什麼來。」我說。
「我希望你和我合作，詹生。」
「妳總以妳的立場來要求我，惠蘭小姐，假如妳瞭解我的話……」
「我要怎樣瞭解你，詹生？」
「放我自由，不要再問問題。」
「這是不可能的，你受僱一定要有所約束。」
「那麼叫我工作，不要叫我去思想。」

「但我看你不是這樣的人，詹生，你不要瞞騙我，你是在工作中思想的人，你的目的是在思想，但你用工作來表現。」

「假如我是如此的話，我希望妳為我保密，做我的朋友。」

「但是我看不出你也願意付出同等代價對我，我希望我對你如何，你也要對我如何。」

「惠蘭小姐，許多事情我都必須加以選擇，不能完全由妳來主動，我來服從。」

「不要忘掉你是我的業務助理。」

「我不能完全按照這樣的一個等級劃分做事。」

「那麼你要怎樣，詹生？」

「我現在不能確切說出我可能怎樣，但總會遇到我會怎樣的時候，我是為那未來而準備，希望到那時妳能諒解我。」

「我現在不瞭解你，到那時也不能瞭解你，我不能馬上答應你的要求。」

「很抱歉，惠蘭小姐，我剛才那樣說是一種超過了我的意旨的假設。」

「我要一時瞭解你大概是不可能。昨晚我第一眼看見你時好像我已經完全知曉你，這像是由瞭解做開始的一個倒反過來的路，這與這個城市的秩序是不合的，我也許不應該留你下來，我好像受我自己的某種意識所欺騙。」

「坦白說，惠蘭小姐，我是不喜歡在這裡工作，昨晚妳用了那麼充足的理由要我接受，如我不能按著妳的意旨答應妳，我覺得很對不起妳，現在妳既然已有這種悔悟，那麼我大概可以走了。」

「那個高漢的事怎麼辦？」她說。

「去他的娘，何必再去理會他呢？」我說。

「這樣說並不能解決任何問題。」她說。

說。

「也許我應該分清楚，高漢的事是高漢的事；我們的事是我們的事，不要混合。」我說。

「事實上不可能這樣做，」惠蘭小姐。「我要你留下來做我的助理，原希望和你共同分擔這個憂患。」

「我不希望妳插足進來。」我說。「如果我和高漢的事是一樁骯髒事的話，妳涉足在裡面對妳並不很好，何況到目前為止，從他的鬼鬼祟祟也可以斷定不是什麼高尚的事。」

「我還是願意和你分擔一點。」她說。

「那麼妳早先就看出我是不適宜在這裡工作了？」

「是的。我自己也是一樣。」她說。「你知道我是怎樣的一個女人嗎？再衡量一下配在咖啡室做事的應該是何種樣人。可是事情的進展總是出乎一般的邏輯。自從我來此地工作，生意比過去要好一倍以上。那些有見識的人認為用一個高出標準或本身與這個被定估的標準不同的人，是一種對客人的恭維和刺激。總之，凡是文明就不需要固定化或規律化那一套。我正合這個條件，結果證明這種想法是正確的。我在這裡並不能說是個能幹的經理，什麼事都顯出缺少決斷的能力，像音樂的問題，我就不知如何選擇。可是儘管客人抱怨，他們還是越來越擁擠。只要他們知道我在此，他們便會來。我自己也不明白為什麼？男人們也許會認為我漂亮，所以招引他們來，可是昨晚你已經看到，女客多於男客。這也不是現代的女性人數多於男性人數可當做理由的。有一客人曾經讚譽我善解人意。我自己卻不以為然。還有，你看出我身上有德行的氣焰嗎？我認為德行的問題存在咖啡室裡是不倫不類的說法。可是無論在何種場合，何種樣的事，譬如城市的統治問題，一個哲學家是要比任何人適合於做統治者。你能明瞭我的意旨嗎？感化和教育要勝於嚴刑峻罰，一部法典是不能包容全部的人類，這在城市的統治是如此，且在咖啡室的經營也是如此。」

「城市似乎是在做畸形的發展，可是我無法像妳一樣去做確切和具體的想法。」我說。

「你認為善這個理念需要靠宣傳而出賣嗎？」她說。「或者指稱自己為善，指他人為惡，這種顯明的對比。」

「我不知道怎麼回答妳，惠蘭小姐。」我說。「妳自己會在地下室咖啡屋工作，理由是說得非常的清楚，可是妳要我做妳的助理，其理由又為了什麼？」

「如果你能告訴我你到底是誰的話，我便會同樣地告訴你我的理由。」她說。

「妳要我如同妳的方式說出我自己嗎？」

「你要怎麼說就怎麼說，但必須說出你自己。」

「與其我能用最公平的立場來說出我的身世，不如用妳的感覺來估量我要更正確。我對我的自身實在乏善可陳。」

「詹生，你必須說出一些往事，讓我從那裡開始瞭解你。」惠蘭小姐說。

「那麼有一件事是我還能記得的。」我說。「我幼年時曾在一所小學校上學，有一天老師帶我去去應考中學。那天清早上車之前，老師發現我赤裸著雙足；他問我，詹生，你為什麼不穿鞋子來？我對他說，我如有一雙屬於我的鞋子，我會和我的鞋子分開嗎？他於是表示到達地點後會到商店為我買一雙。我在車廂裡朝望沿途的風景，心中想著那雙將屬於我的鞋子，我想像它的顏色和形狀。到了目的地，老師帶著我們步行去學校的途中路過許多商店，但老師並沒有再說什麼，也沒有為我去買鞋子。當我看到商店裡的鞋子時也去看看那些老師，但他似乎沒有再看到我。後來我並沒有考上那所中學。」

「詹生，這完全出乎我意料之外。」惠蘭小姐說。

「這是我唯一能記住的往事。」我說。

「我希望你把它完全忘掉。」她說。

「我已經對妳說出來，我將不會再記住它。我也感謝妳使我說出來，凡是我說出來的，我便不會再存於心中。」

「我發誓以後再也不會發生要你再說有關你的身世的事。」

「這並沒有什麼關係。」我說。

「沒有人知道你的存在嗎？」她說。

「沒有，除了高漢。」我說。

「你為何存在這個城市裡的？」她說。

「我也不能說出一個合理的理由，我已忘掉我自己多時，我不知道什麼時候開始迷失在這個城市裡，現在我似乎看清我要離城的真正原因。」

「我也已經用我的感覺窺見了你的意志。」

我站起來在桌椅間散步，惠蘭小姐把吊燈逐一扭亮。

七

當我趕到熱鬧卻少有悲哀氣氛的典祭場時，葉立並沒有在那裡。圍繞在四周觀看的人羣分開一條路，身上穿著白麻衣的數位男人抬著死者躺在裡面的棺木由屋子裡出來，同樣穿著白麻衣哭泣的女人們的雙臂和頭部貼靠在棺木蓋上；那麼多的腳有如蜈蚣，卻顯得紊亂不堪。有一組奏牽魂樂的男女打扮成武士淑女和老太婆的角色，佔住一座香火橋的四個方向對著典祭的大帳篷唱跳。

我沿著一條護城河行走準備回地下室咖啡屋。我望著這條寬約半里的河流，據說往日城政府的警察曾經在城裡追趕一名被百姓稱為義賊的人來到這條河邊，那個義賊乘著天黑無光便躍下河水游到對岸的草叢躲藏。我再眺望城市的高樓大廈。這個城市並非無涯和範圍；實際上城市是有著一定的空間，而且也有它形成的特殊模樣。河的這邊與河的那邊形成很不相同的對比；無論是站在河這邊望河那邊的草野，或在河那邊望河這邊的高大繁立的建築景象，一定有著極大不相同的，甚至是相反的感想。離城之意第一次引起我的傷感。我為了深怕惠蘭小姐等候我太久，於是沒有在沿河的路上放慢腳步。這也是我第一次身帶著職位要回到工作的所在，與昨日闖進地下室咖啡屋之前的心情判若二人。我推開地下室咖啡屋的那道特別設計的重門，惠蘭小姐看到我，不是我向她走去而是她向我走來，她的模樣怪異而嚴肅。

「高漢來過了」

她說。我呆呆地望著惠蘭小姐，心裡百感交集。

「我要留他，告訴他你會馬上回來，可是他已經在這裡等候你有一小時，他說有緊要的事不能久留。」

「他還有什麼話嗎？」我說。

「沒有，他說不是當你的面不好說。」

「妳沒有和他交談嗎？」

「在這一小時中當然是由我陪他。」

「他說些什麼？告訴我。」

不是她拉著我，而是我拉著她的手臂到昨晚我和她第一次交談的位置去。

「事情總是很湊巧。高漢與妳談些什麼？惠蘭小姐妳一定要坦白地告訴我。」我又說。

「高漢長得很漂亮，」惠蘭小姐說。「大概是我所見到的男人中最為漂亮的一個，因此這個印象給我很深刻……」

「請妳不要說廢話。」

「你再粗魯，我便不想對你說什麼。」

「我不是有意要那樣說。」

「詹生，坦白說，高漢並未說到有關你的離城的事。他只和我談到城市的公共設施及一些家常的事物。他以為我是個家庭主婦兼任咖啡屋的經理。從他的談吐，他給我很美好的感想。」

「什麼美好的感想？」

「高漢這個人從你處給我的感覺，和他本人親自給我的感覺很不相同。」

「有什麼不同？」

「似乎你要和他形成敵對，但他卻表示得很友善。」

「這是不可能的，」我說。「所謂妳的感覺已經把所有的事都從一種表面的顯示曲解了。起碼妳是改變得太快了，而且是從心裡改變的。妳的用辭簡直不能進入我的耳朵；『敵對』、『友善』這種分野使我不能接受。妳這樣地批判事物使我意識到全城的人也都有如妳一樣整齊的看法。」

「詹生，不論你要怎樣地氣怒，我還是要說他並沒有像你對他一樣地視為對立。」

「當妳第三次再修辭時也許就正是說明了這件事，但是現在我認為妳不配來瞭解這件事。」

「詹生，我是為你著想，你必須徹底改變自己的態度。」

「妳這樣說的目的無非是要我長久留下來。」

「當然，」她說。「你要住在這個城市裡便要順從城市的一切風尚，否則你便要處處嘗到痛苦。」

「這算是妳傳達了高漢的旨意罷？」我說。

「我並不屬於高漢。」惠蘭小姐說。

「那麼妳告訴我，坦白而真誠地，以我慣常的態度處在這個城市裡將會遭到什麼危難？」

「我不知道。」她說。

「也許根本就沒有什麼危難，除了你自身感到不安寧外。」

「惠蘭小姐，」我說。「妳無法從最根本瞭解我，妳也無法認清這整個城市世界。就在幾小時之前，妳在我的眼中還是美好的；可是在幾小時之後，這之間只因我的離開和那位自謂高漢的人來臨，而妳已經整個地改變了形態。妳現在露出一種與我不能諧調的態度。清早妳來之後，妳雖不讚美我，卻還能與我有同一的觀感，可是現在妳變得毫無保留地批評我。」

「詹生，你要聽我說，我們可以……」

我注視著惠蘭小姐且看到重門處出現了葉立同父異母的妹妹，我離開座位迎接葉立的妹妹，我正要帶領她到另一處座位去，惠蘭小姐已經趕過來阻擋。

「我是這裡的經理，我叫惠蘭。」她說。

惠蘭小姐搶著我把葉立的妹妹帶到原來爭吵的那處座位，我跟隨著過去；我對惠蘭小姐表示我和葉立的妹妹有點關於她的哥哥的事要談。

「我知道，」惠蘭小姐說。「你早上出去就是遇到她。」
惠蘭小姐說這樣的話使我有點生氣。她又對葉立的妹妹說：
「他是我的業務助理，昨晚才啓聘來的，他現在已經不聽我的指揮。」
我知道她是有意要那樣說來激怒我。
「讓我和她談談，惠蘭小姐。」我說。
「你們的事我不能稍加知道嗎？」惠蘭小姐說。
「這完全是與妳不相干的事，惠蘭小姐。」我說。
「讓我知道也許對你們有幫助。」她說。
「這是一件不需要任何助力的事，惠蘭小姐。」我說。
「你不要自鳴得意，詹生，你和高漢的事又如何？」惠蘭小姐譏諷我。
「高漢與我是屬於一種特殊性質的事。」我說。
「顯然你是一個需要有人從旁幫助。」
「是的，但我要和葉立的妹妹談論的事不需要任何助力。」我說。
「你是個無人願意收留的人，昨日才受僱，今日已經要背叛他的恩主。」
「妳要如何誹謗我都可以，但請妳不要阻撓我和葉立的妹妹交談。」
「你有事儘管可以和她談，但你沒有權力趕我走開。」
服務生突然告訴我有電話，我暫時離開她們去接電話。電話的那邊傳來聲音：
「喂，你是詹生嗎？」

「是的，你是誰？」

「我有一件事需要訴你。」

「什麼事？」

「上午時分到地下室咖啡屋的高漢，不是真正的高漢本人，那是一個假冒的人，我就是要告訴你這件事。」

「那麼你是高漢嗎？」

「我也不是高漢。」

「那麼你是誰？為什麼要告訴我這件事？」

「高漢吩咐我告訴你的。」

「你認識高漢嗎？」

「不認識。」

「這是不可能的。」我加高聲音說。

「高漢派人來告訴我需要我這樣告訴你。」

「這一切都是不可能。」我大聲嚷著。

「一點沒錯，這一切都是不可能，詹生，再見。」

對方的電話掛斷了，我把話筒放下，依靠著櫃台沉思片刻。咖啡屋裡有一位留鬍鬚的男人走到我的身邊，他拍著我的肩膀說：

「高漢是什麼人你知道嗎？」

「不知道，不是高漢本人打電話給我。」
「那麼你大概想知道高漢是誰，是不是？」
「是的。」我說。「我迫切地想知道，我想知道他為何如此神祕。」
「並不是他神祕啟，是我們一無所知。」他說。
「我們？」我望著他說。
「包括我在內，我也不知道他是誰。」
「那麼你要怎樣告訴我對高漢的認識？」
「一個我們原無所知的事物，並沒有阻隔我們去認識它。」他說。「只要肯願意花工夫去尋求，那個事物便會為我們找到。就以高漢為例，事實上我正是要對你談高漢，以我一無所知的認識來談他。你懂得一些數學的知識嗎？你也許學過算術，每一個受過教育的人都知道算術，算術常有一個前提，高漢是什麼東西，高漢本身就是一個前提。他並不是無中生有，我們雖不知道高漢到底最後代表的是什麼東西，可是起碼我們已經知道他的名稱叫『高漢』。我可以完全地瞭解你的困惑是什麼；你發生困惑的原因是將他視為一個常類；你開始和道他的名字的時候，你把他視為與你同樣的一個人。假如高漢是一個人的話，這個答案極容易去尋找；因為如果是一個人，那麼一定有人知道他；如果他又是住在這個城市裡，那麼一定有一個住處；不管他是如何地隱祕，終必能見到他的時候；即使他不願接見你，你也畢竟知道他是一個不願見人的人；一個不願見人的人和一個願見人的人同樣是人。而他是人的話，你已獲得答案，心中的困惑已經消除。但是我們做了尋人的辦法仍然一無所獲時，我們只好放棄把他視為是人。高漢也不可能是一個沒有文明的動物之類的東西，我們應當在這一方面放棄對他的觀點。也許你會相信他雖同樣是個人，卻是個有特殊地位的人。到底高漢的特殊地位到什麼程度呢？譬如說高漢和漢高祖是否可以相提並論？我認為這是缺乏追尋真理的人的一種想像力的顯示。以我們現在的立場來說，我們對漢高祖的認識恐怕要超過對高漢的認識多多。雖然我們同樣地沒有看見過漢高祖，但畢竟有其他的人見他；雖然現在城市裡找不出一個人他是親眼看見過漢高祖的，但是如果努力去追查的話，總才能有一些真確的資料可以斷定有漢高祖這個人。這對高漢而言未必能如此。所以高漢不同於漢高祖是極為顯明的事實。因此高漢就不是什麼特殊人物。他不是千變萬化的強盜這類的人也可以斷定，因為從來未有有關他做這類事的事發生。總之，各種各樣的特殊份子均不屬於可能是高漢。如果是人的話就不是。那麼他是一個神，一個超白然物嗎？一個超自然物本身也是一個自然物，看不見他可是知道他存在。但是我們來考慮是什麼時，我們就知道高漢與上帝是不屬同等意義的，因為神不屑去干涉俗事。一個會干涉俗事的神便不算是神。我們可以降下一級來說，有些神是干涉俗事的，各地區都有這類的區域性的干涉俗事的神存在。那麼高漢是不是這樣的一個干涉俗事的神呢？我認為他不可能是，因為這類的神存在的形式是有人去膜拜他，而高漢並沒有人特別去供奉和膜拜他。那麼他到底算是什麼？自然物與超自然物之中都沒有他的地位存在，那麼他要算是何種事物呢？當我們的思索把自己逼近於絕境的時候，我們才算是開始要對他產生一個最初的認識。當我們從外在的世界去尋找證物而一無所獲時，這時我們便開始返回向自己去追找，從自我之中去尋找那個證物以求得所要得到的答案。……」

惠蘭小姐來站在我和那位說話的人的面前，她是有意來打斷那位留鬍鬚的男人的說話。她剛剛霸佔了我和葉立的妹妹的會談，現在她又轉來分開我和那位留鬍鬚的男人之間的交談。

「詹生，現在你可以去和那位葉立的妹妹說話。」惠蘭小姐對我說。

「我正在傾聽這位先生的說話。」我說。

「我不相信這位先生能說出些什麼。」她說。

「是的，我是不能說出些什麼的。」留鬍鬚的男人說。「可是對於面前的這位先生，妳稱他為詹生的，我有話需對他說。」

「如果你真的有話要對他說，那不是真實的。」惠蘭小姐又說。

「也許，詹生，」留鬍鬚的男人說。「你還是暫時順從她的意思過去。」

「就因為是她的命令，我現在不再服從她。」我說。

「你不過去，那位葉立的妹妹是會馬上離開的。」

我於是走到葉立的妹妹面前，她向我展示著手中的兩捲錄音帶，我坐在她的對面，她對我說：

「這是我的父親所保留的兩捲錄音帶，是我的父親和我的哥哥葉立兩次談話的紀錄。葉立哥哥恐怕不知道這一回事。我的父親的用意正如這錄音帶的內容一樣，一方面要證明他和葉立之間父子的真實關係，雖然在法律上他們並不是父子，可是在真實上確實無疑。我的父親早就安排好了這樣的機會，他想要考察葉立哥哥對他所抱的感想。我認為在他生前這樣做是非常地必要。他們兩個人的會談，完全不是我的父親單方面的邀請，如果是，可以想像葉立哥哥絕不可能會前去見他。我的父親似乎知道葉立哥哥什麼時候會到一樣，早就安排妥當。在第一捲中，他們只談些家常的事，我的父親詢問葉立哥哥一些問題，讓葉立哥哥作答，大部份關係到葉立哥哥求學和就業的問題。當第二次他們見面時，也就是在第二捲所錄的，是性質完全不一樣的內容。我的父親坦白地說出他和葉立的母親之間在那個年代的處境。他說假如同樣的情形要是搬到現在這個時候，那麼就不可能發生類同的事，他也不會斷然離開葉立的母親，而使得現在父子如同陌生的路人，不同姓不互相呼叫。我的哥哥葉立完全能讓我的父親滿意似地，覺得他和他之間的生活雖是隔離著的，可是現在甚或過去和未來的冥冥之中都是聯繫在一起。這第二捲並不如我們可能會料想到的談到我的父親的家產的問題，他一定知道我的哥哥葉立的感情，他不願傷他的兒子的心。在他們談話的末尾，也就是葉立哥哥最後對我的父親說的一些話，他說：『父親，我想以後我是不可能像這樣地來見你了。我來也不知為什麼。我既然知道了我有這樣的父親，我已經滿意，我已能完全地控制自己了，許多積存在心中的雲霧也消散了。』錄音帶到此全無語聲，只聽到葉立哥哥走出去的腳步聲，沒有我的父親的腳步聲，連說話的聲音也沒有。但我可以猜想這是怎麼一回事。這兩捲錄音帶就是真正的證明，葉立是我的親哥哥，我的父親的親兒子。我要找他就是這個原因。我想把父親留存在這世界的所有家產與葉立哥哥平分。他不是我一個人的父親，他是我和葉立哥哥共有的父親；不論法律說什麼，我們可以用別的方法來抵銷法律的無情條文。詹生，你有什麼意見嗎？」

「葉立會知道這些的，」我說。「葉立也懂得如何去辨識真實與法律兩者的面目。我想葉立的離開是有原因的，他可能就是要躲避這種真實與法律之間的繁瑣，假如妳能在這事上去為妳的葉立哥哥保持他的自尊，那是很有價值的。我至此才完全明瞭葉立的為人。妳快點回家去，這個地方實在不是一個純潔的人能久留的。」

八

午後我趕到法院庭前，法院周圍空寂無人，只有在遠處的街道上可以看到行人。當單教授和他身旁的愛珈出現在法院大廈的邊門的時候，我站在一棵樹蔭下望著他們。單教授和愛珈的態度顯得莊重，也沒有什麼人來阻擾他們。他們走下法院的石階；他們是從建築物高高的地方走下來，這使愛珈的姿容顯得十分漂亮。愛珈不像是個在學的大學生，她更像是個少婦。似乎一切事情都形成過去了。他們看來呆笨而機械地走向停車所的一部小巧的汽車，他們坐進去，但並不馬上開走。我移動我的身軀走上法院的石階進入裡面，審判庭除了一位掃地的僕役外，沒有什麼人。當我轉回法院的門口時，單教授和愛珈還坐在汽車裡面，他們像化石一樣靜靜地坐在汽車裡。我離開法院。李在平與其交給那羣想以惡戲來懲罰他的同學，不如以現在的結果接受由法律有限度的制裁。不論法律對他的判決如何，法律在這方面還是較其他一切合理，法律只有和別的一切私刑比較起來時，才能顯得它的慈藹的面目。因此法庭對李在平的判罰實在並不使人擔心。可是他對法庭承認了什麼罪嫌呢？他有什麼罪嫌是他可以向法庭招認的？單教授贏回了愛珈，而李在平也開始邁向他心靈中的坦途。

我約在黃昏的時候回到地下室咖啡屋，惠蘭小姐把晚飯擺在櫃台前的方桌上。我坐下來是因為我感到饑餓。惠蘭小姐坐在我的身旁，我和她都保持沉默，靜靜地喫食。她其實並沒有；惠蘭小姐眨動的眼睛使我感覺她似在流淚。

我沒有向惠蘭小姐提出辭職。咖啡屋裡突然地發生騷動的事件，我站起來去看個究竟。一位年輕的男人竟然在此自尋短見，毒藥在他的身體裡發作，他的朋友在照拂他，把他抬出去，警察和救護車在外面等著他。這一切事都辦理清楚，咖啡屋恢復了原來的模樣時，已到打烊的時刻。我記起來昨夜我是在這裡宿夜。工作的服務員相繼離開，惠蘭小姐把今天的收入記在帳簿裡。把咖啡屋的門戶鎖上後，我和惠蘭小姐走到已經冷落下來的城市街道。

我和她在護城河岸散步，我租了一部小舟和惠蘭小姐在黑色的水上划行。細細的雨絲飄落在舟裡，她說她感到頭暈不舒服，我把小舟划回岸邊扶她上岸。我們離開護城河走向街道，她對我說：

「帶我離開這裡，詹生。」

「這是什麼意思？」

「帶我走，無論那裡都可以，只要不是住在這個城市。」

「妳是無法脫身的，惠蘭小姐。」我說。「妳在此城負有責任，妳必須繼續在此生活和工作。」

「你要走就帶我一起走。」她說。

「我不能確定能夠做到。」

「你要離城就帶我一起走，詹生。」

「妳不能輕易去離妳的職責，妳如果走了將比留在城裡更覺痛苦。要是我也有職責的話，我還是會想法繼續在城裡生活下去。但是妳知道我一點職責都沒有，我生來就像一個幻影在城裡浮生游走，我離城對別人而言無法構成印象，對我而言卻是一種珍貴的選擇。妳認識我就像妳在一次夢中的邂逅，並沒有實在可言。」

「你是誰，詹生？」

「一個時間的幻影，惠蘭小姐。我不是一個實在的軀體；一個不可仰賴的朋友。當我一無職責時，在這個城市裡就不能構成存在的概念。」

「我已經很疲累，詹生。」

我招呼一部路過的汽車，扶她上車。惠蘭小姐的身體已被雨淋濕。我沒有和她再坐在車子裡，我望著她鹿樣的眼睛，車子在我的注視下往前飛奔，直到消失了影迹。我在街道上又開始我的行走，且感覺水滴從髮上流下滑過我的眼睛。雨中的城市看起來美麗動人，我對自己已經有了真正的關心的忘懷，如我對那巨大的城市只存有心靈的記憶。

《離城記》後記

我在一年前（一九七二年春天）簡陋地寫完了〈離城記〉；這個意思並不是我在很短的時間激動地書寫它們，而是僅僅追隨我的生活感想記載了其中最為重要的部分。我每天工作，竟然耗費了將近兩個月的時光。我無意作一個時尚在台灣所謂處處盡責的作家，由於我感覺寫作者十分擁擠的台灣，可配稱全世界作家最多的地方，但令我最感驚奇的事，他們在一切寫作的構想和方法上卻都不約而同的趨於一式。地理環境圍困了他們不得不每天在一起和思想交融。因此我想到在此要成為一個寫作者將是比什麼都容易，但要有特殊的成就卻更為困難了。我的個人意志驅迫我邁向這樣的一條路：我必須退讓出大家耕耘的土地範圍，在一個沒有人注意或有意疏忽的角落固執地來種植我的花朵。

這說明了我從事於寫作一途的個性的不幸。我樂此不疲，朋友們已經都看到了。他們看到我日漸泯滅的應追逐俗間生活的一切責任，僅讓我的家眷只圖食飽的程度。我喜歡冥想，這使我在寫出我的體驗時能出現另一組非真實（客觀地說）的人物和場景，來撰述整個的感受。我的方式和表現我無法加給它們一個恰當的名詞，像象徵主義、未來主義或怪誕主義等。我喜歡這樣做，可說是整個時代所加給我一種特殊的風格；這是一個非常混亂複雜而難以析清的時代，台灣人正值在許多意識的緩衝裡生存。近代的歷史可以作為我的思想的客觀事實；古有民俗的樸實而迷信的血液，日本人的鞭策主義，中國歷史上對下的傳統和西洋的功利機械哲學。

確切地說：我表現出來的形式是我的思想的整個內容。包括我的題目、行文的句法、故事的人物和情節，甚至於我的筆名。不用說，這一切與絕大多數機械的寫作法是大異其趣。〈離城記〉便在這樣的經驗下完成了。為了避去與我過去作品重覆起見，很顯然地沒有讀過我的以前作品的人，將會覺得它過份的簡陋。我的每一個作品都僅是整個的我的一部份，它們單獨存在總是被認為有些缺陷和遺落。寫作是塑造完整的我的工作過程，一切都將指向未來；我雖不能要求別人耐心等待，但我有義務藉解釋來釋清一些誤解。被萬眾指望的作家，其精神將是不適快的；我寧可獨自自信，而不願盼望萬眾的讚揚。一切誤解和惡評都不足構成自我塑造的危險，如我現在就停止再寫作，我是一個充足和不充足的我；如我能生存延長千年，且獲致最高恩惠的智慧，我仍然是一個充足和不充足的我，其間只有大與小的分別，絲毫沒有本質上的差異。

《中外文學》的主編胡耀恆先生看到初稿時，他給了我一些文法上最忠懇的意見，碰巧我並不太計較那些所謂文法上的對錯問題，當我以緊密的精神追索我的意念之時，在小說中去計較文法是甚為不合理的事。但是對於主題的隱藏似乎激怒了他，使他馬上退還給我。一年的時光匆匆過去，一九七三年已經來了，現在也是春天。

現在，我遂有印成書單獨發表的構想，而不再對提倡現代文學的雜誌抱持過份的依賴想法；雜誌是他們社會關係的工具，並非他們真正對文學熱心和見識的產物。我構想拍攝一些實地場景，來補充須數萬文字描寫的地方，這樣做省卻我的勞力和有助於讀者的瞭解。這也就是我所說的文字簡陋或缺失的因素；因為任何繁富的描寫都不合現代寫作的意志，現代的寫作應重視發現式的創造意念。文學的顛峰時期已經過去，現在是一個新的洪荒時期，開拓的時代，文學走向大宇宙而不能老在鄉土中繞圈子。把過去文學的特長讓給其他藝術作為園地，文學的退讓也正就是文學領導其他藝術向前拓展的美德。因此也應有多種藝術技術合作的開展。

●

我欠我友雷君許多東西，但其中最為具體的是：我出版短篇小說集《僵局》一書請他插繪的酬勞金台幣五百元。凡是這個世界上的美好事物，我總喜歡和靠近，就像雷君的多方面才華，真使我無上的羨慕。他的聰明才智是我所沒有的，因此我必須向他學習。當一九五七年我和他在北師相遇時，他曾指導我怎樣用口琴吹奏羅西尼的〈威廉泰爾序曲〉。他的天資是人人都知曉的。在剛足十八歲的年紀裡，我閱讀書本十分有限，但其中史東的《茵夢湖》，海明威的《老人與海》和惠特曼的《草葉集》，這三本書在我的心靈裡匯成了一種情緒，在我最初的寫作歲月裡，我本身便是這三種人格的總合。那時（十八歲）我還未嘗試寫作，只專心於水彩畫的寫生。直到二十二歲，我才試寫〈失業、撲克、炸魷魚〉發表在聯合副刊。在我灰色憂鬱的日子裡，我總以雷君為友。

當我日漸認識到寫作才是我唯一的職志之時，我同時也認識到我與為數很少的友人之間的差異。其中我與雷君的差異最大。他善於掌握現實生活，而我則蟹居著編織我的幻夢。他富於機智、勇敢和辯論諸美德，而我則拙笨、怯懦和憂鬱；如我能發笑，也是他有意來挑引我。他甚為瞭解我在屬於我自己的天地裡才可能開朗和說話。我們並沒有發展到手足之情似的友誼，現實生活把我們分開了。

自一九六二年在新竹新兵訓練營分手後，我們只保持通信和一年寥寥數次的聚首，志趣一致的歡樂所剩不多了。他對我產生疑問：一個本國語認識不徹底的人如何去從事寫作呢？一個外國語也沒有任何修養的人又如何去鼓吹現代文學呢？他的觀念在最初與一般對現代作家嘲笑者完全一致。我的專注不懈逐漸地改變了他，使他認清文字的外殼裡面有著更為重要的東西。這種在他心中升起的認可，使他答應為《僵局》插繪。這句話是真實的：「假如一定要我的作品也附上插繪來表徵出版社的風格的話，唯你而已了。」但他說：「自身即是一優秀的畫家的七等生」這是過實的誇讚。雷君的鉛筆速寫風格的價值是極早就為我所注意，他不屑去與一般俗氣的插繪者為伍；事實上，我們的社會像一條只放出小水流的河，讓小舟橫行直撞，而不願放出大量的水且建造巨輪傲岸地航行。《僵局》最初是自費出版五百本，是仙人掌出版社退回而林白出版社也沒有自信只答應我發行之下所做的決定。在這種窘困的情形下，並沒有與雷君訂下任何書面的插繪契約。字數和篇數覺得太多，請他刪除其中的三篇，他所說的三分之一是不確的。他完全在樂於助友的美好心情下完成了我對他的信托。《僵局》一出，意外地使我和雷君共享讀書界對它的賞識和榮譽。林白出版社這時才肯以抽版稅的方式再出第二版。雷君這時也關心到插繪的酬勞，我轉告林白社請付出當時一般的插繪雇金，他說他不能再出任何超出的預算。我只得向雷君承諾，當我獲得二版的版稅時，將攤給他五百元。

從初版到今天二版賣完，三版即出之刻，在這三四年間，我並沒有獲得一次付給的全數版稅。出版社對現代作家的創作的銷售之艱苦，大家都知之甚詳。每一次與林白社的林君見面，僅拿到二三百元，猶如借資，做為我由鄉下北上的川資。因此生活在今天依然困窘異常的我，並沒有付給雷君分毫他應得的利益。他的各方面的才具使他成為他的家庭經濟生活的主宰，比我優異是顯明的事實，使我忽略了儲蓄節省以便履行我對他的承諾。當他說：「沒有人知道七等生的腰包懸掛在那裡。」是一項我承認的事實，因為我的腰包至今還是空的。甚至也可以說，我為保全這本書有其超越和優美的插繪的珍貴紀念價值，我向沒有酬金便想把它廢棄的吾友先開了一張未填日期的支票。由於沒有任何契約書具的存在，我更應強調它的事實，而且在一個極為酷重的打擊來臨的此時，使我下決心在最近的未來履行的諾言。這個打擊是：

我又以《離城記》向雷君托以為它拍攝實地場景的重任，他以如下的文字回答我：即使分別創作文字和寫真部份，下列的前題仍為我在工作前所關懷：

1. 文長

2. 以怎麼樣的面目與大眾見面

3. 合作關係

(1) 攝影者受雇於你

(2) 如同《僵局》一書的插繪變成完全奉送給寫文者，《離城記》的文字是不是要反過來奉送給攝影者呢？

第一條和第二條在我去信說明我的意念時已大略說明了。他的第三條的第一點是其第二點的事實假定，而後者正是用來考驗我的義理的倫理性的存在問題。這也許說明了一項事實：有據的契約是唯一構成事物成就的基礎，除了這，沒有其他的任何可行途徑。因為曾有在某種觀念下受騙的經驗（未經確據證明的），為了不再覆轍前軌，所以提出義理的倫理的要求，其義理的倫理，應做為一種保證與任何發生在前緣的事實才能有補償，有信賴的採信。所以結論是：其所謂前題，本質上是想由「不樂」立場轉變為「樂」的立場的意圖試探。因為：

1. 混淆未經確據證明的前緣事實，不就《離城記》一事提出合理的契約關係。

2. 正視主僕關係的存在。

3. 疑問成果的意念的完整。

未經確據證明的前緣事實是指他以為我已獲得了全數版稅，但事實上我經由上面說到的情形，僅獲得了一部份，確實我已獲得了多少，須由林白社公佈我歷次取得的款項才能證明。

雷君在第四八期的《現代文學》裡發表了〈僵局之凝聚及其解脫〉後，許多人都認為他才是真正瞭解我的人，只有少數人問我的感想如何。現在我要尊重回答那些對台灣現代文學以及我個人真正關懷的少數人，那就是：

「他雖已瞭解了，但他無能再進一步瞭解。」

他對我的要求在現實中都極為正當，但是他卻急於去索求。在我所見到的與他一樣富於才能的人都顯現如此的急迫；只要在現實的道理中成立的事物，便緊緊捉住不放。他們的生存像是正好他們幸運地能夠攀住那些垂下來吊住他們的身體的蔓藤。我相信在這廣大而不能使個人盡知的宇宙裡，除了眼見可觸的美好事物外，一定還有只在心靈中可感的東西存在。強硬地要在殘酷的現實生活經歷中去除這一部份的感受，至為可惜。我們工作了，便要報酬，是一條天經地義的規則。我們不必急躁，我和雷君一樣也工作了，許多人也和我和他一樣工作了，但報酬並未下來；他受雇於我，我是受雇於誰呢？一切都應明白。我想報酬有一天會付給我們，那些工作了而還未取得報酬的人，請不要失望；在今天能保全軀體的生命的窘困下，不必失望。任何工作都將獲得它應得的酬勞，就像任何的罪惡貪婪都將受到最後的審判。那些工作的酬勞遲早會來，不是今天，也會是明天；生命是永恆的，所以不要急迫追索，繼續我們的工作。

我現在把我的作品呈獻給我的朋友們，我並不是想叫他們懂得我的優美；我呈獻給大眾為了形式，像我每一次的呈獻一樣，形式是我的內容的所有寓義。我平常遠離他們，因此我選擇這種形式來代表我。可是我和大家是非常相知的，因為生活的隔離和獨立，大家保持友善和瞭解。事實上，在我們居住的城市裡，從我們的祖先開始直到我們的降生，我們與周遭的一切日日相處，在我們之間看似相親，但本質上卻一無所知，直到有一事故的發生突然激盪著心靈，我們才猛然察覺我們個人如處在荒寞的地域；在這危難裡，我們無法求救助，也無從去幫助別人；我們發現對朋友一無所知，對世界毫無知識。我們日日生活，隨時間生長，而對一切生活的態度恆常都是消極和被動，必須等到有一日，我們在靈感和省悟之中獲得力量，才開始向那陰影般的巨人挑戰。那存在於這世界的勢力是陰藏而無形的，個人常屈伏於這巨大的陰影裡，受其認意擺佈。很少人有勇氣把掙脫其主奴的關係視為恢復尊嚴和自由的目標；當人們陶醉在現實的感官的愛中之時，無疑地忽疏了宇宙仁慈、關懷而拒絕誘惑的崇高精神。

你們將可以看到，在我以上所說的故事裡，它並不涉及到偉大和普遍，我的靈感的契機，碰巧涵蓋了多種生活中的事實。我所探測到的人類的內在也碰巧與我的生存的時代有關，人類的精神和靈魂自來恆古，我們眼中的現世現象是如此乖謬和變態，我的反應既僵硬又異常，我企圖在說明我的理念和心中的希望，且關懷到全面和整體的內在。我相信你們會覺得和感到，也許從我往日的作品早已熟悉。

在序文的開頭，我已經說到赤裸的現實，我也不必再提引太多我的故事裡的內容。我呈獻它在你們面前，就是我的赤誠。我的朋友也將會獲得益處。

期待白馬而顯現唐倩

——唐倩的喜劇之變奏

一

時間過去了，沙河把我與那邊的陸地分隔起來。傳說昔日有一隻白馬由山上奔馳下來，人們尾隨著牠來到這塊土地。人們於是在這裡開墾，使一切都富饒起來。但是日子久了，人們懈怠下來了，紛紛地離去。沙河在每年的季節性泛濫中都刮去了一部份肥沃的土地，而它的水勢逐日的壯大，如今像現在的樣子，把土地劃分為絕對不同的兩個部份。我留了下來，搭蓋一間小屋居住，我每日辛勤的工作，只為了溫飽和等待。我守望在沙河岸邊，期待白馬再度的降臨；牠會由接連宇宙的大山上奔馳下來，當牠通過沙河時，自然會出現一座拱橋，牠的後面照樣會跟隨一大羣人們；凡是白馬路過的土地都會富饒起來。我這樣地期待白馬。我望著對岸廣大的水平線上的土地，突然一個游移的影子漸近漸大，由點而成形，穿著拖地的長袍，長頭髮和大大的眼圈，是一個優雅大方的仕女，搖擺地扭動她的軀身，我定睛注視，原來是唐倩。

她忙不及待地走近岸邊的小舟，她推動小舟下水，她輕捷地躍上舟裡，不料小舟驟然解體了，散成片片的木板，馬上為流動的河水漂走。唐倩跌落在水裡，慌忙地奔回岸上；她脫掉濕透的衣裳，赤裸的身上只留下兩條佈片。她看來依然如此地美麗動人，似乎永遠不變質地倚立在對岸。我期待白馬卻顯現了唐倩。

我的眼前逐漸為一團雲霧所掩蓋，然後在雲霧背後出現了一個城市的形影。當雲霧消散後，一座我昔日住過的城市出現在這水晶大地的一隅。在那個首善的城市，我認識了許多男人和女人。我又重新聽到胖子老莫的聲音：

「除了人自己的世界，是沒有什麼別的世界存在的，這世界上沒有審判者，唯有人他自己的存在……」

唐倩穿著一件藏色的旗袍，在一個沙龍式的小聚上，一下子就被老莫的那種知性的苦惱的表情給迷惑住了。伊坐在一個角落的位置上，看見他悠然地彈著吉他，唱〈翡翠大地〉。胖子老莫滔滔不絕地議論起來。他縱橫上下地談基督教的無神論的兩派存在主義底差別，他疾聲厲色地抨擊教會的人道主義。他談里爾克，然後又回到杜斯陀也夫斯基。

「我們被委棄到這個世界上來，」他憂傷地輕搖著頭說：「注定了要老死在這個不快樂的地上。因而，人務必為他自己作主；在不間斷的追索中，體現為真正的人。這就是存在主義的人道主義底真髓。」

唐倩很愁苦地摸出一支香煙，用拇指和食指擎著，一如胖子老莫。于舟趕忙為伊點上火，她隨即將擎著煙的手往遠處一攤，彷彿十分鄙惡地捨去了什麼：「abandon, a aense of being abandoned.」她就是這樣地遺棄了矮小的詩人于舟。

和老莫在一起生活，對於唐倩實在是一個了不起的躍進。由於伊的敏慧，伊不很困難地就學會使用像「存在」、「自我超越」、「介入」、「絕望」和「懼怖」等的字眼。後來老莫從生活雜誌的圖片上，介紹一種新的標示知識份子的制服給唐倩。唐倩便留了一頭自然下垂的烏黑的長髮，穿上一件寬鬆的粗毛衣，下著貼妥的尼龍長褲，然後在娟好的臉上架上寬邊的太陽眼鏡。這種「冷敲熱打」的衣服，確乎為唐倩增加了一種蠱惑的力量。因為除了旗袍，再沒有一種日常的穿扮比這個更能顯出伊的肉感底氣質來。至於老莫，則仍然穿著他的粗紋西裝上身，戴著圓框的老式眼鏡。

但是男人實在只不過是一個對象罷了；而且久而久之，唐倩漸漸的用各種方式去把男人驅向困境為樂，曾經有一個殺過人的彪形大漢，站在伊的床前說：「小倩，你難道不知道我多痛苦！」而使伊快樂了好幾個月之久。所以不久伊就發現老莫也具備了一些男人——特別是知識份子的——所不能短小的偽善。當他在床笫之間的時候，他是一個沉默的美食主義。他的那種熱狂的沉默與他在朋友之前的那副理智、深沉的樣子，而且不時表現著一種彷彿為這充滿人寰的諸般的苦難所熬煉的困惱底風貌，旋迴兩類。伊覺得彷彿自己是一隻被一頭猛獅精心剝食的小羚羊。

胖子老莫和唐倩他們的快樂而成功的日子，就這樣月復一月的過去了。唐倩對於他的愛情，也一日濃似一日。伊因為怎樣也拂不去想為胖子老莫這麼一個具有偉大創造力的天才懷一個甚至一打孩子的願望，而終於祕密地為他懷了三個月的胎。知道了這件事的胖子老莫，立刻就很慌張起來了。

「我喜歡和妳有一個孩子，小倩，」他柔情似水地說：「可是，小倩，孩子將破壞我們在試婚思想上偉大的榜樣……。」

伊一聽，就流淚了。伊流淚像一個平凡俗惡的母親。

「我太瞭解妳的感覺了，小倩。可是讓我們想想我們的使命，好嗎？」

唐倩只是連伊自己也莫名其妙地啜泣著，一句話也答不上來。

胖子老莫用他宣教一般莊嚴而溫柔的聲音，列舉了許多柏特蘭・羅素* 老先生的話。唐倩只是流著淚，然而也從順地接受了他的想法，伊只是說：

「老莫，你要記住，這是你不要的……」

黑夜來時，一切都看不見了，我走回我的小屋睡覺。

二

翌日我走到沙河來守望，唐倩依然還在對岸，城市和我所熟知的人們也在那裡，除了胖

* 柏特蘭・羅素（Bertrand Russell, 1872-1970），英國哲學家、數學家，一九五〇年獲得諾貝爾文學獎。

子老莫，一切都還在。唐倩是個絕頂聰明的女子。伊不復是一個憔悴蒼白的受不了剜割的母親，而是一個嫻好的少婦人。以新的姿態出現的唐倩，竟然變成為一個語言鋒利，具有激烈黨派性的新實證主義者。據伊的說法，伊已經把存在主義的時期，毅然地當做「嬰兒時代的鞋子」，予以揚棄了。唐倩能這樣恰到好處地引用這句話，做為伊底方向轉換的宣告，也足以看見伊底敏慧之處了。

站在伊的身旁的羅仲其也這樣地批評說：「哲學的唯一工作，是對於自然科學底語言，做邏輯的分析。人道主義和它底各種內容——當然包括什麼存在主義底人道主義在內——和自然科學底真理，絲毫沒有相干的地方：是一點也經不起分析批判的。哲學家的任務，是要和一切不是唯理的，邏輯的和分析的東西，從哲學的範疇中，予以取銷！」羅大頭儼然地以新的學院主義為標榜，有時甚至於使他們有置身於維也納古老學園裡，和白髮斑斑的卡納普*、萊亨巴哈**們平起平坐的幻覺呢。因為這樣，如果有人指摘唐倩的轉向，是由於伊和胖子老莫之間的私怨所致，是不被允許的。至於唐倩伊自己，則也很能絲毫不帶著「主觀情緒」地說：「不是我不愛我友，實因我更愛真理。」

凡是女性，莫不迷信戀愛的；而在戀愛中迷失自己的，又都是女性。所以凡在戀愛中迷失自己的，莫不迷信戀愛。

但是，羅大頭細心觀察，唐倩伊的拇指和食指抽煙的樣子；伊在發著議論時那種故做莊嚴的腔調，伊的只是轉動著手掌的手勢；伊的把右腿架上左腿，然後在高興的時候猛力拍打右膝蓋的習慣；伊在寫字的時候，把頭向左邊做大約四十五度的傾斜的樣子……，實在沒有一樣不是承繼自那個可憎的胖子老莫的。

然而，倘若羅大頭給予同樣的注意力的話，他將發現他自己的動作和習慣，也在唐倩的身上留下了一定的影響：比方說在吃飯前一定要喝上一杯白開水；說話的時候微微地晃動腦袋瓜子；巧妙地用一種譏諷的微笑去聽別人的意見；喫蘋果的時候要從它的屁股啃起，洗澡的時候一定要哼著他的江西老家的小調，等等。

「小倩，我對不住妳。我不該這樣無理取鬧呀，我實在太需要妳了，沒有妳我簡直活不下去。我流浪得夠了，我什麼也沒有，就只有妳一個人是我的……。」

唐倩是個十分之善良的女孩。加之又是在臥室裡，他們自然便立刻取得九分甜蜜的和解了。他告訴伊他自己的一段往事。「我一個人流浪，奮鬪，活到今天。」羅大頭啜泣說：「我比他們搞存在主義的那一個都懂什麼不安，什麼痛苦！但我已經嘗夠了。我發誓不再『介入』。所以我找到新實證主義底福音。讓暴民和煽動家去吆喝罷！我是什麼也不相信了。我憎恨獨裁，憎恨奸細，憎恨羣眾，憎恨各式各樣的煽動！然後純粹理智的邏輯形式和法則底世界，卻給了我自由。而這自由之中，妳，小倩呵！是不可缺少的一部份！」

但是羅仲其的脾氣，卻逐漸地變得反覆無常了。許多時候，他的確是個腦筋冷靜的新實證派底哲學家。然而，他也會突然地變得情緒激動，毫無理由地感到孤單，感到不被唐倩所愛，淚流滿面地乞求唐倩在愛情上的保證。他越來越發覺到：唐倩這個女孩子，是敏慧而不

---

* 卡納普（Rudolf Carnap, 1891-1970），美國分析哲學家，為經驗主義和邏輯實證主義代表人物。

** 萊亨巴哈（Hans Reichenbach,1891-1953），德國哲學家。

可征服的。伊有些害羞地說：

「我一直有一個問題想問妳。」

「嗯？」

「你曾說你在最後是一個質疑論者。」

「不錯。」

「為著真理的緣故，所以必然地要成為質疑論者。」

「不錯的。」

「對於每樣事物，莫不投以莊嚴的質疑眼光。」

「不錯。」

「因為質疑即所以保衛和發展真理。」

「不錯的。」

「以免真理為愚昧的、易受煽動的暴民給惡俗化了。」

「正是這樣。」

「可是，」唐倩憂愁地說：「當我們懷疑到質疑本身的時候，說怎麼辦呢？」他立刻感到像是被一步步騙上一個絕境裡，而大為憤恚起來。伊的這種本然的智慧，卻很使他覺得不自在了。伊只是那樣自在地，用著伊底女性的方式，信仰著他給伊底一切。每一樣事情，據他觀察的結果，包括吃喝、睡覺和議論，在伊都顯得自在而當然，絲毫沒有他那種內在的不可遏止的風暴。伊底這樣的安逸，雖說淺薄，卻有力地威脅著他，使他感到某種男性獨有的劣等感了。

伊還能夠從容而且泰然地提起伊過去和胖子老莫之間的事。唐倩的這種一如大地一般地包容一切，穩定而自在的氣質，無需很久，就使羅大頭患了神經衰弱和偏頭痛的毛病了。他理解到：男性底一般，是務必不斷地去證明他自己的性別的那種動物；他必須在床笫中證實自己。而且不幸的是：這種證明只能支持證實過的事實罷了。換句話說：他必須在永久不斷的證實中，換來無窮的焦慮，敗北感和去勢的恐懼。而這去勢的恐怖症，又回過頭來侵融著他的信心。當男性背負著這麼大的悲劇性底災難的時候，女性卻完全地自由的。女性之對於女性，是一種根本無邊證明的，自明的事實。倘若伊獲得了，固然足以證明伊之為女性；而倘若未曾獲得，也根本不足以說明伊底失敗。

羅大頭自殺身死了。

三

第三日我從小屋走出來，陽光照耀著大地的一切。我為我的期待走向沙河岸邊。我一眼看去，唐倩在對岸酷似一杯由玫瑰花釀成的火酒。她是全身都是熱力和智慧的女人，使男性得以完成的女性。她丟棄為羅大頭日日簪帶著一朵絲絨做成的黑色小花，終於第三次綻開了一朵戀愛的花朵。伊揚了揚在伊的已經十分豐腴起來了的額上的令人心軟的眉毛說：

「喬，你向他們解釋罷！」

喬治・H・D・周用左手把西裝的第二個鈕釦解開了又扣上，扣上了又解開。

「美國的生活方式，不幸一直是落後地區的人們所嫉妒的對象。但是，我們也說知道，這種開明而自由的生活方式，只要充分的容忍，再假以時日，是一定能在世界的各個地方實現的。」

他說話的時候，一直是那麼優雅又和藹地笑著，彷彿一個耐心的教師。就是喬治・H・D・周的這種溫和灑脫的紳士風采，吹開了唐倩的封凍的芳心的。他的西服總是剪裁得十分貼妥。他的穿著筆挺西褲的長腿，在第一次見著他的時候，就使伊的心為之悸悸不已。他的頭髮總是梳理整齊俐落；而最別緻的，並不是他的寶石一般的袖釦；而是他的與西裝一個料子裁成的夾背心。它妥貼地罩著雪白的襯衫，令人歡悅。然後他笑了，笑出淺淺的，年輕的皺紋來。對於唐倩，誠然是一種不可抵禦的魅力。電影中的那種溫柔，那種英俊，那種高興以及那種風流，都在喬治・H・D・周的最細小的動作上，活生生地具現了。

「我離開美國，就不停地懷念著那個地方……」

「在那邊，做一個中國人，一定是一種負擔，是不是？」「Well，不能說沒有差別的罷。那邊的每一件事都叫你舒服；那種自由的生活，是不曾去過的人所沒法想像。……你在那些城市裡，開著車通過那些偉大的街道，那些有秩序的人羣；那長長的金門大橋，太陽遠遠地落著。……沒有人干涉你；你愛怎麼樣，就怎麼樣。」他說他現在做夢也回到那邊去。事實上，他就要回去了。他們數著他要回去的好日期。「這次回去以後，我會懷念這裡的，」他迅速地瞥了唐倩一眼。「因為我在這兒碰到你。噢，你是如此地美麗，I'll miss you, really, I'll miss you very much」唐倩的臉以不令人察覺的程度紅了起來。周說那些話的表情是那麼堅定，使你分不出是一種恭維呢抑或是一種表白。「一個人應該為自己選擇一個安適的位置。到一個最使你安逸的地方，找一個最能滿足你的生活方式。這是做一個人的基本權利。國籍或民族，其實並不是重要。我們說學會做一個世界的公民。」他說：「請原諒，我顯然說的太多了。我不是多話的那種人，真的，可是你使我覺得要向你傾吐，不知道為什麼。」

唐倩記牢了喬治・H・D・周的雙重標準：即所謂「溫順賢淑的妻子」以及「情人是情人，妻子是妻子」的哲學，而予以充分的把握，巧加運用。唐倩不論做為一個情人或妻子，都是完美的上選女性。他在一個有月亮的晚上，肅穆地提出了求婚。唐倩裝著又驚又喜又羞的樣子答應了，於是他們訂了婚。

為了要證明自己是個賢淑的妻子，唐倩也直到訂婚的那晚，才答應委身於他。那夜，喬治・H・D・周是充滿感情底。他訴說著浪流的身世，他的孤單的生命，誓言要用真誠的愛情侍奉伊於終生。這些款款的話，使本性良善的唐倩第一次因為被幸福所充滿的感覺而至於哭泣起來。可是那夜的性，對於唐倩，竟也成了一種新的經歷。伊發覺喬治・H・D・周，也許由於他是工程的技術者底緣故，是一個極端的性的技術主義者。他專注於性，一如他專注於一些技術問題一般。他的做法彷彿在一心一意地開動一架機器。唐倩覺得自己被一雙技術性的手和銳利的觀察的眼，做著某種操作或試驗。因此，即使在那麼柔和那麼暗淡的燈光裡，唐倩由於那種自己無法抑制的純機械的反應，感到一種屈辱和憤怒所錯綜的羞恥感。然而，不久唐倩也就明白了：知識份子性生活裡的那種令人恐怖和焦躁不安的非人化的性質，無不是由於深在於他們的心靈中的某一種無能和去勢的懼怖感所產生的；胖子老莫是這樣，羅大頭是這樣，而喬治．H．D．周更是這樣。

但不論如何，狡慧而善良的唐倩，終於成為喬治．H．D．周先生的美眷，離開了國門，到達那個偉大的新世界去了。消息傳來，說唐倩竟然毅然地離開了可憐的喬治，再嫁給一個在一家巨大的軍火公司主持高級研究機構的物理學博士。唐倩在那個新天地裡的生活，實在是快樂得超過了伊的想像。

但是時間過去了，沙河把我與那邊的陸地分隔起來。唐倩在對岸呼喚。但是距離太遠了，聲音傳不到我的耳裡。我看到她解下身軀上的上下二條布片，她完全赤裸著，像蠟燭上跳動的火焰，對我揮動旗語。但你無法辨識和瞭解這種玩意。我的心在高原。我期待白馬而顯現了唐倩，因此我像石塊一般地坐著，即使她能展翅飛翔過來，亦不能壓倒我。我看著她把布片綁回身上，把地上曬乾的衣服穿上，然後像來時一樣地扭動著身體轉身走回去。在彼岸那個廣大的水平線上，她越走越遠，成了一個灰點，但是沒有消失。在白日她是一個到處移來移去的陰影，在夜晚像是一顆星。但她不能對我構成意義。因為我只期待白馬從接連宇宙的大山上奔馳下來，通過沙河來到我這裡，使這裡的土地富饒起來。我這樣確信著：當唐倩的時代過去後，白馬會降臨。無疑，我是這樣地期待著。在沙河岸邊，我搭蓋了一間小屋，我在此居住，在此等待。

自喪者

有一個小學生被罰站在教室前面的沙地上。當學童們都放學後，黃昏的太陽把校園的校舍和樹木都投下大而長的陰影。那個靜立的男童就像是一棵初長的小樹一樣也投了他應有的影子。有一個較長大的影子卻在移動，在種有各種高大的樹木的操場邊沿的草地上，那是一位緩慢踱步的男牧師。他在隔一段時間裡，總會回轉頭深沉地注視與他有著距離的那位學童，他看到的是一個在面孔含帶著幾片陽光的陰影的深沉表情，像是那個小身體顯示著生活和知覺。而當他又轉往聳立在男童附近的大樹樹幹時，那粗糙和扭折而有窟窿的樹幹，他驚愕著它們也有那種生活和知覺的面貌。凡是有生命的東西都將有這種面貌來顯示其生長的經歷的事物，他這樣想。而他自己似乎也在這時經由這種發現，而認知了自己所存在的這種不能隱藏的面貌，彷彿是男童和樹所投過來的對他的關注一樣。

「讓我懺悔罷，小學童，你可以走開了。你的生命本是自由自在的，我只不過在藉用你的一片無知，而賣弄了一下所謂威權。我之所以成為一個威權的教師，就像是一個威權的國王，也正像那藉神的名義所施威權的人們一樣；只是因為你的無知而使得我的權慾有所滋長。無知而所以有所謂定身法的魔術。再看看我的虛偽罷，我是為了愛你，希望你將來成為有用的人，所以要教導你，但你為什麼不聽從我的話做應做的作業呢？我處罰你，是為了你的前途著想；我愛你，使你將來不致因為無學而感到悔恨。我這樣說與那國王和藉神說話的人有何二樣呢。如果你不依照著神說的去做，神將不會保護你，魔鬼將永遠纏住你的身心；而如你犯法，你便是國家的罪犯。為何你要成為一個劣民，或一個不信神的人，或是一個像你的壞學生？我知道的很清楚，當我指責你是一個不聽話的學生時，我心中感到慚愧。除了這屋外的校園是一片綠色之外，在那一排教室裡，貼滿條紙寫成的標語，除了這些符咒之外，一無所有。在這個小村裡，當所有的社會意識都指向教師來非難的今日，可憐的小孩子們呵，你們是在像我這樣的一個苦悶難受的教師的惡劣心情下受教育。我是一隻握著雕刻刀而發抖的手，你們是一塊塊的新木頭。在學校裡除了寫，就再沒有比這更重要，在家裡，你們也是除了寫，否則就不是家庭作業。而我就像那持鞭監視修築萬里長城的無辜百姓的監工一樣，當有那一位怠慢而落伍，我便揮鞭打在他們赤裸的皮肉上。但是，當我憐憫你不罰時，其他人會依樣怠惰下來，而我將會丟掉我的飯碗，甚至我的生命。我們全是講求命運的人生的民族，只認命，不怨天尤人。我的懺悔不達於天，及於神明，只留存在我的心裡片刻。」

突然，他被露出土外的樹根絆了一跤，身體向前俯倒下來，他的雙手迅速地先於頭和胸部接觸地面，避免了震盪和撞傷。這像是馬上應驗了他的瀆辱天地神靈的一個顯明的警告。他的沉鬱的心胸為了這突發的事而磅礴了起來，血液急遽地湧上了腦部而臉孔脹得通紅。當他發現在最邊遠的樹叢後面站著幾位窺視的學童時，他趕快地走進一間還敞著門窗的教室。

他站在一位批改作業的女教師的桌前。

「你使我嚇了一跳。」她抬頭對他說。

「是的，對不起。」

「還沒有放他回家嗎？」

「沒有。」

「你這樣做真不是辦法。」

「是的，為什麼？」

「他不會為這種處罰方式而改過的。」

「他本來就沒有什麼過錯，只是……」

「只是不寫作業？」

「是的，只是不寫作業。」

「不寫作業就是最大的過錯。」

「我的辦法就是打。」她又說。

「法令已經……」

「這是鄉下的小孩，不是城市的小孩。」

「我知道。」

「因此我們只有用打，以外沒有辦法。」

「當然我們要小心不要打傷他。」她又說。

「打在皮肉，卻烙印在心上。」

「你還管那麼多。」她有些生氣地說。

「是的，我知道。」

他知道有關這類事的爭辯是沒有結論的；敢情個人所知的只是個人自己的狀況，這個世界是如此地沒有互相瞭解，沒有共同持抱的真理。所以他又退了出來，改在平坦的走廊踱步。他又望一眼那個站立的學童。今天我們使一個學童心裡受傷，猶如古時秦國之使百姓的皮肉受傷。他想：類似那位女教師的工作基礎是什麼？她只注意到眼前所能帶給她的利益和順利，因此她沒有心，只是一架工作的機器；操縱的人在她身上施令，她便依照所得的情況行事。沒有因材施教，沒有有教無類。所以她能如此愉快，如此充滿幹勁，就像一部機器，沒有心。而他的憂悶是對自己的一種損傷，是不聰明的，生命對他將顯示短暫，是愚蠢的自毀。他有心，他想，這會不會是哲學在人生的欺騙？他如此疑問。他繼續踱步到校舍的背後去，他遠遠看到那位自小土堆上來的校工，手裡提著酒瓶和罐頭，似乎把身體和酒瓶連帶地搖晃得很厲害，可是卻沒有倒下來。他在這平靜的校園已生活二十幾年了，當初他假報歲數而自軍隊退伍下來，現在他假裝跛腳而不做事。當他和他將碰面時，那位校工說：

「這個月薪水還不下來啊！」

「是的，你沒有米吃了嗎？」

「話不是這樣說啊，該給我們的總要按時給，不能拖啊。」

「是的。」

他對他點頭。他和他擦身而過，他心裡嘲笑他，他要生存下去，就要繼續跛腳下去，直到死。每一個人都是為自己設想出一個諧謔的姿樣，而無能從心裡拔除那根腐朽的釘子。這樣的釘子是從小釘進去的，看來一個教師就是負責把釘子敲打在學童心裡的人。但對他來說，他每釘一隻在學童心裡，在自己的心上也同樣插入一隻。他現在由空間的兩層玻璃窗，對那位還靜靜站立的學童的背部望一眼，他的眼神深深地注入於那學童的頸背為太陽曬成灰紅的乾燥皮膚。他只有為此難受。當他真正關心到他自己的憂患時，他才開始也關注到這個世界。

他來到那位學童的身旁，對他說：

「你可以回家了。」

那位學童連看他一眼都沒有，帶著恨只顧向前走去。教師為這學童的頑強態度驚嚇了起來。他由背後看到他的小手臂伸到前面的臉部擦拭了一下，那位教師踱步前去，扳著他的瘦小的肩膀，暫時阻止了他的前進。

「你為什麼哭呢？」

學童並沒有回答教師，只顧往前行走，而教師再也沒有那份力量使用他的定身法再度處罰他的無禮。他想：他相信別人是依然會用得有效，但對他而言，他的威權已因他的憐憫的心腸而喪失了。

在山谷

一

他們兩人越過了幾座山到達了山谷，在一座燒木炭的土窯子前停下來休息。他們將在這裡工作七天，把樹木砍下塞進窯裡，再將窯子封閉，然後燒火，一連數天。除非有話必須要說，不然他們總是保持緘默。他們知道在什麼時候要做什麼工作。他們在夜晚躺臥下來的時候依然不開口說話，甚至他們想要做愛，也總是沉默不語。他們並不知道有所謂眾多的語言可使用，他們之間像鳥隻只有簡單的幾個音節；他們互相熟習個人的動作和表情，除非他們感到動作和表情何其不便時，才用到語言；那時他們由心地感到語言的簡便和優美，當他和她交談注視的時候。

在這七天裡，世界只有他們兩個人。舉目所望皆是待砍的山林，廣大而翠綠。在那個男人的心中從來沒有這樣直接的問題：什麼時候才能將它們砍燒完畢？工作即是他的生活，他知道他永遠不會把它們燒完。這一山燒完還有另一山，而且樹林還會再長，永不停息。但是那個女人不相同，她只要站在一旁冷靜地看那些山羣，她便開始幻想起來。她感到她的世界十分單調。當她的想法傳達到那個男人時，他感覺年歲老大，開始慌張和憎恨他的世界。

他走到堆積木柴的地方，然後他肩托著一綑枝椏雜亂的木柴走回來。他在途中意外地跌倒，一根樹枝刺破他的胸膛，他清醒地臥倒著，血染著身旁的樹枝。她奔跑過來看他；他仰著臉，想向那個寬廣而遙遠的天空說什麼。

「你想說什麼？」

「那裡睡著另一個男人。」

她照他指示的位置走去，把那個睡在積水地方的年輕人叫起來。

二

火早就開始燃燒起來，是她教那個年輕人把窯子用泥土封閉起火燃燒。那個年輕男人工作得很辛勞，他走到水流的地方洗濯身體，在草地上躺下來休息。他不知道坐在窯前燒火的女人和那個重傷的男人說些什麼；他太疲乏，很快就睡著了。

而她知道他現在真實地看到他自己的一切。她知道他用著斷斷續續殘破的語句所說出的都只不過是一種自憐，他的疼痛就需要那種呻吟來調節，否則也會很快死去。現在除了那張曲折和緊張的臉之外，那張看起來粗糙的醜臉之外，必須靠語聲來傳達。那些不連接而顯示微弱的語聲，有著極豐富和貼切的表現，他可以算是一個詩人，他的處境使他突然成為令人惻動的文學家。

但是她並沒有另眼看待他，文學除了它自身的意義外，對她來說毫無特殊作用。他只是想要利用既往的事實感動她，以便幫助自己延長生命。這是絕對愚蠢無用的想法，而且是不可能達到他的願望的事。他想要延長殘軀的生命也只有靠他自己的呼吸調節，維靠別人是絕對不可能的。她繼續在燃燒的洞裡添加木柴，顯露她的真實和勇敢；她是必須要活下去；她根本不能維靠他的文學活下去；她必須維靠那個不變的工作而活下去。

三

現在是輪到那個年輕男人來燒火，他端坐在月下窯前。他似乎在等待著，等待著那個垂死的男人要對他說什麼話。那個女人已經睡著了，離燒窯不遠，那位始終清醒和死神掙扎的男人離年輕男人更近。他不敢去對那張熱望天空的臉看一眼，他只注視炭窯中的熾烈火焰，他不能使火熄滅。假使那個男人不受傷，這個工作原是他的。現在輪到那個年輕男人代替他不是意外，而是命運。他這樣想著：說罷；為什麼不說；最好說出一些話出來；不是什麼人在垂死之時都會說出一些什麼話嗎？

他是越來越不安了，他端坐著，火光映照著他那張年輕而緊張的臉孔。整夜那個垂死的人的沉默猶如是一場大訓誡，他開始檢討他的來源，為何他會來到此地接受這使命，他雖有著冗長的經歷，但對這山谷來說，他的出現是一個突然。現在他是為了替接一個垂死的人的生活苦難而感覺不安，在這世界上，不能因生而歡笑，世界僅存著自我一人時，才能平靜和自由，它在期待唯一的自我來居住，而不願眾人來共住。他期待著那個垂死的男人對他說話；他不渴求減輕而為未來期待他詩的語聲。

四

那個年輕男人在山谷的斜坡挖了一個長方形的坑，他和那個女人合力把已經死去的男人放進坑裡。他們築就一個紀念的墳墓。晨光很平靜的照耀著，草地青綠，樹木優美，那個燒木炭的土窯已沒有灰煙上升空際，沒有音響。他們兩個人開始離開山谷。

經過了這些事，他們互相瞭解而保持緘默。他們在一起沒有半點儀式，他們的快樂是完全建築在自己能負擔的痛苦上；他們所獲得的都需要付出相當付價。他們像知道地不瞭解自己，又不知道地瞭解自己。他們所經歷的事全屬命運，因此也不必去責咎任何人。那個女人每次回鎮都陪伴著一個男人，但沒有人能憑肉眼看得出不同，因為沒有人有真正辨認形象的視覺。沒有人知道現在是什麼時間；沒有人知道過去和未來。也沒有人能真正關心別人；這世界也許根本就沒有其他人，除了他們。

聖月芬

當我聽到她死掉了，這使我們覺得有些寂寞和空虛。她來鎮上時，並不大引起我們的注意；她十足是個鄉下沒見識的女孩，穿著低俗的花衣服，在她的身材和容貌都非常平庸的打扮上，一點也引不起人的好感。雖然如此，可是這是一個什麼都排斥的小鎮，包括新思想和陌生人；人們拒絕吃電宰冰凍豬肉；當她上街買菜時，於是婦女們竊竊地交耳，問起她是誰。有人回答說：

「名叫月芬。」

「姓什麼？」

「不知道。」

「那裡的人？」

「北勢寮山裡。」

「誰家的女兒？」

「不知道。」

「嫁到這裡來嗎？」

「是的，三月底的時候。」

「是誰娶了她？」

「住在鐵路西側一個退伍的老兵。」

「那麼年輕！」

「看起來愚呆害羞的樣子。」

「就是啊。」

直到有一天，她的模樣改變了；她的腳步緩慢，低頭沉默和愁苦。她開始在街頭遊蕩，像一位在青空下街道上播散羞辱的花朵的女人。她口中簡短的語言，似乎隱藏著難以釋清的事實。她的丈夫出來尋她，但她拒絕回家。我們看到那位似乎並不老的老兵動粗的時候，月芬坐在柏油路上，黃昏的太陽刻劃著那張扭曲哀鳴的臉孔，有如一隻恐懼的母獸。帶沙的風把她的裙子翻起來，使我們意外地看見她白皙而隆起的腹部。她的長髮被那個又羞又怒的指爪揪著，像拖著一隻不情願行走的頑驢。

鎮上人們的注意力由湯醫生環遊世界花去五十萬鈔票的大消息轉到月芬的醜態上。我們傾聽著，像所有的生活觀念都來自那些執事的大人們一樣，我們也從他們尖刻的語聲中知悉月芬的身世。我們雖在許多既成的事上仰賴於那些大人們，但在我們的內心裡，常有與他們不同的感受。就像我們每天去上學，可是真正的知識並不來自那些頭腦石化的刻板的教師。在鄉下小鎮上，教師和警察只知施威管理我們，而不是教育和保護我們。我們有我們自己的遊戲和生活，對於反覆不已的煩重課業，和曲解命令成為不是過酷就是怠忽塞責的態度不感興趣和厭煩不堪。

可憐的月芬，她痛苦哀愁的臉告訴我們成人世界的自私和殘酷。有人警告我們不要接近她，跟隨她在街上跑。有時我們寧可從書包裡掏出橘子遞給她，免得她吃地上撿來的骯髒爛果皮，當她咬嚼出污黑的液汁唾流下來時，我們感覺她的嘴正像我們的嘴。他們這樣說：是清潔隊的老兵大家湊錢去娶她，帶回來時有人說她神智不清是個呆女人，是受騙了，應該把她送回去。可是巴不得趕快驅走她的北勢窩，那裡肯再收留她呢？無論如何不准月芬再踏回家門來。他們的心情很紊亂，既然是大家出錢買來，那麼大家共用接受這份愚蠢罷。有人在晚上聽到由鐵路西側那一帶的矮房子傳出的哀鳴和打鬪的鬧聲。可憐的女人，這就是現今變態的世界，像整個民族的落敗和屈辱的背裡的自私和愚蠢的人性，苦悶和對自己的同胞無人情味的生活，都注入給這個無知的女人。聖．月芬，妳來承受了他們的苦痛，妳是他們和整個鎮上有形的內在象徵。

他們娛樂啼笑，妳卻嗚咽流淚。但是她的存在使我們付出了關心，每天上學前，我們必要知道她現在什麼地方；到了學校我們會互相報告她的一切狀況。我們常跟著她，我們像生活在她骯髒和愁容的後面。她的存在比起學校的功課有價於我們增長的知識。我們愛她，乃有時盼望她能早點死亡。

她的頭髮剪掉了，可以目睹出那是一隻快速而瘋狂的利剪下的無秩序的痕跡，她日漸瘦弱枯萎，她靜靜地坐在街頭防空壕的上面，坐在走廊的陰影裡，坐在鎮公所或警察局前面的大榕樹下面。聖·月芬給我們的深刻印象是那個瘦不下去的承受一切的低沉大頭顱；她看起來多麼智慧啊，災難的感覺已經自她身上消失盡淨了。這使我們能和那些肥軀頭小酷像在史前期活躍的禽獸的婦女有個清清楚楚的比較。當我們在勞作課塑像時，最最生動的就是聖·月芬的半身塑像。

她在分娩時死去。她的死並非我們的禱告祈求，她的死是神的意志。我們紛紛地奔去送行，尾隨在一隊抬棺人的後面；無親無友，沒人為她哭泣，那位丈夫早就離開了鎮上。這種冷落情景，與鎮上的葬禮都有鎮長、鎮民代表、警察局長、機關代表，像將軍族的女樂隊，數百人的親友的隆重遊行有很大的對比。聖·月芬是這人類歷史承當苦難的角色，卻為人漠視和冷落。只受到我們無限感激和記憶。我們相信會在未來改變我們的生活世界，這個恩澤無疑來自聖·月芬所扮的瘋顛行為，她以她的犧牲來完成我們清醒的知覺。

在霧社

我和雷自約定會合起程到現在，我們已經身處於一個非常奇妙奧祕的所在。

我們一邊望著太陽的西墜（在這之前，它在天際用它的光把佈置的浮雲照得像皇宮一般的輝煌），一邊看到霧氣自澄清的湖面升起。

我和他必須在霧社歇息過夜，

明日我們將前往攀登合歡山。

在灰霧漸漸籠罩的這個小丘上，像是非常細小的紅火，是正值開花的霧社路旁的櫻樹。

晚飯後，我和雷散步到殉難碑和文武廟；在這行人稀少而幽黑寒冷的地帶，我們默默踽行，不敢恣意喧嘯。

我的心漸漸獲得了平靜，是塵埃的落定而空氣潔淨。但，另一種情緒像霧一樣地升起。

我們回到旅店，在榻榻米上的小桌擺著對談的菜酒。

有一年，我和雷也曾經相偕前往小琉球。我們從瑞芳出發，在台北友人家渡過春節，然後才南下到東港，搭港輪到了那個地方。白天到海灘去游泳，晚上睡在一家破落的旅店。當我們轉回高雄，一切盤資已經用完，我們開始發生爭吵最後不歡而散。

事後我想，我們為什麼要去，路途遙遠而又不是一個旅遊的理想地方。我們是為去而去，那個地方並沒有什麼特殊意義，如果換為另一個地方亦是一樣。像生命的旅途，那是一個必經之地，意義只存在我們的心底。因為我們要活下去，我們渴望那樣做，如此而已。但現實常違背我們心中的理想。我們又無事不在與現實中顯示出猜忌和不友愛。我是如此愚蠢，雷亦是同樣愚蠢。

再往久遠的時日去回想：在我們年紀稍年輕的年代，我曾經戀上了一個女孩。她和我在同一個學校，同住在校舍裡，朝夕都能互相見到。但是我不敢去和她說話，畢業之後，我才鼓起勇氣到她的家去拜訪她。她待我很親切，就像我們早已熟識的朋友。可是我發現她有許多男朋友，他們也都經常去她的家走動。而我卻不能和他們合得相處，她和他們似乎非常的融洽而愉快。於是我感到不快樂，我離開了那裡，騎著一部舊腳踏車做環島旅行。我不能明白我為何折磨我自己，似乎是不快樂使我要這樣做。第一天從台北城出發，前往宜蘭。但是那一夜我被困在山中，我在黑漆的山林裡跌倒受傷，衣褲撕破了，深夜才抵達宜蘭。我直奔雷在友人家的居所。他看到我這等模樣，問我這樣為了什麼？我對他表示，我自己也並不知道。

我要這樣做，是為了我能在各地寄卡片給那個女孩。我守著這個祕密。我在宜蘭和雷相處了二、三天。當他不能真確明瞭我為什麼要這樣做時，他想把那部舊腳踏車毀壞來阻止我要經由蘇花公路去花蓮。他說這是一條單獨行駛會非常危險的路；沒有任何同伴對我來說也是異常的不好；他知道我騎車的技術並不好，我也知道這點。但是他看出我的意志很堅決。

「你真不能告訴我為什麼嗎？」

我搖著頭。

「我不能相信。」

「真的，我說不出來。」

「我想和你一起去。」雷說。

「不要，讓我單獨走。」

他還不能瞭解我，他知道我心中有事。是的，存在我心中的事在未成熟前，我不能夠說出來。凡是任何事物在時機未至之前，都無法清楚的表示出來，既使表現了出來，也不能讓人完全懂得。雷並沒有真的把車子毀壞，是站在旁邊的朋友阻止他這樣做。我也知道他是什麼事都能做得出來的人，但是有其他的人勸服了他暴君般的脾氣。他只得讓我走，在分別的時候，他已經改變了態度，他給我一些錢，從他的眼光中我看出他最後對我的祝福，他說：

「在高雄再見。」

「我一定會到達那裡。」我說。

「我在高雄等你，我明天搭火車經由台北回高雄，我的父母要我去見他們，我就留在高雄等你來。」

「好的，我會到達那裡。」

在這臨別的一刻，在他那種滿懷猜疑和惱怒之中，他付出了他的瞭解；他有一種美好風度，他能抑制自己且能對人熱情。我車子騎遠了，我才落下了眼淚來。我回頭望，他們爬上路旁的小山丘，站在那裡望我，對我舞動他們的手臂。我再回頭，他們還坐在那裡，我繼續踩踏前進。為什麼？我不知道。

而我的心卻在那個女孩身上。我由宜蘭到了蘇澳已經中午，我先到郵局寄明信片給她。然後我才踏上蘇花公路。在抵達南澳前，我又在一處下坡的急彎跌倒受傷，手臂撞到山壁擦破的很厲害。我簡單地處理了傷口，繼續南騎，我沒有在抵達花蓮時留連太久，三天後我到了台東，才到醫院求治。傷口有點惡化，我不得不在台東住了一個星期。我繼續寄卡片給她，但與雷的約定漸漸佔據我的心思。我在療養中發覺我並不是在愛她，我只是為了我所設想的事努力，她是一個具體的代名詞，一個假想的目標，我為了不快樂而這樣做，她離我如此遙遠，我知道她不會愛我。但我必須為我自己的承諾完成這一次的行程。

到了高雄，我找到雷；他說：

「現在你能告訴我，你為了什麼嗎？」

「我還未走完行程，我不能十分明白為什麼，請你別再問我這件事。」

「那麼我們如何能快樂的在一起呢？」

「是的，我們不能快樂的在一起。」

「我們不能浪費光陰，劉，我們必須確定一個目標，為那個目標努力，不能徒費光陰。」

「我知道你說的是真理，但還不到時候，也許還沒有那個機會。我在尋求瞭解我自己，教育我自己，我必須要這樣做。」

「你必須尋正途而做。」

「我不能確切知道這個。」

「我知道機會沒有來前，會感到沉悶不快樂。」

「我也許不能像別人那樣聰明，容易懂得周圍的一切；我也不瞭解自己，但我所做的都出自我的心的需要。」

然後我回到了台北。我跑去看她，她依然親切的招待我，可是對我所剛完成的事卻漠不關心。我不是真正的去找她愛我的答案，我只是表示我做完了一件事；一切都到此結束。事後我沒有再到她的家去，也沒有和她再聯絡。我並不憂傷。我知道我又必須另找工作，以便接連剛完的事。我知道有一天，我會尋到真價；以補償在這之前的一切耗費。

當雷寫信約我前往攀登合歡山時，我的心感到震盪。我和他之間有太多的差異和不融洽的事發生。凡是我與他攜手合作的事，沒有一件不是到最後不歡而散的。我們之間有基本上的不愉快。我和他為了各自的生活，不在一起已有三年多了。我唯一可以確信的是：當我和他在心中感到極度不快樂時，總會想到對方而想法相見。這是從久遠一直延續下來的事實。我和他都沒有求得真正的獨立和自主，在這紛擾的世界裡，我們的處事不成熟，我們的心境很曖昧矛盾；我們雖在外表表示的很堅決，但在我們的心裡卻很恐慌。這一次我們將往攀登合歡山，這只能顯示他心中的改變和希望；但我為何感到顫抖不已，我缺乏準備，我只直覺地知道美景將在未來的日子裡，卻沒有想到雷如此地出乎我意料的快捷。但由他來邀我是我高興的事，諸事都顯示他那主動的精神，但這一次才是我唯一真正的讚許。

我想到我和他現在同在霧社裡，我的心思轉變得非常嚴肅。我和他是兩個絕對有區別的人。

我出生在台灣，我的祖先在一、二百年前便由一水之隔大陸遷來定居。我的一切已經形成固定為一個小島的習性；我的思想、觀念和理想都是一個島的形貌。還有我的語言。

而雷本身祖籍安徽出生於上海，他的雙親都是在上海的知識階層中有地位有財富的人，他的童年是在大城市的渥沃中渡過，包括他模仿成人的性遊戲的姿樣。然後他突然地來到台灣。

我們在這種事出突然的日子邂逅在一起。在最初的階段，他受到成人的影響，以為可以馬上回到那繁華的上海。台灣只是他們暫居之地，他們的田產財富和一切習性均屬於一個廣大的地域。我和他有著互為排斥的批評的態度。

日子一天一天地過去。當他們攜帶過來的有限現款逐漸用盡的時候，他們也開始要設法習慣於這裡的勤勉生活。

而一年一年的過去，他們對大陸的情感日漸壓到心的底層，他們的疼痛漸漸的消平，把恨一絲一絲地藏起來。在這時刻，我和雷才漸漸地建立了和諧感情。

我們必須一同生活在這裡；我們必須互相學習對方的優點。我和雷雖來自不同的區域，但我們一同生長在這裡。這裡僅僅是一個周圍四百多公里的獨立島嶼，四面被浩瀚的海水包繞。我們由小學到中學，由中學到大學，我們讀相同的課本，說相同的語言，吃相同的東西，做相類的事，我們也應該建立相同的理想。

我們的理想是什麼？
在那裡？雖然我們的
感情已是如此地濃厚。
我們正處在霧社，
在黑漆寒冷的山丘的
夜晚中。
我們正在醞釀著，因為
明日我們將前往攀登
合歡山。
要征服光亮而凸出的
雪山，必須要
知識、勇氣和毅力，
要合作的精神
和愛的力量。

我和雷能夠真正互相瞭解嗎？

有一次，我和雷同往一個靠海的小鎮。我們在那個鄉村寫生，打羽球和游泳。黃昏的時候，我們同到一家茶館；就像現在我們在旅店的對飲。那時我們的心情十分輕鬆，有兩位女郎在我們的身邊聊天和調情。這兩位女郎長得異常的甜美可愛，伶俐又善於辭令，使得我們不願離開她們，決定在小鎮過夜。

那時，我們都覺得是一生中最快樂，最豪爽興奮的時候。兩位女郎為我們備辦一些好吃的食物，並且買了一瓶紹興酒。我對雷說：

「我們在這裡，這真是天堂。」

「我從未覺得有過這樣的快樂。」

「我認識你，這真是天意。我們度過許多歲月，一切都尚稱滿意；我們有吃有穿，不算富裕也不窮，我們還要什麼？」

「我們還要什麼？」

「女人。」

「我們對女人的愛情始終不能如意。」

「任何人對女人的愛情總是一樣的不如意啊。」

「但我們並不缺女人。」

「是的。現在，她們也很友善，也不太勢利；假使我們慷慨些的話，她們對我們總會很友好。」

「但是，我們的將來如何？」

「將來？誰知道。」

「我們對於將來，也許會有點意見不同。」

「什麼意見？」

「什麼意見，你應當會知道。我們都是知識份子，我們有機會受較高的教育，我們應該關心社會大眾的事。」

「我記起來了，我曾對你說過，劉，我們不要浪費時光。」

「在高雄，你曾對我說過。」

「慚愧，我自己幾乎忘掉了這件事。」

「我們常常忘掉自己說過的話，但不會忘掉意志想做的事。」

「我的記憶不如前了，也許我有點厭煩。」

「對什麼厭煩，雷？」

「許多事物，如果都是反反覆覆，則叫人厭煩。」

「我有一種覺悟，」雷又說：「我們不應當欺騙別人，這樣地繼續下去，結果更糟。」

「是的，譬如我喜愛這個鄉土，我出生在這裡，我也希望死時埋葬在這裡。我喜愛它，是由衷地去喜愛，但我盼望能夠比現在更好些，更自由些。我希望那些陳舊不實用的東西去除掉，產生些新的東西來。這個世界雖是大起來了，但那是一種觀念和視野，但我仍然屬於這裡，我喜愛這個土地，愛它，你覺得怎樣？」

「我也愛它，這是我的第二故鄉。時間溜去的太快了，時光也走了很長久，我感到徬徨。有時我們的外表表示的很堅決，可是我們的內心很矛盾。當我們麻痺自己時，我們欺瞞自己說這是快樂。」

「不要談它了。」我說。

「再買一瓶酒來。」雷說。

「我覺得現在沒有剛才那麼快樂。」

「我正是這樣的感覺。」

「我們不要再飲酒。」

「那麼我們做什麼去？」

「我們離開這裡。」

「現在就走嗎？」

「是的。」我說。

我和雷最後並沒有在那個小鎮過夜。那兩位可愛的女郎覺得很奇怪和失望；當我們離開茶館時，她們嘲笑和侮罵我們。我們並沒有對那兩位女郎說什麼，因為說什麼她們也不會瞭解我們。

在霧社，雷顯得比往常聚首時更為沉默。此時，我們之間當能比過去都能互相瞭解對方。雷是一個聰明而善辯的男人，可是他也是一個非常自私自利的傢伙。我雖比他愚凡許多，但我是一個道地的忠厚人。我們在這個島上一同生活太久了，我們之間在外表上也沒有多大的差別，只有在我們的內心中，似乎仍存在著一些微妙的差異。突然雷說：

「我現在已漸漸覺得好些了。」

「我對你感到有些憂懼。」

「現在我已好多了，我自己也不甚明瞭。」

「我希望能夠瞭解你。」

「是的，我相信你能。」

「也許現在才是真正我們相混合的時刻。」

「我想正是。你真是我最好的朋友。」

「你也是我最好的朋友。」

「攀登合歡山對我來說期望已久，」雷說：「但我覺得時機未到，我不敢說出來。我和你在這個島上已遊歷了許多地方，但都不是真正我們心滿意足的所在。現在你覺得如何？」

「正如你所說的這樣。我的憂懼現在也消失了，我充滿希望。」

「告訴我，劉，你有沒有想到要來攀登合歡山？」

「我想過，但我覺得只有與你攜手一起才是得當的。」

「我們過去有許多不愉快的事，我覺得抱歉。」

「算了，我現在覺得很愉快。」

「我寫信給你，你嚇一跳嗎？」

「是的，我又驚又喜。」

無葉之樹集

餐桌

他把面前桌上的一盤炒飯喫完了，然後稍嘗了幾粒從冰箱取出來的葡萄。他的上身赤裸著，躺靠在椅背上，除了思維，一切都滿足了。對面有一個小男孩的頭部出現在桌面之上，他還在用一隻銀匙吃著一盤同樣佐料的炒飯。當那個小男孩吃了幾口飯之後，必定用另一隻手端起玻璃杯，仰頭飲了一口冷開水。那個男孩的背景是一堵紅色的磚牆，因為燈光的微弱顯得昏暗模糊，貼靠著牆壁的二張黑皮椅子，卻很明顯地並排在男孩的背後右側。椅背的上方有一口半開的窗戶，外面已經黑暗了，看不到窗外的樹。在這個寧靜的黃昏他和一個男孩共享一頓很簡單的晚餐。黃昏被稱為寧靜是一種概念而並非是事實。在那個概念裡，黃昏闡述著某種深厚和混雜的涵義，但在每一個日子的黃昏，卻僅僅是某種時辰的代表，沒有象徵的意義。他依然可以很清楚地聽到角落裡一隻吹向餐桌的電扇的嗡嗡的煩忙聲響。他的沉默，以及朝向同一個方向不變的表情，已經促起了那個小男孩的反應。

「星星王子會來嗎？」

他轉向那個問話的男孩，注視著他，但並沒有回答他的問題。那個小男孩臉上顯露著笑容，當他笑起來時眼睛縮小了很多，可是那藏躲在眼皮後面的眼珠卻露出異樣的光芒射向他。

那個小男孩現在不斷地改變他的表情來討好他，一面繼續他的喫食和飲水。但是他並不在意那個男孩的一切裝作的模樣。他的視線已經離開了男孩而轉到那兩張椅子的其中一張，好像那裡本是坐著一個人似的，而且他自己完全像是在傾聽著那個坐在椅上的人對他所發的一篇訓教般的演說。他越聽越覺得對方無可相信的輕薄，那些泛泛之言，與事實如此不能謀合，而這聲音的內裡只有一個企圖，顯然只是代表著一種威權而已。因此當輪到他辯駁的時候，他極力從他之處索回他的生存的自由之權。一個順乎意志的生活行為不能稱為獨特，可是為什麼這本不能相同的事實有人企圖加以阻止，甚至有意強迫驅於一種不美好的庸鄙的相似呢。他低著頭，以一種謙卑的表情向對方陳述最末的一言：

「只有我個人瞭解她。」

這是何等勝於萬篇的習俗俚語的有力的一點。在這個世界上，大概只能假設有一個人能瞭解另一個人，而不會有萬眾的人都能同時瞭解。那些腐爛的詩篇以及成為欺詐手段的哲理，如今仍然一口傳一口，一手傳一手沒有休止，真實的真理已經喪失了它的實體，只看到人們在這遼遼空際，做出虛空的傳遞手勢表演，所謂價值都是自己加以封給，像給嬰孩的取名式，總是任自己憑著一種狂求的幻想無中地升高，對於這種向神僭奪地位的行為到處皆然。

當他獨自沉傷於上個糜爛蠕動的潮流生存之時，他又聽到對面那個小男孩的嘹亮清音：

「我是星星王子。」

這句話像是久盼的信息頓時使他再把注意力拉回那個小男孩的臉上。現在男孩已快將那盤炒飯吃完，杯中的水已經飲完了，但他依然端起杯子仰頭做飲啜的舉動。他的咧嘴瞇眼的笑容還在持續，總是相同地顯示出同情一個被困的成人的天真。同時，沉默無言的他，也在這個時刻看到了一個被否決已久的事實，就是一向被人稱為無助的孩童卻是真正地在危難中關心和照顧成人的天使，唯有孩童能真止瞭解那所謂老朽者內心的悲哀，他們才是自始至終無救者的看護，陪伴他們直到喪失他自己而墮入了同一生命的沼澤。

人們是多麼忽視孩童在生存之中所做的無價的回報，當人們把物質的一切視為價值的準則之時。那個小男孩現在已不再飲水了，像一個癡呆者一樣用他的舌頭一次又一次地舐著杯沿。他的眼睛現在已經瞪大望著沉默的對方，似乎已反射到對方由衷的改變。那個小男孩的任務已完畢，必須返回到他的無能的本態。這時他才漸漸地在這窄小的客廳中聽到小男孩前一句與後一句之間的無數話語，那些可貴的言語並不會因為頓時的沉墮於幻境而喪失。

他腳步輕柔地走進臥室，小心地在相對的兩根窗柱之間安設一個小搖籃，搖籃裡鋪著毛氈，然後他又回到原先工作的起居室坐下來等候。任何嬰孩都應有一個他擁有的搖籃，他這樣想，因此便上街去買了一個回來。他記得有一個友人這樣對他說過：當我是一個嬰孩時，我沒有母親，但有一個搖籃，而且在那搖籃裡度過了最初的三年。他常常在這種靜靜等待的時刻體察著他自己的愚蠢，他看得見自己是個不要自己的人。可是他又會把那愚蠢視為一個開始，因為他便能夠再靜下來而繼續他的生活。他和她（她有一個有音無字的名字）雖一起生活，但總覺得自己是獨自地住著。他和她彼此都明白誰都不屬誰，而且當面對面時從來也不空談。她的世界是這座城市，以及所有的在這個城市生活的人們，所有看得見的建築和事物，但他的世界就僅僅是這間他佈置起來的屋子，所有的一切僅有他一個人和那嬰孩。雖然他工作，但他沒有使命，他把等待奉為一種至高的精神。他因為等待之故而做所有的一切事，他也因為等待之故而且生了能做一切事的能力。

對於他所有的一切事便是所謂的瑣事，是的，他不是一個只會培養和習慣於做單一件事的那種人，他不是一個螺紋清晰的光亮的螺絲針，他也不是一根光滑結實的有用木柱。他不是這也不是那，是否是那種不能使用的為人輕視的彎彎曲曲不堅固的木頭或是一個十足廢料？說什麼他都不承認。就是好像這個世界只剩下他一個人存在；當萬眾俱存，他便什麼也不是。他為這個世界活著，當他死時這個世界便一無所有。因此他為此而活，且為此等待。他不是因為自私之故，就像佛陀之獨尊，請勿誤解，仍因為天生的憂傷和感情所致。等待既是他的形式又是他的內容。

而她早出晚歸，他也為此等待。他告訴自己不要走出這間屋子，並不是她下了禁止的命令，他總是覺得在自己的屋子很美好和清靜。有一個假日，她把他推出去，讓她自己留在屋子裡。她是為他好，請他務必出去走一走。他順著人潮走經一條長長的走廊，他冷漠地注視著店鋪內陳設的物品。那些無數而連續的一間一間的物品不斷地呼喚出一首動人的歌，像所有的光榮都隱藏著深沉的憂傷一樣，他自己亦在心裡哼哼有聲。然後他越過鐵道，走過一座低陷下去的城門樓，他在另一個地區的走廊繼續走著，步行了整整一個下午。從此以後，他在夜深時刻出去散步，他總是走相同的路線，然後到達公園，在露天劇場的椅子上坐下來。他靠著椅背，眼望著空洞的台上，他那迷茫的眼光看到一個中年男人走到台上，站立在側邊，開始吹奏著一隻帶有弱音器的小喇叭，然後血從他嘴角湧出來，那個中年男人取下了樂器，蹲下來吐著，他拿出手絹掩著嘴巴，紅色的泡沫從他的口和鼻孔繼續湧出來，他對他伸出一隻顫抖的手臂，困難地喚著：

我—不—能—呼—吸—

他搖搖頭，清醒他的頭腦，台上復歸於空洞一片，於是他站起來回家。有時，他發覺他的座位周圍有人低頭祈禱，雙腿急速地踩踏地面。有人對他走來，坐在他旁邊對他說：「你是教徒嗎？」

「不是。」

「你想加入教會嗎？」

他搖搖他的頭。

「你請聽我說。」

「不要，我自有主張。」

「你必須有一宗教，宗教也需要你。」

「是的。」

他點點頭又搖搖頭。

直到有一天，有一個女郎和他在一起坐在椅子上。他看到她蒼白的臉和瘦長的身軀，以及望見她那樸素的本質。他們僅僅坐了一刻，然後各自回家。但是不久，她消失不再來了，他依然坐在那裡直到時辰到來再步行回家。在他等待的白晝時光裡，時常有一個年老的男人來訪問他，那位老人要他放棄虛無來跟隨他，他說他可以給他財富和名譽，財富和名譽會在他捨己和服從的行為下遽然獲得。他雖幾經躊躇，終於沒有接受。最後一次，那個老人激動地說：

「你必須熱愛生命！」

他既不承認也不否認。他望著那個老人痛苦的表情。

「請你把你的生命接續在我的生命的脈絡上。」

他搖搖頭說：

「沒有相似的兩個生命。」

「不是不可能。」那個老人叫著。

「不可能。」他說。

那個老人走後，他走進臥室，搖動靜止下來的搖籃，他和那個嬰孩的眼光交接著，他想著，也沒有所謂「我的兒子」和一種自認的「父」。

現在他能遠赴城外的鄉下去旅行了，他的模樣一如普通的大眾一樣快樂和多欲。他也像強盜會威脅他人，也像智多識廣的學者一樣的幽默。在每一次的旅遊中，他能夠投機取巧，而且像一般人一樣有一個同行的朋友。

有一次，他和同伴都飲醉了，車到一個小鎮，夜已很深，他們下車去找投宿的地方。他同伴領著他去尋找，從一家到一家，天下著小雨，他的頭髮已經淋濕，身體異常疲倦，那些迎過來的女人總是自薦自己，對他使媚眼，但他總是搖搖頭，他的同伴對他說：

「趕快選一個，太累了。」

「沒有一個是我能接受的。」

「只有一夜，馬馬虎虎。」

「我心裡感到顫抖。」

「我看你一點用處都沒有。」

他和他的同伴分手了，當他從屋子退出來時，瞥望到他的那個同伴已經擁抱著一個女子仰臥在床上。他的鞋子踩踏著泥濘的巷子來到大路，他擠上一部正要往城市開行的小汽車，車廂裡早有幾個人，他依貼著一位禿頭的男人，他心中期望車子能夠飛行起來，跨過山脊到達城市的上空，可是他身旁的人卻一路上忠告司機減緩速度。

他終於站在關閉起來的門口叩呼著她（她有一個有音無字的名字），她打開門，把他那虛脫疲憊的身體摟抱著扶進屋子裡。一切似乎在此時有形地轉變。但是他並不承認。他依然故我，一如往昔，他明瞭所有的一切都為了等待，等待既是形式又是內容。最後你終必到來。世界現在對於他依然是他單獨的自己；他佈置起來的屋子便是他唯一的世界。

在蘭雅

在蘭雅，那個農夫無事可做，和一隻河畔撿來的鷺鷥住在一起。他失掉了土地就像他喪失了生存的權益。那隻鷺鷥在白晝裡展翅飛翔，她在天空中飛行就像在道路上顛簸一般不平穩，她看起來非常的憂鬱而沉默，似乎還帶著往日的傷痛。這時他坐在屋子裡的一張椅子上，依靠著一張小桌子，手中握著一隻筆，在畫有藍紋白格子的白紙上寫字。他有時把筆放在一旁，站起來走到屋外。他居住的是一間非常小的矮屋，裡面放著他的床具和炊具，兩張椅子，還有那張供各種用途的桌子，屋子裡沒有其他空間，因此他停下工作便只有走出屋外。他抬頭仰望天空，有時可以看到她，有時毫無所視，天空是藍色的，帶有稀薄的絲絲白雲。他那時和她來蘭雅是四月的時候。但是他走到屋外仰望天空並非為了要觀看她。他只有在偶然的時候才看得見她，每一次都甚感意外，好像先前全沒有半點印象，每一次都像是第一次拾得她時一樣地使他困惑。

他癡癡地望著，那模樣像直立身子低頭俯視一口井。她的羽毛色白，身體瘦小，腳爪顯得巨大。他從不將她視為一隻寵愛的且細心照顧的鳥一般對她呼叫，但是他的臉上常有仁慈的淺笑。他的特徵是那對稍有凸出而缺少靈動的眼珠，他絕不顯露生存是一種莫大的愉悅那種欺人的樣子。每一個人有權利去懷念喪失的東西，每一個人也有權利去幻想未來，而不知道是誰在這所謂耶穌降生的第二十世紀裡，強迫生存著的人類要忘掉過去，搶奪了對未來的任何自由的意念。活著是一無所有，並且用這樣的格言欺瞞別人，那格言就這樣傳遞著：「生不帶來，死不帶去」這個世界是充滿著各色各樣的創造物，卻禁止人們去使用，或否認任何的創造。因此他向來便一無所想，僅僅懂得去工作。他默默地生存著，四月的時候來蘭雅，現在已是六月初旬。

住屋的前面是一塊庭院的空地，斜對面的屋門拴著一隻巨大的狼狗。附近有一條小河，然後眼望的都是稻田。一排綿長的磚牆邊是一條彎彎曲曲的小徑，它通到一里外的道路，那一帶是個小村落，有一座火車站和一條富有生命的鐵道，有一次，黃昏的時候，朋友們來造訪他，便是在村落的火車站下火車。他們踏著鐵道的枕木，一面走一面帶著嬉笑，然後步上小徑前來，那隻狼狗向他們發出巨大的吠叫聲。他們全部擠在屋子裡喝酒，盤子上放著油炸甘薯片。每一個人都輪流著唱一首歌或哼著一段樂曲。有一個大塊頭彈著六弦琴。當大多數人自由地談論著和唱著的時候，她靜靜地坐在他的旁邊，她的手沒有作為地放在膝頭上，像彎曲的利爪一般動人和怪異。輪到他唱歌時，她也是靜靜地凝聽著，像是一個毫無所知一無所覺的人。夜深之時，屋子裡已沒有聲音，燈光亮著，射出門外那庭院的空地，稻田裡傳來蛙鳴。黎明時，他們從床上，從椅子裡和地面上爬起來，紛紛走出屋外，帶著滿身的滄桑和愁容，沿著昨日的來路歸去。他站在小徑上望著他們垂頭疲乏地走去。這是僅有的一次有人來造訪的事蹟。其中一位昏沉地跌落田溝裡。不知道他們那天早晨有沒有趕上火車。那隻六弦琴依然被遺落地靠在床邊牆角，幾隻酒瓶排列在桌下。他有數天像失神般地不能動手寫字，她也沒有在天空飛行度日。

他讓屋門關著，和她在屋子裡靜息。他躺在床上睡眠，幻想著一所遙遠中存在的學校，以及一位騎馬奔馳在屋頂上的人。那所學校的房舍都是灰黑的水泥瓦和木板牆，學校座落於一座山腳，學校下面有一條河，附近有一座磚瓦工廠，工廠旁邊是一座廟宇，廟宇的南面是一個大操場，經常有成人在那裡比賽棒球，操場四周種有許多長青樹和楓樹，那些堅韌的枝椏上坐滿觀看球賽的兒童。他對她說：

「你還能記得些什麼事嗎？」

「沒有，什麼也沒有。」

「我想告訴你一些記得的事。」

「我請你不要說出些什麼，」她吸一口氣又說：「我已經完全瞭解了。」

「你不瞭解，因為你不知道那些事。」

「就是那些不知道的事也已經瞭解了。」

午後，他和她移到竹林下來休憩，對於他，她已完完全全地成為俗間的女人，她的身體還孕育著另一個小身體，她已不能再展翅飛翔，因此她只得坐在他身旁陪伴他。他會接近黃昏的時刻提木桶到井邊去汲水，把水潑到屋子的牆壁上，使曬熱的磚壁轉涼。他的生活如此井然，一如他的思維如此純真無偽。那些處世箴言就像是陌生而懷有敵意的人，唯一使得他如此優美和安適的是把那些意想侵犯過來的勸告從自我的尊嚴上排拒。她曾在空際發出的嘶鳴，現在也漸漸地成為能懂的語言，那些從她胸中吐出的聲音至今可以肯定為這樣的語意：

「至純至真！至純至真！」

連續不斷地反覆這句諧音。他在屋子裡一直都是徒勞無功地寫著，現在他懂得從那些如雜草堆的蕪亂中撿拾對他有意義的部份，然後加以整理編集。

「假如我再獲得我的土地……」

即使他沒有再獲得土地依然還是一個農夫。

滑動

早上他外出去辦事，晌午時分他回來。他走進屋子之後把身上的襯衣脫下來掛在椅背上，他也把鞋子脫掉換穿一雙室內的拖鞋。然後他必須做一點簡單食料餵他自己。他走到廚房去取一隻小鍋，將冰箱裡存放的一些肉片和蔬菜放在鍋裡面，他先把煤氣爐點燃再把鍋子放在水龍頭下加一些水。當他把鍋子放在火爐上後，重新把爐火由大調節到小，他想讓鍋裡的肉片慢慢地燉熟且不使沸開的湯溢流出來。他在這段等候菜熟的時間用來洗澡，使自己在進食時能舒適些。

他飯後喫了一根香蕉。鍋子裡的菜並沒有喫完，他把它推到桌子靠牆的地方。然後把治療傷風的藥盒打開，從透明的塑膠紙取出三顆藥片，他倒出一些冷水在玻璃杯裡，先把藥片放進口中，再飲水吞下那藥片，他繼續飲了幾口水，把玻璃杯的水飲完為止。然後他走進臥室，掀開蚊帳睡在一張雙人的木床上。窗外的光線照亮著那黃褐色的大床，床上鋪著一條長形毛巾。他靜靜地躺了片刻，再伸手從枕邊取到一本書，他翻開書頁默默地閱讀，一會兒他感覺疲乏，捨掉書本進入夢鄉。

他在睡夢中忽然看到她，當他走進一家戲院的時候，她在長廊上飛奔著過來阻止他去買票，她自己擠到售票口對裡面的人比劃著，然後她轉來攜著他一同走進戲院。然後再帶他回到家裡。他於是開始有暇追問她在戲院買票的事。她首先默默地望著他微笑，謹慎地思忖和觀察他，然後她才開始細述有一天由外面回來的經過。她說她回到家裡坐在一張椅子上，不由自主地湧出了內心的話語，室中空無一人，她痛心地傾訴著，她發出一種自然的哭泣聲夾在那些悲傷的事物的語句之間，她穿著長裙和寬大的襯衣，身上顯出一種動人的白色姿容，那些話語一條一條地有秩序地說著，而這些景象出乎她的意料，全被一架不知何時已安裝的錄音機記錄了下來。這為了什麼？她一點也不明白，除了那寫實的錄音帶如此真確地存在外，她完全無法在事後置評自己的行為。「他如何能讓你這樣呢？」是的，精明的他是不會使他的女人有機會的，她的一切全在他有效的掌握之中。要不是在夢中他根本無法單獨見她一面；他也不明白他會忽然遇到她是什麼緣故。所謂夢，並不能就此任意地去捉弄一個人。

而這些景象總是在可解與不可解間游離，因此它的荒謬是一種完全的至理。

他醒來已是日色漸晦的時刻，他的心境已稍為平靜，他意識到病已有起色。他軟弱地坐在客廳的一張沙發椅裡，眼睛望著白壁上月曆中的夏日風景照片，他在這樣的時刻，總是企盼著未來。他開始發覺到這是一張過時的月曆，他站起來走過去，把那張紙撕下來，使白壁上展示出一張岸邊火紅的秋日風景，並且動手把月曆往下移動，重新調整它在此時應該吊掛的位置。

他回到座椅裡，開始對自己的存在和立身感到狐疑，難道事實的存在是這樣靠不住的嗎？所謂存在必須分兩方面來述說嗎？像「愛」人間只重視形式的圓滿，但有一部份人強調價值的效果。像他對她一樣，他採取分離的方式；他可以說一旦接近了她便容易產生一種憎惡感。「我們分開才是真正互愛的開始。」他這樣告訴她，他一直強調這一點。是的，這種意志也許應該加以分析，或者用他的理性方式訴諸他擅長的文字，可是他保持他的緘默。假如文字真能完全無漏地代表他的意志，他是不會放棄這樣去做的。事實上，他並沒有受多少教育，他懂得的字彙非常有限。對於他，像對於一般學者教授的情形一樣，那些學者教授總是意少而話多，而他正是相反地意多而話少。他並不埋怨這樣的缺憾。他知道她現在不懂得他的意念，將來總有領會愛他的一日。當他的疼痛超過她的怨憤的時候，他能完全意識到這一點。一個受苦的人，上蒼是完全知道的。

他在盼望黃昏的降臨，事實上黃昏已經來過了。屋子裡僅僅點燃著兩盞細小的紅色燈光設於祖宗的神壇。他的意識始終停留在等候未來，而他卻依然順應著生活的細節，做著一些習慣的必要工作。許多以來他自己總是停駐於那張唯一無二的坐椅上，像一位疲憊的國王，看著他自己的身體在屋子裡來回走動。只要他打瞌睡，她的倩影便映於他的腦幕。此時他又立於街道上，如一個單薄無權的人，只有讓鎮上掀起的議論來打擊他。他原是為了出來會見她的，卻意外地看到人們奔走著圍觀她的禮車經過市街。他且試著行走到她原來住屋的門前，一些陌生的人圍坐在擺設完全換樣的廳堂，裡面的笑聲從門口衝出來，一個單薄無權的人，對於這個世界即將改變的事物，均無權參與。這樣的命運是如何造成的呢？

現在他明瞭往內尋找自身的價值。對於那隨時隨刻都將有表現的世界，他只願坐於屋中沉思。這屋子裡顯得如此死寂，他的兩隻還能證明充滿著生命力的眼睛望著牆壁左旁的那道門，那是什麼東西往下流，是一張印花布的布簾，像是斷了的影片從片盤滑下來，且像一條巨蟒般滑動。

難堪

他抵達了小鎮。他的緩柔的腳步走上一座巨廈的石階，然後看到會議的會場。他有些驚訝自己的早到，雖然相距開會預定的時間只有一刻鐘，但會場卻只有在門口負責簽到的服務人員。他是個陌生人，他是應邀前來發表演說的人，他只對坐在門口的兩位服務員簡單的表示了身份便走進會場。於是他環視這個寬大的會議場所，暫時歇息在後排的一張椅子上，把手臂架在桌上支撐著他的頭顱。他慢慢地思索著從城市大清早搭車趕來小鎮的經過。其實他可以婉拒這一次的邀約，而他那時會一口答應的理由僅僅只是看出他自己在那時沒有一點嚴肅性的事可做。他事後便感到了懊悔，因為事情接著便來了，而拒絕已經太遲了。可是只要他不想來，也可以不必前來，但是他對自己這樣說，守信是做人的一種基本態度。他覺得他恆常地把自己納入於一種人生的規則裡而深受苦惱。像現在一樣，他感到自己前來的無比愚蠢。這個冷落的會場使他看不起自己。人們是否就在時刻一到突然湧進會場，他不能這樣預料，但是他為人們的犧牲可謂太巨大了，而人們屆時能獲得些什麼呢？他開始檢討自己演說的內容，而竟然窺察到自己那不合實際且欺壓和鞭策別人的一種狂大思想。而這種思想的長久留存與一種威權的慾望相互成一體。威權助長這種思想的擴張，而它也使威權牢固著地位。

突然室外的街市鑼鼓喧天，樂隊奏出的呆板音響從敞開的窗戶進來，他站起來，走向一口窗戶，想觀望小鎮的葬禮遊行的熱鬧場面。但他靠近窗戶時，只俯視一條冷清而有大片陰影的街面，遊行的隊伍似乎在另外一處。他像真的看到了繽紛的遊行一樣地停留在窗戶，眼光注視著大樓下的街道。他看先一位年輕婦人匆匆地從一家商店裡面快步走出來，拇指與食指間夾著一隻花斑的小貓的頸皮，把牠放進一輛停靠在門口的垃圾板車裡。垃圾車廂裡並沒有多少廢物，那隻小貓無法逃出高而筆直的板壁。隨即他又看見兩個嬉鬧的小女孩，在那位婦人笑嘻嘻地走進屋裡之後，從車後用她們的小手臂攀住頂端把雙腳踏上車座，探視著那隻被當成垃圾的小貓的情形。

他惱恨已極，對自己一直度過的安適的日子感到羞慚，他像一隻被豢養而享受的現代狗一樣，活在一種被囿限的意識裡，被教導著對何種人狂吠，對何種人搖擺尾巴。如今那同屋的一類被丟進垃圾車裡，他喪失了機能無法從高頂的樓窗躍下挽救。他敢情就沒有半點憐憫心，那隻小貓重要的生死與他毫無關聯，他只對還存在意識裡的那層現實關係而憂患計算。設若那個婦人是他曾經愛過接觸過的女人，如果將來或有再度相處的時候（她和其他的女人沒有分別，他自已與其他的男人同樣沒有分別）。這種容易被忽略的慣常行為，在一個充滿愛情的世界是可能發生的嗎？

這個世界無疑是沒有愛。我們有一天會像狗一樣被宰割。她再度從屋裡出來，這個曾經是他的愛人的婦人走出來時，她移動的腳先被俯視的他看到，腳板穿著一隻紅色的塑膠拖鞋，當她側轉方向時，他發現那是一雙肥重的醜腿，長滿了藍色的靜脈瘤。他望見她的整個身軀，從那件單薄而褪色的無褶洋裝隱約地能夠分辨裡面乳罩和內褲的形貌。她走到走廊靠水溝的外沿來，抱著一個嬰孩，且與那個女嬰互相親暱著。她不斷地吻著嬰孩的臉頰。當一位駝背的年老男人走向她時，他才看清楚她那平寬的臉面上有著雙顆帶疑意的小眼珠。

胡列茲，胡列茲，親愛的胡列茲。我將死，心臟在一次十五分鐘的作業中下來時感到疼痛和壓迫。每一餐飯都儘量的少吃，減少了五分之二的食物，脊椎骨不能承受身軀。胡列茲，自從和妳告別，我已經失去了生氣，妳的不貞令我對妳氣憤，我祈求妳不要再見我。我們算是死別了，胡列茲。我慶幸著因食物的減少所帶來的軟弱，以及堵絕慾念的興起。胡列茲啊，沒有妳我絕不會有慾念的產生。胡列茲，妳的信從避靜修道院來的，從遙遠的小鎮來的都帶給我激動和不安，妳的思想無疑繼續滋長妳的罪惡，妳不該對我懷念，甚至企圖使我決心死滅的意念甦醒。假如妳對我感到慚愧，為何不緘默著外表，只虛心向妳崇敬的上帝禱告。妳的錯誤就是現在所為的，向我訴說妳對我的傾慕和希望，來鼓勵妳自己消抵妳心中的不安。只要妳一開口，就會使我們不幸的愛戀延長痛苦。胡列茲，妳的名字在我的口中就像是我的全部慾望，一句不朽的樂音。胡列茲，停止妳對我的呼求，讓我安靜和死寂，讓我孤獨地居住在這裡，開闢一條新的生命之路。

他想起來了，他的記憶終於銜接了原來的意念，他終究在這小鎮的巨廈和會議廳的窗口看見了她。而現實的改變使他清醒的情感感到刺痛。他不能相信現在他緊緊的盯視的那個醜陋俗氣的女人是原先他至愛的鄉村情人。這種實實在在的不可能卻更加顯露昔日的事實。他希望她能抬頭與他交視，由她身上去證明這鐵一般的事實。可是她始終緊抱著那個女嬰與那位年老的男人交語不停。此刻，葬禮的行列突然地闖進他俯視的這條街面來，人羣音樂和鞭炮的聲響整個衝散他僵硬的意識。他沒有什麼理由可以承接這一次的演講邀請，他既非這個組織的會員，亦非有關這個組織需要的知識的權威，如果可能的話，他只是一隻走狗來傳達某種有曖昧關係的音訊罷了。他在數日前根本沒有接到任何的邀約，而他從城市趕來，且蒞臨在這所巨廈的窗口，全憑他潛伏的意志的差遣，他是在夢中與她做了一次的交往。當他醒來，他急忙地逆著正瘋狂地湧進會場的人羣，迫切地要離開這個會場。

昨夜是過去了。早晨他在天剛亮時就起床，他打開睡床旁邊的衣櫃，把一件冬季用的夾克取出來穿在身上。他走到廚房的水龍頭旁，潑水在臉上摸擦了幾下，再抬頭用毛巾拭乾面部上的水珠。他沒有再回到客室或臥室去，他打開廚房連接後院的那一道小門，走出去，再把門輕輕地掩上。

他偶然間來到了一處異境，眼前一座石砌的巨大城樓擋住他，他似乎沒有其他的選擇，舉目所望沒有一處方便的通道可以進城去。他把身體貼靠在石壁，用手掌和腳趾的力量往上攀爬那面聳直的牆壁。這是一個自已所最感顫怖和極力迴避而卻必須經歷的經驗了。此時，他的謹慎含帶著對人生生涯的輕視，他的心胸既嘲諷又悲哀。人在宿命的安排中總是低著頭承當，無力去反抗。一切都無能避免。他攀爬到城的上端，他恐懼的意識已到了高峰，他掠過安全抵達後再平靜喘息的意願，因此他毫不容遲地雙臂緊緊環抱住頂上的一尊石柱。他就在那緊抱的一刻體嘗著艱辛的快樂代價，他明瞭他的狼狽的外表，且對自己軟弱的體力產生敬重。也就在這像是安全的時刻之中，他那懸吊在城牆的身體的重量，不可思議地使那一座石柱從底部斷裂，和他的身軀成為一體滾捲著落向城下的地面。

他開始在城下散步，他有一種本能的認知，可以不憑視覺而能像親眼看到一樣地覺察他所處立的是一個有限的面積。這一片土地像是一座浮在四周圍繞著湯樣的海水的島嶼，它大約有著八百里的周圍，但是在他感覺的視力中酷似一個小型的土墩。他繼續地走著，不知道他未來的運氣如何。

他離開城牆之後，便發現了一條在草叢中隱祕的小徑，他有點興奮，像一個被判死刑的人在牢獄裡找到一條逃生之道。他毫不遲疑地撥開草叢，開始向著小徑的下坡飛奔著前進。他的腳步像一個土風舞的舞者一樣地交織著快速的節奏，直到發現路旁草地坐著數位長髮披肩的婦女為止。此時，不知是他發現了她們，還是她們發覺了他的存在；她們的驚呼促引著他快速地逃離，他向前奔去，當那些散坐在草地上，因為他的出現而意識到自己身體殘缺的慚羞的女人們呼號且憤怒的時候，他的恐怖再一次地升起並達到從未經歷的地步。她們似乎已在瞬間做了決定，想逮捕他以滅絕她們在這個世界存在的事實。

是的，她們是忘懷了自己怪異的形狀的一羣，在冷漠中生存著，而那層知覺的意識就藏在一層脆弱的薄膜下，不堪輕微和騷動便會顫破。她們用著獨腳，或者用著僅有的三指和短臂，或用著滾球般的體軀，且發出長而平板的不勻的臉目，她們的動作就像她們內心的憤怒一般地快捷，集體捉住了他，她們像母親逮捉小孩般凶狠地拖到她們的圍繞圈中，用她們腐蝕後剩餘的光滑而怪狀的殘肢來觸動他。他再一次像緊抱住裂開的石柱滾落時一樣地嚇怖而失掉了知覺。他只聽到了一聲宣言：

「把他留著和我們生活在一起。」

他每天簡單地吃過早飯，走進臥室換穿一件舊白色襯衫，再回到廳堂來，把一切東西都稍加整理。他把幾本書和一個鐵盒裝的飯盒放進紙袋裡。他攜帶那隻紙袋，把門用一把古代的大鎖扣住便走出外面，他抬頭向太陽迅速地看一眼。他走到公路車站，然後搭了汽車離開市區。汽車行走一刻鐘後在公路旁停止，他下車走進一條村落的斜坡道。

黃昏的時候他回來了，把門打開便聽到她們令他感到毛骨豎然的呼聲，那是一種沒有教養只有本能的語言，每一句話都是淵源自：

「把他留著和我們生活在一起。」

還有那樣的一句：「你將為你自己做出怎樣的晚餐？」因此，他傾倒半杯酒在玻璃杯中，舉杯一口飲下，坐在一把椅子裡靜靜地領受這騷擾的黃昏。他靜靜地坐著，上身挺直，眼望前方，他的眼前浮現一片白幕，他的眼光視覺漸漸地失掉了現實的物樣，毫無所視地投注著。他的呼吸漸漸地趨於均勻，並且漸漸地延長著呼吸的時間，逐漸地失掉了呼吸的感覺，忘掉了他的全部記憶，忘掉了他自己的身世年齡以及身所在的位置。他看見一個陌生的軀體附著在自己的新感覺中，是一個面目和肢體均為端整的男人，一個誠實而忠心耿耿的人，一個即將在來日成為神祇的人；他看到了他在漠落和艱辛中的幸福。此時夜已來臨。

盼望

他起床時候已經很遲了，外面是陰天和颳著秋天的季節風，屋外沒有透進多少光線到屋子裡來。他穿好衣服踏出屋外，把昨日預備好的旗子和旗竿安置在門口的鐵環裡，他朝招展有聲的旗子望一眼，並對荒涼的街道掃視一下，然後淡漠地轉身回到屋子裡。他約在差五分九點鐘的時候把門上鎖走出屋外，他穿過那即使是壞天氣依然人多而喧嚷的市場。他沿著一條商店的走廊走著，轉過另一條街，很多人都和他走著同一個方向，他和他們步進了當地的一所學校，他看到場所中已經佔滿了一隊一隊的人，他找到了他認識的幾個人，就站在他們的後面等候著。一個臨時搭建起來的台子上坐著鎮長和各機關的首長。慶祝一個節日的大會馬上便開始了。

首先由一位身材豐滿的年輕小姐上台發表電文，再由一個小女學生發表另一電文，第三個是一個非常端莊的女教師發表文告，這一切以後才由鎮長發表演說。鎮長的臉孔顯得浮腫和蒼白，像是過度的酗酒和睡眠不足，看不出他是高興或不高興。在鎮長的簡短演說之後是一個青年上台去發表時勢概況。他陳腔濫調的批評，一共費去了三十分鐘。然後是急急地呼口號，全場的人在那種含糊不清的混雜聲和笑鬧的語聲中，草草地結束了典禮。遊行時，由一個沒有經過嚴格訓練臨時組成的樂隊在前引導。遊行的順序是這樣的：樂隊和一部警車在前，後面是鎮辦公室內的百名職員，後面是電力公司穿灰色衣服的外勤隊，後面是石油公司的大隊男女職員工，一律戴著橘黃色的塑膠帽，後面是初級中學的鼓隊。全鎮的學校教職員在鼓隊後面，他是這一羣腳步散漫和愛譏誚談論的隊伍的一員。走出校門，他往後一瞥，後面是不知延綿多長的小學生隊伍。小學生臉上的喜悅表情充滿著無知靈敏，以及經過一番鼓舞後的興奮，好似他們的眼前都蒙罩一層虛榮的色彩，構成一種做作的正經的氣氛。

他在街道上看到兩旁的屋子門前都懸掛著旗子，商店前面吊著一條鞭炮，當它被點燃時，由下而上迅速的鳴放出刺耳的音響。那個演說者突然走到他的身邊，他對他高興的臉望一眼說：

「你的演說詞寫得很好，」

「是嗎？全是報上的資料。」

「你真了不起。」

「我並不想上台，但是推不掉。」

他又拍他的肩膀稱讚他，他興高采烈地跑到隊伍的前頭去，他看得見他正在指示一個攝影師拍攝照片。隊伍經過郵局門前，經過警察局，經過鎮公所和服務站，經過公路車站和鐵道車站，然後從舊戲院前轉了大彎，他想離開隊伍，便從隊伍中走出來。

他來到市場，看到警察吩咐賣菜的攤販趕快撤退。他買了一條蘿蔔和兩塊豆腐，他突然看到從另一條街轉過來的警車威嚴地領著遊行的隊伍前來，他為那景象嚇了一跳。他走開去，害怕與那部紅色車和遊行的隊伍碰面。他到一家雜貨店去購買一瓶酒和一瓶汽水，他提著購買的東西走向一條遊行不可能到的小街，他向回家的路上走，他想趕快回家去。他走到街角，眼睛已看到他住屋的屋頂，但是他停在街角人羣的後面，遊行的隊伍從他住屋門前的道路經過。一班一班的小學生走過，像不會完結似的。他靜靜地站著閉起眼睛，他的耳朵收聽到遠處的樂隊始終無法吹奏完美的曲調。他終於走近自己的家門，最後一班小學生已走到街頭，那所謂最後一隊的模樣像是被切斷的事物，從背後看來很奇怪的樣子；好似一個前面打扮入時卻光著屁股走路的人。

他打開鎖走進屋裡，把購買的東西堆放在桌上，他迅速地把身上的衣服換掉，穿著一件黑色的長外衣，因為他覺得外面已較早晨冷了許多。他再度出門把門鎖上，他匆匆地走過一條偏僻的道路向沙河走去。他走過一條低低的泥土路，行過那一片曠野，然後到了沙河橋下，坐在一堆稻草的上面。沙河看起來雜亂和荒涼，河岸土丘都闢成花生園，他靜靜地等著，然後站起來走到土丘上觀望，他看到那條通來沙河的低低的泥路上有幾個村婦在行走，她們已快走到沙河，那幾位沙河對岸的村婦後面是數位小學生，手中還拿著紙做的小旗子，而最後是一個女人，穿著藍色的外套和黑色長褲。他回到橋下靠著橋柱思忖，片刻後他行過花生園的間溝，邁向一片荒地，到了沙河轉彎的地方。他在河面的沙地行走，涉過一條淺淺的緩流到了岸上。他站在竹林處守望，他看到她尋著他的足跡已到了河面沙地上，當她涉水時用雙手把褲管提高，他再也沒有移動，只是注視著她。

絕望

他吃過晚飯後在床上休息了片刻，然後起床穿好衣服，把門戶鎖上走到黑暗的屋外。外面吹著寒冷的秋風，他走在一條石子路上，漸漸地遠離了市街。他仰望天空，只看到黑漆的天上許多細小而不顯明的星光。他似乎熟悉著他行走的那條坎坷的石子路。當他從一座荒野的小廟的前面走過時，他低頭傾著頭顱。那座小神廟沒有燈光，裡面一片漆黑。他開始把外衣的全部鈕釦都扣上，風從他的背面推著他，他走向沙河去，但他只走到抽水機旁的小屋為止。他轉身往回走，現在是迎著風，他的臉部感到風並不凜冽，可是風很寒冷。他突然站駐在中央，向前方遠望。風掃動他的外衣的衣襟，他又往回走，走向沙河。他坐在距離抽水機房不遠的土墩上，他的手插在衣袋裡撫摸一隻小巧的乾電電筒。一會兒他又站起來迎風向前走，到了廟旁的地方站在那裡，眼睛向前方眺望。然後他又轉身回走，遇到一個路過的人，那個村夫好奇地望著他，想在黑暗中認出他是誰，但他繼續前走，當他偶然回頭看見一個短小身材的女人在他的背後走來時，他喪氣地轉向一排高牆，且沿著高牆走到大戲院建築的側邊去。這時他用小電筒照亮著蔓草叢生的地面，他的腳踩踏著為風吹散的垃圾，消失在更為黑暗的巷衖裡。

不久，他從巷衖裡走出來，仍然朝向沙河行走，他走到抽水機房的後面隱藏起來，他把頭探出來窺望一個紅色小點在黑漆的空際移動，它時時由亮轉暗，他無法辨識清楚那是一個怎樣的男人，終於他把香煙丟掉朝高崗上的大道走去。他從抽水機房後面走出來迎風行走，再到廟前的空地上向前注目，這一次他移動他的身子走到廟背後用土推高的空地上，那塊地面充滿了石頭和軟沙，這使他的腳步失去了平衡。他很快回到原來的路上，走向沙河的方向，他坐在剛剛坐過的土墩上，把手電筒掏來玩著，但他沒有扭亮它，他只摸摸它光滑的金屬表面。他眼睛朝小神廟注視，他恆常這樣察望，在黑暗中總看不出什麼東西。他覺得廟前的大樹像一頂大帽子，那樹的整個外形像是放大的蕈菇。這時有兩個黑影已經來到廟前樹下，繼續向他移來，他站起來離開路上，走到路旁空曠的草地深處。他背著那兩個黑影，似乎是一男一女和他們交談的語聲。他們過去後他才回到路上來迎風而走，且不斷地向前眺望，要把他的眼睛的最後光芒用盡。他這一次沒有停下來，繼續前走，經過廟前，不停地前走。

現在他在市街偏僻處一條不均整的無人路上行走，他的視線朝向崗下那一片空曠的大建築物，那是他剛從那裡走回來的那所大戲院建築，他看到小廟和那棵大樹像等待地立在黑漆之中，只隱約地辨識到它們沉默的黑體。他立在一所屋前，再看到戲院側邊停車場的一位戴呢帽的男人守候在角落裡。他往回家的路上走，回到他住屋附近的鋸木廠前踱著漫步。他轉來又轉去，不停地走，沒有回到屋裡的念頭。他再度出發，離開鋸木廠，走著那條不均整的道路。當他走到與一條大道交會的地方時，他突然看到大道遠方慢慢地走來一個身軀前傾的老婦人，他像躲避她似地橫過了路面，走到原先站立的那所屋子附近，他對那所屋子注視片刻，然後走進那所屋子邊側的一條窄巷。他在巷裡聽到屋子傳出來的鋼琴彈奏的聲音。他不停地繼續前走，左右都是改為做雕刻工廠的住家，從背後一男人大聲地叫喚他，他回頭認為並不和那個冒失的男人相識，因此再向前走，走出了窄巷。背後又傳來在巷裡吠叫的犬聲，但他已經走在有亮光的另一條大道了。

無葉之樹

昨日黃昏回來後，他開始睡眠。早晨他起床後才感覺昨日是過去了。他的睡眠總是平淡無奇，連那些夢境他都能夠自我加以解析。他知道那些每次都有不同演出的夢是同樣的一個老主題，總是演著一個人住在河的此岸而眺望河的彼岸。他會不怠忽地在醒來後躍身起來開始工作。他一樣一樣地做著那些必須做的家事。然後簡單地吃飯後才走出屋外。

他沿著一條沒有多少行人的街道走著，這條街的盡頭正好是一家汽車站。他買了車票站在廊下等著。他將依循什麼生活著，當所有的本樣都遭到他的棄絕時？他是否將不依憑什麼，像一個沒有靈魂又沒有感覺的人？他走上車廂坐在靠窗的一個座位向外觀望，他似有所尋覓，直到看見一手拿羊皮衣的婦人背著他向一條不同方向的道路走去。時間已經到了，但車子沒有開行，一會兒有一羣村婦陸續地奔來搭車。他往前看。車子開始移動，發出濃重的音響。當它在一條寬大的公路直駛時，他再度向窗外覓尋，他的眼光看到土崗上那個拿羊毛衣的婦人和一位穿紅衣的女人會合在那裡。那個穿紅衣的女人的模樣一如他的心所想望，她的整個形影是他熟悉的，像他的雕塑品中的寵物。他和他心愛的雕塑品是共為一體的，當他的魂魄注入在她的胴體之中，他找到了與他相同的原素，因此他們會合著。他們不再分離，他們在一個沒有時間的世界中活在一起。車子駛進大橋時他的視線已經不能再達到那土崗。事實上那土崗上的影像早已走失了。他眼望前方，但一無所視。

晌午他乘同一汽車沿著他前往的路回來，當汽車過了橋後，他的眼光再度由窗戶眺望土崗，但那裡什麼形影都沒有，那個土崗原是一堆積高的暗紫色垃圾，下面是一片地，下雨時便積著一大片污水，但是似乎許久沒有下雨了，被人墾為菜園。他鼎鼎地坐在車廂裡，對這一切默默無言，然後下車步行回家。

他坐在一把籐椅裡解開鞋帶，抬眼望著牆壁上安置的神架。今天是一個節日，一個富於想像意義的節日，人們是這樣稱呼著的，叫做「重陽節」；今天是陰間的人們重臨陽間的日子；這個世界他們曾經在此生活過，每年有一天他們再回來。他從椅子裡站起來積極地準備著一些祭典的工作。他把靠在牆壁的方桌移出來對正神位，在桌上放五隻瓷碗五雙筷子，並且倒酒在碗中，幾盤菜餚排放在桌子中央，旁邊放著數疊銀紙金箔和兩個錢幣。他點香叩拜，覺得心安理得。他回坐到籐椅裡等候著，他似乎看到那些祖先們回來圍桌用膳，發出杯盤響動的聲音，空氣中散佈著他們多姿多彩的語聲。他站起來倒酒，然後手指拿起桌上的兩個錢幣，面向神位輕聲地說著：

「今日重陽你們回來高興否？」

他把錢幣拋在地面上，看到兩個錢幣都現出相同的一面。他拾起來再說：

「你們為何不高興，可是對我感到生氣嗎？」

他再度把錢幣拋在桌下地面上，和上次一樣現出相同的一面。他拾起來又說：

「既然不是對我不滿，那麼理應高興了。」

拋在地面上的兩個錢幣馬上現出一陰一陽的兩面。他拾起錢幣放在桌邊，再度向碗裡倒酒。

他隨即在門口旁邊把銀紙一張一張地摺疊堆積在一個錫盆裡，然後劃一根火柴把它點燃。火光熱著他俯視的臉，他的雙手快速地把銀紙摺疊拋在錫盆裡的火光中。誰會否認這些紙幣燃盡後不會轉到陰間去？誰會相信投在郵筒的信件不會到達它的目的地？誰會嘲笑這樣的行為是一種浪費和無意義？他明白他是順應心中的呼求而做，這似乎不是習俗，而是一種有涵義的虔誠。任何習俗是可以隨時廢去的，但是也會因需要而再度沿用。銀紙燃盡後他把錫盆移到院子的一角回到屋裡來。

他一面飲著酒一面想著：他是最後的人類，他所有的工作和生活只是為了履行一種結算的義務，他本可以和一個女人生活在這屋子裡，像所有大部份的人類一樣組成家庭，但是他放棄了，他無意重複那一套老戲，那些行為已經夠了，不必再來反覆扮演，他必須了結所有的一切，然後轉回陰府去；他從什麼地方來便回什麼地方去。

午後他再度出門，黃昏始回來。他感到疲累非常，倒臥在床上很快便睡著了。他又開始做夢，那同樣是一個平淡無奇的夢。他一直沒醒來，直到翌日的清晨。

睡衣

在他生命的最後一個日子（耶穌降生後的第二十世紀最末一年），地球的人類正演化到最大的狂亂，最恐怖的黑色種族正在實現他們最後的殘酷的報復行為。他依然隱居於這個美麗島的海邊鄉村，過著靜默無為的和平生活。早晨，他從一隻半腐朽的木箱裡拿出一件既不是全然橘色也非全然粉紅色的紗質女式睡衣。它的外表似乎還保持著原有的色澤和美麗，猶如一個女人正值她那肉體慾望的盛年，發出灼灼逼人的溫馨氣息。但其實，當他手中握著它，把它靠近胸前，一股經久埋藏下沒有流通所凝聚的濃厚腐臭，如一種經由壓抑後突然爆發出來的強硬的怨責的氣流，彷彿他的愚蠢的固執而致使一位上帝派來的愛神受到冷落而突然變得蒼老和醜皺，這股屍腐的氣味被吸進他的敏感的氣管到了疲憊的肺部而刺醒了全身的神經：

怨恨就如是一劑毒藥

使他感到激烈的痛楚，他猛地哀號著：這是如何的一種因與果的搬弄啊！

猶如瀰漫在全世界的黑色的報復旋風，它的破壞和廣度完全來自最初他們受到的凌辱因素。喜好惡作劇的造物主的天秤為求最後的平衡，兩旁垂吊的圓盤總是時時上下升落，人類受祂的戲弄和試煉就像桑代克*的老鼠的嘗試與錯誤。他並未馬上受創而暈倒，二十五年來的每一個日子，總是為他預估是他生命的最末一日。的確，這樣的許認使他棄絕了所有人間的發明和遊戲，那些痛快而墮落的行為總是隱埋著種種詭譎和危險，自從他誕生以來，不知有多少次受到它的愚弄，不知有多少次瀕臨死亡的邊緣，使他詛咒上蒼，使他終於成為造物主的叛徒，成為神的棄兒，他既已窺知死亡的陰影便會做著徹底的反抗，當人間沒有公理和正義，沒有基本的自由思想權利，沒有個人的慾望滿足，他將同樣蔑視無休止盼佈下的義務，他已不再相信宣傳的福音，不再受到虛榮的引誘，他走出了人常的道軌和倫理，他否認了生，確信死是可認知的事，他像一粒沙子的外表全無思想，過去他相信他是一株樹，由種子到幼苗到成長，現在他只是一個完完全全的空無，像一粒沙子的感覺排斥所有外來的打擊。

這睡衣，使他想到那年梅舒來了。在一個暑夏的灰暗黃昏，昨天的太陽還像打鐵店的火爐烘著太平洋這邊的海島，台灣就如那座火爐上鐵匠為他的兒子焙烤的一條甘薯。屋前的扶桑花從繁密的綠葉中長出燈籠似的火紅花朵。黎明時他起床就嗅到天氣的改變，天空在昨夜已聚攏含雨的灰色雲彩，把天空上夏日的大敵遮住，大地頓覺一片涼意，給他一點預測的靈感。

請你必須處處小心留意啊，

什麼美好的事物會在今天降臨，

千萬別讓幻想的喜悅使心臟快跳，對別人而言，好預兆總是一樁美好的等待；但對他而言，好運常常轉變成一樁可能在結果是收捨性命的惡毒。

小心啊，

你的心臟是無法承受喜訊的鼓撞；

憂秋反而對你有益。

他是一個多麼異於常人的怪物，當人們拚命擠往城市追求金錢和歡樂時，他卻回退在鄉村守著貧窮和寂寞；當男男女女在那時代所建立起來的大城像雞羣在籠中雜交時，他卻像一條無性的蚯蚓洞居泥土裡。快樂和幸福猶如口中咬嚼的甜味的毒草，終必喪生。

今天請別給我什麼幸運；

我的心臟，

可憐的心受不住。

這一整天就如是宇宙悠久的億年，如此焦慮和苦悶，直到黃昏，梅舒來了，隻身孤影如一隻找尋棲宿下蛋的母鴿飛來；原來如此；原來如此；停滯了一整天的濕雲下起雨來了……

---

* 桑代克（Edward Lee Thorndike,1874-1949），美國心理學家，動物心理學開創者。

他展開雙臂，這即是淺橘色又是淺粉紅色的睡衣敞開著橢圓形的領口，領邊繚著綠色和金色交叉的單條絲線；胸部的中央密織著一朵金黃的大太陽花，濃厚而捲曲得像梵谷的狂烈，花朵正中有一點紫色；肩窩的位置對稱著綠色葉子和紫色的枝幹。寬鬆的長衣袖子和柔軟的衣身正是為了一個豐饒的肉體設計，而能時時若隱若現著曲線的神祕。胸部下和背部用著金色和紫色織就著無數似花似獸的甲蟲怪物，隨著肉體的顫動而似漂似走地起伏不已。它們共有十三，這不祥的數目令人猜疑，它們列隊在面前引導著走向那必死的幸福陷阱。他展開雙臂，這整個色澤，形象和象徵都太像印度宗教禁慾的魔惑。

在狹小而潔淨的餐室，牆上掛著抽象畫、月曆女郎、一頂破損的斗笠；木架上放著許許多多各式各樣裝食物、酒、茶葉的罐子，玻璃杯；白色冰箱在角落；屋子中間擺著那張長形小餐桌。

他和梅舒分坐兩頭，就像西洋餐宴中的男女主人，但是他們沒有列坐兩旁來自三教九流的賓客，也沒有豐盛的菜餚。那會凌越他們之間神祕交流的情意。他們根本沒有廚子來燒菜，只是昨日他留下來在今天食用的一碗紅燒肉，一碗冷筍湯，剩飯做成胡適夫人式的蛋炒飯。

這就夠了；這簡單的飯食比城市在勾心鬥角下花萬元所買的餐宴更富情趣更容易為胃腸吸收。重要的是他們之間充滿在小餐室的空間所進行的神祕地交流著的說不出的微妙情意。

然後
這既非全然橘色又非全然粉紅色的睡衣
在陽光下抖掉蟑螂和蛀蟲爬行過留下的屎粒
時光降落的塵埃
吊掛在一根綠竹竿
摸平經過擁抱和柔撫所留下的皺紋。
來自海洋的西風
越過市鎮的上空
吹進扶桑花和紅磚牆裡面來
搖動著它垂下的形體
猶如她還活生生站在院子裡的盆花之前
與他隔窗對望。
海棠正值放著大紅的花朵
陪襯她那盛年的肉體
對他發散出生命的芳香
勾惑著他去想像
回憶。

在另一個房間裡展佈著他生活的世界，工作和臥息全在這個混合的斗室裡。這裡記錄著在異族統治下誕生的夢魘；戰爭的夢；赤足刺傷流血的夢魘；颱風掃過街道的夢魘。也記錄著青年時代花朵與諸種色彩的夢魘。屋裡擺著鋼琴、玩具、書籍和唱片；牆上掛著熱帶魚照片、敬仰的人物照片、匹卡索繪畫、祖宗祭台。所有這一切生活和知識形成他一種特殊的氣質和性格。梅舒稱他為師傅；她說她前來只為了做他的弟子。他們在這所房子裡，在昏黃小燈光下飲酒和交談。譫語過去，憧憬將來，說出生活在現世的悲哀。

「師傅，我是多麼難以安定。」

他望著她那雪亮的大眼睛，以及臉部線條所構成的一股哀怨。

「師傅，我要如何才能定呢？」

「妳知道，我也不能。」他說。

「但你看來是如此地超然。」

「我也不忘及時行樂呀！」

「是的，我知道。」

金牛和銅鼎在殷商時被鑄成；在周朝有一個混亂卻充滿自由思想的希望時代，百家爭鳴猶如鳥雀在春天的郊野。它突然消失了；專制政治像一件屍衣遍蓋著美好山河，從議論突然變為沉默。現在黑色的種族在歌唱會裡，在街道，在競選演說中，在告別式裡都舉著勝利的

「V」形字號；而未來災禍還要橫掃從亞留申[*]到印度的這一條地帶。

午後
氣流吹來了密集的烏雲
籠罩在太平洋這邊美麗島的海邊鄉村
天堂飛翔的天使
露出了另一張醜惡的面目
嫉妒著他和梅舒；
天空出現著尖鑽的金蛇
凶神高舉著利斧
恐嚇地敲詐著大地
暴雨猶似槍彈射擊著
即是橘色也是粉紅色的睡衣；
這盛年的肉體
被淋得悽慘
她胸前的太陽花片片脫落

* 亞留申（Aleutian Islands），即阿留申群島。

紫心隨之粉碎
身上肉慾的甲蟲死瘁地面；
在這蘚苔滿佈的牆邊
海棠不再開花
而他風燭殘年
已老得沒有氣力搶救
那襲印度宗教禁慾的魔惑睡衣。

宙斯和其他諸神居於西方的奧林帛斯*；在東方人本主義與專制政治攜手跳著雙人舞。蘇格拉底和其他哲學家在希臘；人本主義與專制政治攜手跳著雙人舞於東方大陸。耶穌和他的使徒宣佈天堂福音；東方人本主義與專制政治攜手跳著雙人舞。在西方文藝復興起於義大利的佛羅倫斯；人本主義與專制政治在東方攜手跳著雙人舞。盧梭在法國高唱回返自然；人本主義與專制政治攜手跳著雙人舞在東方。產物革命在西方促進科學的發展；人本主義與專制政治攜手跳著雙人舞在東方。當美利堅的阿姆斯壯登陸月球時，東方的人本主義與專制政治依然攜手跳著雙人舞。

晨曦，他在片刻的休憩中醒來，屋裡像往常一樣靜寂，聞不到均勻的鼻息和肉體芳香的味道，燈光在自日中失去了色澤和情調。他傾聽著是否她在廚房裡為他預備早餐；他疑思著是否做了一場夢；他的心猶如荒野般茫然；他相信自己復甦來自死亡。他的手摸索著身旁，擁抱著空洞；他記得昨夜滾捲在豐美柔軟的大地上，現在卻置身猶如地窖的冰冷石板。他明白了：她是一條詭譎的蛇，脫下了乾燥的表皮，滑行走了。昨日黃昏她像一隻倦鳥飛來，今晨又振翅而去，屋子裡留下她繾綣的縐褶羽衣。

宙斯和其他諸神居於西方的奧林卑斯……

在他生命的最後一個日子（如你所知禪只有現在的即存），億萬年前的太陽至今依然普照著這山川俊秀的地球，依然照射太平洋這邊的美麗島的海濱鄉村。在黃昏中，他來到沙河，拋下那襲睡衣於緩緩流去的水流。他跟隨著它的航程步行在那水流岸邊，看著它如一片葉子，如一塊舟板，如一個生命的形體，在淺流中浮起，在石間滑過，多麼富於時空的善變形象，多麼巧姿，多麼哀怨，牽引著他散步。然後來到晚霞滿天的海口，河水流進了潮水中，那件衣裳漂進了遼闊的天地，漂盪在起伏的海潮上，那生命意志的狂烈花朵升起了，直立著如一張面龐，肉慾的甲蟲蠢動著，似在招手和引導。在他記憶裡（如他還能記憶），海的那邊曾經是一個山明水秀的廣大陸地；他相信，它會漂流過去，而逆長江而上，經過沿岸的大城和湖泊，經過巫峽，再聽猿啼，而回到它的主人誕生的天府之國。她是那裡的皇后，像她的童年那樣過著優沃奢侈的生活。它為潮水帶去，越盪越遠，跟隨太陽而去。依著邏輯，它終會到達那裡，重新為它的主人拾起，且穿在那永不褪萎的盛年的豐饒肉體，胸前的花朵依然狂烈，環繞的肉慾甲蟲依然蠢動，而肉體的色澤依然煥發著印度宗教的禁慾的魔惑。

＊奧林卑斯（Olympus），即奧林帕斯山。

年輕博士的劍法

——李欣浮生記留主題的變奏

我經由柳梅舒在城市裡認識了一位剛回國不久的年輕學人，他的名字叫曹炎。那晚有一位年紀稍大的畫家請我們吃飯，吃過飯後又到一家地下室的餐廳飲咖啡。然後，我必須搭夜車回鄉下。我坐在一個靠窗的位置裡，未等火車開出車站，我已覺得疲睏快要征服我。我把玻璃窗拉下來，以免火車在奔馳中引進了寒冷的夜風。在半意識中我感覺到火車的移動，跟著我便睡著了。

我太疲倦了，睡得很熟。但被一種突然閃現的知覺強迫睜開眼睛。我疑惑地朝望玻璃窗，一個和藹謙虛的面孔從那黑漆的玻璃底面浮現出來，且對我說聲：「哈囉！」我盯視他，他卻在微笑，有一種欲言的表情在他的臉容上。我細細地辨識。他，在他那單眼皮的眼睛上方有一道濃黑秀麗的眉毛，不直的鼻梁顯得很有個性，小嘴象徵著善於辭令，整個面龐刮得十分乾淨，頭上黑亮的長髮覆蓋著前額，同時也能夠看到耳後垂下的髮穗。他不失為一個充滿了書卷味道且彬彬有禮的現代青年男人，我突然地覺悟起來，發覺他就是曹炎。他說：

「我們做個好朋友罷，我要告訴你一些我的事，讓你有點瞭解我。」

我默默地凝視他，腦裡閃著這樣的感想：只要你能使我覺得有趣，否則我寧可再睡覺，我實在太疲累了。他又說：

「你只知道我是個史學博士，大學的副教授，這太空洞了，你應知道一些我形內的事，憑你的想像力是達不到的，必須由我來現身說法，你願意聽下去嗎？」

我點點頭，準備讓他說下去。但我厭煩那些開場白的客套。

「你知道為什麼我要選擇出國嗎？」他說。

我皺眉頭，這種潮流使人厭煩去追究原因何在，因為反正是人人知道的問題，你個人有什麼特別呢？我想。

「當然我並不例外，既不華麗也不高貴，祇是平凡與實際而已。但有少許氣質的不同。」

我想氣質的不同，這是指什麼而言？他接著說：

「我要出國了，為了這個黃種人，也為了這個黃種人所建立的國家。如果中國文化仍然是世界上第一流的文化，如果中國仍然是世界的強國，我想我沒有必要出去的。從宋代積下來的偏差，幾百年來不肖的子孫，即使是燦爛有如先秦，亦雲消煙散，我們在這個世界上被很多人認為是次等人種呢！」

我從那玻璃窗上看到他攜帶著證件，忙亂地奔走煩瑣的公務程序。他和那位擺起架子板著臉孔坐在窗口裡的人爭吵，他把玻璃打破了，準備動手整他，但被後面排隊的人拉住了。然後他出現在松山機場，他和母親告別。他說：

「畢竟我要走了，李說我要到天堂去了。樂園，這應該是台灣的，何以美國成為了我們觀念中的樂土？我何嘗沒有這種想法。寂寞的該是母親了吧，這斑白的頭髮與操勞的半生。我的房裡，尤其是地下，堆滿了廢紙，每張紙上都有我的字跡，不少的工夫下在史學上面，究竟為何？難道生命，我的，仍舊落在傳統的圈套裡，做一個讀書人，學而優則仕。事實上，我已感到時不我與，出去追求什麼呢？」

他步上飛機，回頭來看。他朝送行台尋找他的母親。他的臉孔出現自信的笑容。我想著：為何不肯大叫自由萬歲，還怕有人把你看得渾身不舒服，你可以仰天長嘯，忘記離愁，你卻又習慣於拘謹，別忘了新的觀念，新的世界放在你的眼前，你像一個新生的嬰兒，學習、生存、追求幸福。他終於在機門消失了。機門被關上，長梯被移走了。然後他的臉孔出現在機窗裡，模模糊糊地顯得不實在。送行台上的手舉起來，搖晃著，卻又默默地望著飛機轉頭開到跑道去。飛機無聲地滑行，越來越快，從西到東，終於升起來，向一個小山頭衝去，飛過山頂後轉了一個彎回來，掠過機場的上空時發出響裂的大聲音。大家抬頭望它，直到消失。送行的人心中似乎喘了一口氣，一面談論一面走開。

「一種孤寂的感覺忽然襲來，住在Y城，小小的東方人。」他說：「今天老夏對我說在此地的中國人有一些常患的毛病，不是白卑過甚，就是誇大過甚——在洋人面前頗可圈點。天氣冷了，氣壓低了，並不是不如意的事進來，而是新的生活標準，新的道德律與舊的起了衝突。那些你對過去世界的反應，現在碰壁了，自尊心如許之強，結果祇有令自己難受。」

他在路上走著，走到一家住屋的門前，按著電鈴，門開了，他走進去。一會兒，他從裡面出來，又在同一條路走著，走回來。他說：

「又是一種生活，如今情緒上的遲頓是不可否認的，希望在一飲一啄之間寫寄真情，然而，忙、忙、忙，感情像上了洗衣板，被搓得一乾二淨，我想美國並不是久留之地，不明白的是生活的壓力那麼大，像巷戰一樣的，每一步都在提神小心，計算、分析、安排與計劃，越來越冷靜，越來越精明，越來越算計，不知道該說什麼，英雄豪傑的氣魄，如今面臨懷疑，而做人究竟應該明察秋毫還是大而化之？」

他睡在床上，翻來覆去。他翻開棉被起身，在房間的各處翻找。他回到床上躺下，閉著眼睛睡去。他開始夢見了黑人、印度人，和波多黎各人；夢見巨大的建築物，摩天而立，明淨如洗的天空，而北美洲一片白色。

他漠然地走路，和許多人擦身而過，人如此地多，有些人三五成羣地走進教堂。

這下午，冬天的下午，這蒼茫陰霾的下午，太陽依舊沒在雲層後面，地上積著雪，千瘡百痍，這混亂的世界，樹木枯乾了，葉子飄光了，陣陣的雪飄著，飄著，有時像霜，有時像霧，在風裡流動，家裡緊閉著窗戶，那樣緊緊的閉著，房裡的暖氣絲絲的叫著，街上一片冷清，人穿著厚重的衣服慌忙地走過。天空被雪撕開了，那雪像把刀，陣陣地切著，毀著，聽見淒厲的嗚咽在白刃所過的樹梢上。這冬天的風雪，如許的冰涼撲滿了他的胸膛。在他的眸子裡，冬天的冰結著，結著，如同冰結了的太陽。有時他眺望天際，在雪停的時候，卻縮著脖子，緊緊地扣住衣服，出神地看著，聽見腳下的冰陣陣裂開，踟躕的走著，不覺留下一大片腳印。

他走進一間酒館。他說：

「並不是酒的味道好，而是耐不住體內的血液理智的流著。」

他有點酩酊地走出酒館。他說：

「世界，世界，我走進最愚笨的路，實在連這點也不願意去爭辯。」

他從學校回來，掏出他的成績單。他睜大著眼睛注視著那個「A」字，他歡快地跳起來，走到他穿衣服的一面鏡前。他的左手握著成績單，右手指著鏡子的自己說：

「喂，你，終於慢慢的升起，像一顆新的黃昏星，漸漸的成熟，你的學問，漸漸的，你的人格，你的形象從模糊到明朗。如今窗外是華氏零度以下的氣候，室內和暖如春，卻又是二十五歲的好時光，極想把握住這一寸寸的生命。死後，一切將成為空無，你不信神，也不相信 life after，你付出極大勇氣與你從小所受的宗教教育抵抗，或許有一天你會投降，但那祇是在你喪失信心的時候——對這個人的世界。耶穌是一個偉大的『人』，人生是痛苦的也好，是什麼的也好，不必在痛苦或什麼以外，去引申一個救苦救難的主。那殘缺而幽深的人生憂傷，表現在米開朗基羅的雕像裡，那莊美而雄健的人生悲劇，表現在北歐的神話裡，你何嘗不知道。」

他突然地回身轉向我，我把頭稍微微移開，好像躲開一道射過來的強烈的光。他說：

「朋友，你知道嗎？吃好的，味道好，穿好的，感覺好、好、好、好、好，我應該進天堂去，祇是我不願意放棄我對一個『人』、對『人』的尊重，那多少個世紀以來，人與人奮鬪，人與自然掙扎，在那顛沛、危難、困窘之際，所呈現出來的人的光輝，那些至善的，至真的，至美的，那些人間的溫暖。」

他和幾個朋友在夜深人靜時，坐在客廳裡談論著：

「你知道我們談些什麼嗎？我們在談會館，談著湘軍，談著江蘇、浙江籍的進士在清史上的地位，談著當代的知識份子、談哈佛燕京社的前任圖書館館長、談清華留學生、談李濟、董作賓、郭沫若、談陳寅恪、雷海宗、談胡適、魯迅，談陳獨秀、瞿秋白，談他們的性格，才華與際遇。」

•

他在清晨起身，拉開窗簾望著濛濛的世界。冬天已經過去，雨季到了，在這土地上覺得淒涼和蕭索。他說：

「但這還是一個繁忙的世界，遠處汽車一輛接一輛地駛過去，上班的人，又要去忙一天，在這一天裡面，或許有一兩個 coffee break，在 break 的時候，咬咬口香糖，抽一根香煙，喝上一杯咖啡，談談天吧，可是此時此際有誰傾聽，日常工作的細節是如此瑣碎，與周而復始，生活的圈子是如此窄狹，誰能記得在天外的天上，在水外的水上，曾經有一個失去的眾神的樂園。」

他的笑容可掬。他又說：

「那是一萬年以後的事，有人在另一個星球裡種下了一粒麥子；那也是一萬年以前的事情，科學的預言將要來臨，人的速度會大於光的速度的，你我沒有了過去，也沒有未來，祇見眾神在星河裡漫步，極為瀟灑。然而在已知之外知識猶有空白，那些更新的古典為眾神所喜愛，然而上下會把它自己泯滅，四方會把它自己銷沉，沒有這裡，也沒有了那裡。寂然的無，再次被感到，而生命是故賦於了形體，那未知的第二紀即將揭曉，而宇宙是否又是物理的，和文學的，抑或是之乎者也的，在第二紀裡，是否還會有我，以及我的朋友。」

他走向校園，他的身軀微微地前傾，步子邁得很寬大，而不是快速。從他的背影可以看出他駕輕就熟了，究竟是有高級研究生的派頭。他轉身回頭說：

「不論尋求什麼，總需要一種認識，對自己的徹底瞭解。也許人是社會與歷史的動物吧，去瞭解的時候就需要把這兩點列入思考的範圍。我就是這樣的將個人放在歷史與社會裡衡量自己。個人的存在是第一個需要解決的問題，多年來的思索與修訂，似乎是從執著生命到順其自然的一段過程。順其自然並非率性而為之——對我而言，仍率理而為之。我並不認為我的確能在一步一趨之間皆不叛理，祇是個人對出處與取捨已經有一個標準，如果我不照著這個標準做，我會知道自己錯了。事實上，率理與率性是多麼容易合在一起，一個人能夠被理性化的，因此理性會成為人性的一部份。率性時也就率理了。物理的世界為人所居，平地蓋起了屋子，山邊上養著牛羊，飛機開在天上，一切的一切，基於人的勞心、勞力，那人文的世界與物理的世界迥然異趣，即使是月移星換，早上醒來時一個人還是睡在那張床上，環境無法操縱人，倒不如說人文世界裡的前因與後果往往是人的命運的主宰，過去的是歷史，那便是前因，現在的是社會，那便是後果。」

他做了一個沉思的表情，然後睜開眼看前方，又抬頭仰望天空。他再說：

「而再上前，仔細地捉摸與推設著最後的一道線索，一個問題就如此地從最初到最後，知也有涯，在盡頭是空無與迷悵，即使在半途上感到精神極佳，真理在握。寫完了論文，感到人的知識是有極限的，大智者其智類於大智，然而歸納推理，辯證，起承轉合之後人究竟能夠到達什麼地方，還有禪的領悟。人也許能夠有種種花妙的語言去指狀過去，將來，以及我們自己，還有不是我們自己，一觔斗就算有十萬八千里，人不能成為神，神不能成為他的神，大而無當如宇宙者亦是有限。宛然可親先民的手澤，雖然社會不斷的演化，而人，不同的，創造了歷史。往矣生生，卻不見走上了精神貴族的道途，思想著，曾經執著先民的遺訓，那至真、至善、至美的，如今卻面臨了懷疑，人永遠是現實社會裡的動物，華嚴重重，我佛又何嘗重重，我佛又何嘗是人外的高人。」

我又覺得睏倦，對著那位在玻璃中自訴的曹炎的臉目蓋下了眼簾。我幾乎忘忽了意識，陷於真正的睡態。一種拳頭搥擊的聲音又重新叩動了我的意識。搥擊加上嘆息。我的半意識狀態已經察覺了自己睡眠的呼吸，覺得對他非常失禮。我亮開眼睛，驚訝地看到了他愁眉苦臉地彎著腰，把手伸到背後搥打背部。發生了什麼事？我疑問地望著他。他用一種值得令人同情的姿態說：

「日來背上疼痛日劇，不知道是怎麼一回事。」

你當然是知道怎麼一回事，我想。我乾脆閉上眼睛，不要看他這種令人喪氣的表演。我並沒有再睡下去，這第二次的醒來，已經使我恢復了真正的清醒，我祇是在等待他的改變。突然我聽到音樂，似乎是黑人的音樂，他依照著節拍開始說話，我看他，他說：

「為何嚮往故國，為何不能忘記，忘記一切，活在這裡，一切的一切是如此糾纏，難以數清的問題，即使我準備丟棄這裡的一切，為了滿足我的需要，我是否被需要。我們只是一羣可有可無的中國人。」

他身處的城市街道發生了槍擊，有一個人飲彈倒下。他聳動一下肩膀，臉色蒼白地說：

「即使在天崩時，我亦將泰然自若，而我卻無以自寬，在重重負擔之下，梁木將朽，我已走入末路，只見我心力憔悴，仍舊蹣跚舉步。可不是，一種潛藏的，卻又是呼之欲出的慾望，那種爆炸的慾望隨時在心海裡忽沉忽起，時時在腳跟底下團團地轉，嘴裡嘀嘀咕咕的唸著。但在這裡爆炸祇是自殺，祇是無聊，那隱藏著的苦楚，屢次想奪眶而出，卻又屢次像洩了氣的皮球，一蹶不振。當為自己的同胞，那片生長你的土地，那個教養你的文化，你的血應當灑在那裡。」

•

我看著曹炎提著手提箱趕上了一班飛機，這架飛機從西雅圖飛到夏威夷，再飛到東京，降落在台北的松山機場；他回來了。他下飛機後坐著計程車經過城市的街道，他看到人比以前多了，似乎是鄉村的人口湧到城市來，社會的面目在更動。他想到美國校園政治的結構也發生相當大的變化，看來十一月的選舉會有異動。他回到家，看到母親的臉上滴下歡欣的淚水，她為他做菜，要他陪她去拜訪親友。很快地，他又要上路坐飛機，經東京、夏威夷到西城。他在西城機場下了飛機，他說：

「我又回到了西城，風塵僕僕，兩手沾滿了迷惘與懷念，回到這裡以後，所能感到的是故鄉不復當年的故鄉，他鄉不再是今日的他鄉，而我深深知道我是一個中國人，何去何從。似乎我已經決定暫時在此待上四、五年，然後再去尋找一個可以棲身的地方。美國，美國，你我可結下了一種無可奈何的緣。破滅了的是童年的夢，那種為千萬人造福的夢，從高亢降而為低調。感到自己有點不中，不西，一種行為與思想上的畸形，雖然已經從童稚之心換了一個較為沉思的頭腦，我仍然沒有很好的辦法化解日常生活裡的意外遭遇，那種因文化而產生的。祇能看到的是自己行將結束求學的生涯，卻已看見無從將童年時代的夢付諸實現，唯一可行的是丟棄一切，去當一個和尚，如果要活得認真，可是在這個時代裡，連和尚也商業化了。」

他一面走一面感慨地說：

「為人與處事，長大以後就為此而煩惱，人必須與別人相處，從前有一度時間自命為無行的文人，有一種獨來獨往的痛快，現在漸漸的這種痛快減少了許多。東西是學了不少，卻是為了吃飯而已。」

走出機場，有一個年輕活潑的女郎對他招手。他的臉部突然地陰沉下來，他小聲地自言自語：

「有一些煩惱，車子以及女人。」

他和她手拉手，在她的臉頰上輕吻一下，她對他抱怨說：「車子壞了。」他把左手（右手提著手提箱）一攤，聳一聳肩膀，做出無可奈何的表情。

●

他坐在屋子的起居室，把腳高墊起來，翻看著報紙。他走進校園的餐廳，要了一杯咖啡，坐在角落裡看著報紙。他清晨起來，還穿著晨衣走到街角，買了一份報紙。他和朋友們一面走一面說話，手中拿著報紙。晚上，他埋首寫作，在書架上有一份報紙。然後，他擺出嚴肅的態度面向我。我嚇了一跳，他說：

「這些日子以來，相當注意報上有關中國的新聞，似乎感到國府偏安的日子要接近了尾聲，一切美好的口號或則宣傳，或則理想都要面臨考驗，人在這個時候會深刻的去想，在太平盛世的時候，人不免多想想自己，捉摸感情的玄妙，而在大動亂的時候，人會去想，不僅自己，同時也會去想這些變故的原因，人在這時候會成熟，會產生文化的高潮。戰爭帶來的不僅是社會的解體，同時也帶來了道德與價值的解體，新道德新價值的建立，其代價是滿目的瘡痍，骨肉的流離，以及無數的生命犧牲。做了一個相當大的決定，也就是說決定了自己對中國未來政治的立場，之所以說未來，是因為現在的政治並不合理。中國從帝國時代到現在祇有六十年的歷史，無論談什麼主義，陳辭過高，不著邊際，在名實之間有極大的距離。無論是政府，無論是政黨，無論是一個什麼主義者，言與行之間都搬石頭打自己的腳，人類整個的歷史行為裡曾有一種宿命的悲劇，現實與理想的出入，行為與語言的出入。我相信未來必然會走上社會化，民主化的世界，歷史的腳步是緩慢與游移的，然而大的方向是朝著社會化，民主化的道路上走去，我指的是現實的發展，而非理論的。」

他坐在學校一間屋子中央，幾位年老的教授成為一排坐在他的前面。他和教授們做對問的交談，交換資料。然後教授們點點頭站起來，他也站起來。教授伸出手來和他握手，陸續地走出去，他一個人留在屋子裡。把桌上的紙張整理好，放進手提箱內，他的臉上顯出愉悅的笑容，提著手提箱走出屋子。

他來到校園的郵亭，準備在櫃台上寫信。他停頓一下，似在做最後的決定，然後下了決心書寫。他將信封好，投進郵筒裡。他提箱走下石階，他說：

「通過了博士資格考試，寫信給她，表示一切都已太遲之意。一半是由於我的愚蠢，另一半是她的愚蠢。」

•

曹炎穿著相當整齊站在門前，外面正下著雨，手提箱放在腳邊，他手中握著一支未打開的洋傘。他說：

「似乎不能再保持一點童年時代的無憂，對『人』充分信任，無視人世之中種種的糾纏，遠離險惡，相反的，漸漸的被捲進去了，主要的原因是因為執著一份真，我所想的，就是我所做的，我畢竟是生活在現實世界之中，不要退卻，要做一名鬥士，如果執著這一份真。」

他舉起洋傘向前方比劃兩下。然後，他打開傘，提起手提箱，步下石階，走到路上，他一面走一面自語自語：

「曾經產生了生命沒價值的看法，曾經以為我將成為一個純粹的讀書人，而史學的知識，帶給我的莫非是現實世界之中一種得生的工具，如此除了特質生命的延續之外，可以說生活沒有淨餘的意義。固然我抱著為學問而學問，我也寫了一本書，畢竟祇是一本除了對研究問題有意義的書，而又似乎那個問題是玄學家清談中的 topic，也許在學術上有其價值，然而落在現實裡，卻沒有深刻的意義，我並不遺憾我沒有為自己賺一個大學者的銜頭，我也覺得這種銜頭是可有可無的，並不影響我對生命的價值的看法。今天死去，明天死去，歸根到底，能證明的是人必然會死去這條自然律。然而，我何嘗不愛惜生命。我已經下決心，不反悔的去做我認為有價值的事。我不說我不會再變，然而大方向已經定了。一旦開始著手去做，是非，對錯之間的衝突，有其落實之處，從思想到行為，這一奮鬪最後的代價使我個人的生命，生死置之於度內，而非度外。

玻璃幕上出現了他富有性格的頭部和聲勢浩大的全美串連大會會場活動情形，形成兩者重疊的影像。那個和善而複雜的曹炎面目始終是面對著我。他說：

「我身為老K，我並不遺憾這件事，相反的，我覺得這是做為一個現代中國人的一種政治活動。中國離專制不遠，天下惡乎定，天下貴定於一。美式的兩黨政治不像心臟可以從另一人體移植到另一人體，何況美國兩黨的後台老闆還不都是一丘之貉。然而民主政治之建立於中國，不必走西方的途徑，亦不需以資本主義的經濟做其政治或社會結構的基礎。馬克斯將自由民主與資本主義合為一談，仍是基於西方某種史實，並不一定能在中國找到平行的發展面。聯大將中華民國排除出去了。二十多年來的發展，也許國府錯過了許多好的機會，而歷史是最無情的，並不在乎你說得好，或說得不好，你的理想好，或是你的理想不好，而在乎你做了多少，你的話在現實裡的份量，你的話 Materialize 了多少，因為話說得再漂亮，畢竟是會說話而已，而政治是眾人之事，『拿出證據來』，一個做學問的如此說；『拿出政績來』，一個公民會如此的說。」

他走進串連大會場，許多人圍過來和他握手，他的臉上呈露出含蓄的微笑，他說：

「如今回想，感觸良多，物理的世界並沒有因為我的出現而變，月移星換，宇宙仍然順著一定的道理運行著。感到自己的生命像一顆流星，劃空而去，沒有聲音，也沒痕跡，只有我的短暫的嘆息而已。縱橫捭闔，掩飾感情的我，戴上一副政治的面具。想到大江東去，浪淘盡千古風流人物，何況是我，人文的世界一本歷史而已。」

他把行裝整理好；他和教授們握手話別；他和朋友們握手話別，他們對他說：「如今國際形勢不利於國府，在台灣的有錢人想跑的倒是不少。」

他攜帶著那隻隨身不離的手提箱趕到機場，邁著大步走向飛機。他跟隨在一些人的後面走上長梯，突然他在機門的地方轉身回頭，臉上出現了傲岸不羣的表情，他說：

「我的問題不在行情『看好』或『看不好』。」

機門出現了漂亮的空中小姐，和曹炎並肩站在那裡。空中小姐做了一個歡迎的姿勢，與他握手，並對他說：「歡迎」。曹炎走進機艙，門就關上了。

他那混合著英雄與讀書人的特殊面貌從遙遠的地方出現，然後越來越大，清晰地伸到我的面前。他的頭部背後，飛機起飛。飛機在碧藍的空際中，而飛機下面是高樓林立的西城。他說：

「做夢不需要勇氣，把夢變成事實則需要勇氣。五年來在美國的生活、求學，如今拿到了學位，開始教書，一切已經進入了美國社會體系，在此地生存，精神上的苦悶自不在話下，但物質生活上的寬裕，卻足以玩物喪志。」

飛機飛出了內陸，底下是碧綠深藍的海洋。漸漸地，有色的背景淡去，溶入灰黑色的小巷和院落的景致。幾個小孩手中拿著竹竿互相比鬪。他說：

「這是小的時候，我喜歡玩劍鬪，常常從竹籬笆裡面抽出一根竹竿就鬪起來，我常常嚮往有一把精緻而結實的竹劍，祇是我從來沒有去求過，因此，我也始終沒有得到這樣的一把劍，如今我們仍然喜歡劍，對我而言，那是古典的意志的表徵。」

小巷中的小孩子消失了，小巷院落的灰色景致也隨著消失，背景又出現了色彩，飛機降下台北松山機場，機門開了，他和空中小姐並肩站著，她和他握手，對他說：「謝謝」。曹炎提著手提箱以他特殊的腳步下了長梯，他帶著一種清朗的冷靜說：

「如今我回來了，應該是去還我童年時代所許的願吧！」

他走出關口，馬上看到了母親。他把手提箱放在地板上，雙手讓母親緊緊地握著。他和母親走出機場，乘坐一部計程車離去。他的頭在車廂裡轉來轉去注視窗外，像在尋找什麼東西。

蘇君夢鳳

週末下午，蘇從鄉村搭火車到達城市，然後他乘坐擁擠的市內公共汽車環繞許許多多的街道，又步行到一處公寓樓房密集的地區，走向一幢式樣普通的房子，走上樓梯，在二樓地方的門口按鈴。他屏息著心中的熱潮等候著，注視一位來開門的小女孩，他問：「夢鳳來了嗎？」小女孩沉默不語，只讓蘇走進來。他隨即把鞋子脫在門外，赤腳走進客廳時發現那裡坐著許多人在觀看電視節目，他立在他們面前，對他們投視過來的好奇眼光感到十分的窘狀。蘇遂向一位婦人詢問夢鳳的消息，她說昨天她曾來過，離去時說今天正午會再來。但直到蘇此刻降臨，她還未到來。蘇只得解釋著她也許有事耽擱了，臉上推展著一絲笑容，然後攜著手提箱走進隔鄰的一個房間。他先看到一張鐵床毫無枕具地赤裸的靠在牆壁的一邊，回頭又看到角落放著一隻飽滿的塑膠布袋，綁口處露出了捲圈的草蓆，一個塑膠製的臉盆放在地板上，能清楚地看到盆裡的塑膠杯子、肥皂盒和毛巾，在那個角落處也有一隻像畫箱的木盒貼靠著牆壁。她的確來過，蘇想，這些東西就是明證。他和夢鳳曾經商議在此租居會聚，共度週末和星期天。他站在那裡想到了這一些。首先把手提箱放在床板上，在窄長的房間來回地踱步：數天前她就應該搬進來居住把屋子裡佈置周全。他曾經這樣希望她做到，以便他來時就會有個家的感覺。不過，他知道她有種膽怯和依賴人做這些瑣事的性格，而不是希望她這樣做她就會完全遵命辦到的。夢鳳是有些尊貴的素質；既然她沒有依他的期望把房間佈置好，他還是會原諒她，而且他會在她的面前親自動手起來，使她相信他愛她，甚至做她的奴役。但在這幾近空洞的室內，猶如荒涼的世界，蘇只有等待她的蒞臨然後才能開始與她共織舒適和溫暖的巢居，因為有許多的事物，他必須順依她的品性來建構；只有一點遺憾就是他唯有週末和星期日才能和她在一起，其餘的日子他有工作繫身於一個遠離城市的鄉村。為什麼不能一開始他就和她完全在一起，且在城內找一份工作？那是因為他和她邂逅得甚晚；當他遇到她時，他已經有著既定的生活方式；城市裡擠滿了人，不但滿意的工作不容易找到，現在他的經濟能力也不能一時馬上實現願望。但他曾對她承諾，如若他和她能相處和諧，將來一定可以完全做到共守不離的境地，而他和她選擇租用一個房間算是這個理想的開始。

蘇拉開朝向巷道的窗戶，嘈雜的音響一股兒衝進室內來。一羣男童在狹小的巷子裡投擲棒球，他看到一個憤懣癡胖男人立在門口怒視他們的有破壞性的遊戲，卻不敢破口大罵他們放肆。對面三樓上的門戶傳出非常尖銳刺耳的平劇音調，蘇能隱約看到紗門後躺靠在沙發裡只穿內衣褲的病弱男人，雙腳水平地架在另一張椅墊上，絲毫沒有動顫的感覺，猶如一個許久已經僵硬麻痺的軀體。蘇注意著來往的計程車，用極響的喇叭喚開玩球的羣童；他無比熱望著夢鳳能來臨。他這樣在窗邊站立了良久，直到他感到所有的血液都降到雙腳而頭暈起來。雖然那些令人煩躁的聲音不斷地滾盪到室裡，但他並沒有再把窗戶關閉，因為他想聽到夢鳳穿著高跟鞋的特殊腳步聲；她的步態的優美，是他愛戀著她的其中的一個因素。

蘇感覺有些疲倦，經過了長途的車旅和炎熱的天氣，現在他想躺下來歇息，並且尋找一份安穩勿躁的心境來等候。他知道夢鳳有點折磨人的脾氣，以示她出身的尊貴，或證明他有沒有耐心的修養；對夢鳳來說，合乎她要求的事物，都必須具備著某些常人少有的特別德行和精神；她根本不在乎蘇是個窮小子，只要他有抱負理想而合乎她那點異乎尋常的古典氣派。於是他走到角落去，伸手把那隻畫箱提起來。他想起夢鳳告訴過他潛心研究的畫事來。但木箱輕得像鵝毛，打開它時發現裡面只有一件尼龍質的褻褲。他赫然地呆視著它，然後迅速關閉它凝思了片刻，無論怎樣也猜不出這是什麼用意來。這實在太不稱配夢鳳的作法了；她應該小心不要讓他知道女人另一個陰私面的事物。最後他想這種真實讓他知道倒好，將來他相信她會十分信賴他，融合為一體，無論精神或肉體，這樣的事讓他也知道並不是沒有道理的，使神祕的色彩減少一些總是較為方便，蘇的臉上遂展現了另一種玩味的笑容。他把畫箱拿到床板上的一頭，然後滿意地枕著它躺下來歇息。

他終於點燃一支香煙，閉著雙目，尋找著一份所謂平穩勿躁的心境。但是，每有汽車聲音在巷道停下，他就翻身起來走到窗口觀望。每次他都願望著是夢鳳的降臨，但實際他看到的都是變樣的東西；有一次竟然是一位鱷魚和馬混樣的怪物下車作態地走過巷子，使他失望地回到床板上重新躺下，枕著那隻木箱，再一次發心思來尋回那份平穩勿躁的心境。他不知道她什麼時候會到達，雖然他想念著她下一秒，或下一分，或下一刻，或下一小時。但她終於沒有來。最後他懶得再起來到窗口觀望，因為他屢次出現在窗邊，已引起對巷公寓的婦人跑出來注視這個陌生面孔的人；他似乎已經聽到她們因猜疑所發的嘵舌了。所以當他躺在冰涼的板上希望能夠入睡，讓夢鳳來叫醒他。但他發覺不能夠，於是從手提箱裡拿出《歌德情史》那本書，重讀一次新梅努希納的故事。

到了黃昏，蘇的熱望達到了頂點，如果此刻夢鳳來到，他可以和她共進一頓晚餐。當他開門到洗手間去時，瞥見剛才那婦人正在炒菜準備他們的晚飯，而蘇心中盼望著他能和夢鳳到城內的一家優雅的餐廳喝啤酒吃韓國烤肉，所以他從洗手間轉回來時，已經感到十分焦慮了，從窗戶望過去，日光已經較有晦色，他在室內踱步思索，又重新倒臥下來，閉目沉思夢鳳的影像，從一切他的記憶中去尋求她現在可能的位置，是否能藉著靈異的顯像作用獲得她的消息，可是神祕的夢鳳從來不告訴他地址，她曾表示過她與他違背倫常的關係，最好不要讓別人知道，如果不小心揭示了這一切，那麼一切都完了，她特別警告他這份責任只能怪他。不錯，立意要走進現實的世界的一切安排都是他懇求她做的，她一時的應允不過是同情他的癡情，如果她已經猜知他的反撲的意圖，從過去奉承她的態度轉變成將來在現實生活中做為她的主人，她像雲煙一樣消逝是十分自然的事。蘇無論如何不能確實掌握到夢鳳那狡獪的形體和面目。他愛她是實在的，可惜她並不懂得去諒解這一點。從整個人類史觀去說，夢鳳無論如何不會輕易放棄她有利的立場。

他外出到巷道和市街蹓躂了一圈，城市上空已呈現著夜色，他走進一家飯館，孤零地吃著蒸餃和雪筍湯。然後他又回到公寓房間來，他向那婦人說了一些為夢鳳著想的話，又向她借了一份晚報，躺下來觀看電影院的廣告。他想到如果這個房間要佈置，一定要買兩張很好很舒服的沙發椅，也要換一張柔軟平穩的雙人床，牆上掛著幾幅配稱的油畫，窗戶要加窗簾。當他有些積蓄就要添購一架小型的彩色電視機。而他和夢鳳在一起時永遠也說不完心中的話。可是她並沒有到來，昨日她來過，是不是她以為是昨天，當她看不到蘇時傷了她的自尊心。這身份珍貴的夢鳳是永遠受不住有一絲的不如意。是不是蘇記錯了日子，但今天肯定的是週末，她應該知道週末他才能由鄉村趕來城市。如若她愛他如他愛她，現在這懲罰也應該夠重了，他已經等待了無數的光陰；他想：這一切不都是十分明顯了嗎？於是他翻起身來，提著手提箱走出公寓，他帶著失望和沮喪放棄了。

蘇在電話亭打電話給T．M，雕刻家接電話說時女出去了，要十點以後才會回來；他要蘇到家裡來。蘇掛上電話叫了一部計程車到雕刻家的屋裡。雕刻家正在客廳的角落修飾塑像的後腦，他問蘇對他的塑像有何意見，蘇說塑像的脖子有些奇怪，彷彿頭與身軀不能互相對稱，於是雕刻家把脖子用刀刮削了一部份，露出應有的喉核來。蘇自己到廚房倒冰水，發現冰箱裡有兩瓶酒，他把一瓶白蘭地和水拿到客廳。

雕刻家放下工作自己倒了一點高粱白乾喝下。他對某些歌星的私生活發表了一點意見，他對蘇說她們也是人，也要和常人一樣生活，他不反對她們和工商界人士，甚至有機會和外籍客人的特殊來往。社會一般大眾的惡言批評是一種酸葡萄心理，他們也許都想和歌星做同樣的交往，只要能付出價錢誰都需要那種享受珍奇的快樂。但大多數的人經濟收入並不能做到這一點，所以只有發出猶如卑夷的聲音。這種空氣瀰漫著這個生活的空間，他們認為她們是低賤而產生了殘暴侮辱的意識。那些囚為劫持勒索女歌星被判刑的人像是替大眾洩恨而扮著邪惡的假英雄。大部份人們同樣有那種邪惡不良意識。他們的懲罰是罪有應得，但也頗值得同情，暴戾和不人道的行為是社會生活意識所形成，必定有少數必死的傢伙做為犧牲幡祭。只有極少數的人不妥協社會的價值觀，像雕刻家他本人把情慾和生存觀念都傾入在藝術的活動裡，自然遠離了那種潮流災禍。雕刻家又說如若部份歌星擺出聖人的架子，那是更使人感到作嘔的事；聖人似的歌星就絕非是那種商業的電視歌星；俗氣的藝術家也同樣要遭人不齒一樣。他說社會是個大舞台，每個人都有自己應當的角色來扮演，如若瞭解道貌岸然的教授為何要擺出那副嚴肅的樣子，就不會嗤罵他們聖人的面貌！如若一般的歌星不穿著花枝招展吸引人們注意，就非是她們應扮的角色。嘲笑屠夫有張屠夫的面貌和滿身血跡斑斑是幾近不道德的。注視這個社會應該用客觀欣賞的角度，或者用一種整體的觀念來注視，對自我的內省也應有客觀的精神。這時T．M突然回來，時候已快接近午夜，她全身盛裝的打扮，看到蘇大表驚異。

「你沒有告訴我你要來。」她說。

「我突然決定的。」蘇說。

「我有朋友在外面，你願意出來見見她們嗎？」

「妳大概又對他們說了我什麼。」

「那沒有什麼不好，她們很想見你。」

「希望不是一場詭計。」

T．M告訴雕刻家說還要出去一會兒，問他要不要一起去吃宵夜，雕刻家表示他的朋友要來，否則他也想和她們一起出去。T．M和雕刻家表面似乎存在著一種最寬厚的諒解精神在一起生活著，都有屬於自己的朋友。

蘇於是和T．M的朋友乘坐一部她們自己駕駛的車子在市街兜轉著。在車廂裡只有他是男人。她們竟然都是奇怪的女人，除了T．M外，她們都是面貌上有自然缺陷缺乏端莊的怪人。開車的那一位下顎深陷得很厲害，上齒齙出來舐著下唇，但她卻顯得冷靜從容，眼光和額都很柔和，專心地開著車子，而她身旁坐著一位神態像個會說謊的精神病患。她說今夜所說的所遇的事都令她把頰骨笑瘦。另一個則完全像個男人，她說話極端快捷，博古通今，尖酸刻薄，是個所有人發笑的泉源。她捉住蘇的手撫摸他的指頭說：「你根本不是我們的人。」蘇大惑不解，他困窘而沉默，成為她們嘲諷的目標。

「你是個和尚是不？」

「為什麼說我是和尚？」

「時女說的，如果這樣我倒崇敬你。」

她們說她們剛剛在美軍俱樂部跳舞，但不論什麼曲子，她們都跳四步舞。這一點也沒有錯。於是她們在車內又開始冷嘲熱諷地攻擊蘇，把他視為發洩的對象。她們瞥他五官端正像個正人君子，儘可能地指說他是個缺乏城市的活潑的鄉下人。T．M看情勢不對，悔恨自己又做錯了事，想阻止她們的嚣鬧。但那位似男人的女人說：

「妳沒有開竅，沒資格說話，等有天我把妳弄通了，妳再去保護妳的這位君子愛人。」

「我實在不應該和妳們在一起。」蘇表示說。

「不錯，你自取其辱。」

「要是你能規規矩矩做個正人君子就好，可是你和我們出來是看到我們是女人。」

「妳們應該和藹可親點。」

「不錯，我們只對我們的人和藹可親，但對男人則不。」

「為什麼？我看妳們也很善良。」

「可是男人把我們搞糟了。」

「那不是我的錯。」

「你也需要負一部份責任；你是男人。」

「你自己明白，你懷著不軌的心和我們在一起，你是自取其辱。」

漸漸她們靜了下來，其中的一位說她的兒子病了發高燒。T．M馬上建議大家各自回家，根本沒有興致再去吃宵夜。車子在　座紀念館前的路旁停住，她們決定放走了蘇和T．M。可是在分手時，卻又依依不捨地互相擁抱和握手，而且不厭其煩地反覆著這些動作。T．M眼中含著淚水與她們親吻道別，蘇也和她們反覆握手說再見，有一位握住蘇的手許久都不放開，好像世界末日極其悲慘萬狀。

蘇和T．M在紀念館前的草地上散步，漸漸走向湖邊，坐在靠湖的石頭上。從天空飄下絲絲的毛雨，但那稀疏的雨此時絕不會沾他們的衣服。他注視著T．M的整齊服飾，覺得她今晚有些特別。時間的女人就是她的意義，她極端莊和仁慈而富內在的性感，此時他們才開始問起從上次分別後個人的生活情形。T．M告訴他最近邂逅了一位青年音樂家，他將快出國深造，可是那音樂家答應為她留一年。她轉述著音樂家的話說：對於音樂只有鑑賞是不夠的，必須學會一樣樂器。但T．M說他很固執，永遠穿著白衣黑褲，就像一般在舞台演奏的音樂家一樣嚴肅。她說她答應把她所知的文學經驗傳授給他，他也以他的音樂知識回報她，並答應教她吹奏長笛。蘇阻止她說：故事永遠不要說得太長而讓人產生煩悶。然後他沉默著凝思有如一座憂傷的石像。

「我不得不如此。」T．M說。

「我完全明白了。」

「我一見你就有說不出的快樂，你知道嗎？」

蘇沒有回答，心中感到無上的沉悶。

「可是你永遠使我捉不住，而我必須活下去。」

「我完全明瞭這些事。」

「我需要人來愛我。」

「妳不覺得許多人都在愛妳嗎？」

「我只是他們眼中的象徵。」

「那麼妳應該滿足。」

「沒有你，我永遠不知如何滿足。這是今夜你看到的遭遇和下場。」

「正如妳告訴她們說我是和尚。」

「我向你道歉，為今夜你的遭遇我感到羞愧。」

「請不要再提起這件事。」

「你的確對我很冷酷無情。」

「那麼妳沒有瞭解我。」

「你有心事，你心中有祕密。」

蘇沉默不語。

「你心中想的那理想的女性是不存在的。」

「這也不能逼我追求現實的愛慾。」

「我實在不能明白為什麼。」

「對我而言，那是一種沉淪和墮落。」

「這世界不容你有選擇，只有及時行樂。」

他又靜默不語，凝望T・M今夜那白衣黑褲的裝扮。而她沒有想到會以這樣的姿態刺傷他，但她想只有乘此狀況說服他，以滿足她自己的需欲。她永遠不停地在戀愛，當她捉不住他時，她就如此地放蕩與作樂，她甚至不惜去與那羣醜陋的同性戀者在一起。

「我非常同情她們；當我和她們相處才知道她們多麼可憐。你今天的闖入使她們情緒很激動。她們有極強烈的感情，非常嫉妒，她們就像〈禪的學徒〉那篇小說中封閉在自己的世界的人，她們為社會所遺棄，滿足在自己的意識裡不覺羞恥，可是一旦有人闖入，她們便自覺到自己的缺陷和醜陋，一如今夜你曾看到的她們顯出的面目。」

至此，蘇感到睏頓，已經是週日的凌晨，他想離開城市回到鄉村。T・M始終感到他內心有一股極不安寧的情緒，於是想依靠過來讓他親吻，蘇卻顯露無可奈何的模樣在她的嘴唇輕輕碰了一下。

「我應該離開這裡。」他說。

雨開始下得有些緊密，淋濕他們的頭髮。

「我們好好淋一頓，緊緊地擁抱在一起。」

「這並不美；絕不如妳想像那樣美好。」

「只要我能擁有你，一分一秒都不放過。」

「這完全是一種悽慘景象。」

「我們應該有所補償。」

他對她極富性感的臉龐注視片刻。

「讓我走。」他又說。

「我們如此不能謀合。」她嘆息著。

「妳有妳的，而我有……」

「我不相信。」

「也許我們是過早在一起的……」

「你答應我，在未來……」

「我承諾，有一天智慧會帶我們和諧地在一起。」

「你就這樣答應我嗎？」

雨真的把他們的衣服也淋濕了，蘇勸T．M回家。

「我要回那個家？」

「離刻家也許在等妳。」

「不，他不會等我，他有他的工作就沒有我，我和他已經早諒解好了。」

「回天府之國去，T．M。」

「那裡不再是我的樂園。」

「我要回鄉村去。」蘇說。

「有一天我也能住在鄉村，和你在一起。」

「我歡迎妳隨時來。」

「你為什麼到城市來？我知道你不是為我而來。」

「我來尋找夢鳳。」

「誰是夢鳳？」

「某一個人。」

「你找到她嗎？」

「沒有，她沒有來。」

「為什麼？」

「我不知道。」

T．M沉默地望著黝黑的湖水，她感覺那水裡似乎藏著某些形體。她甚至感到蘇所說的夢鳳隱匿在湖裡竊聽他們說話。

「好，我回家去。」她對蘇說。

他們站起來行過草地，在路邊等候車子。

「何時你再到城市來？」

「事情似乎都過去了，我不會再來。」

「答應我有天特別來看我。」

「也許。」

「什麼時候？」

「永遠。」

T．M坐進計程車時，蘇對她黑白盛裝的背影再注視一眼；她從窗口伸出手來給他親吻；車子開走了，蘇在雨中行走；天色有些微明，他招呼過路車來駛回車站。

削廋的靈魂

只有藝術才能告訴我們，有一些表達方式是完全屬於自然的。——朗介納斯*

一

我正坐在寢室門外曬衣場的草地上，有幾秒幾分幾時幾日幾月幾年了，靠著一棵油加里樹彈唱吉他，因為我心裡實在窩囊得很。整排寢室，你看不到一個樣子悠閑的人；這一排寢室，都住著畢業班的三年級生，包括普通科、藝術科、音樂科和體育科。無論你看到他們是在那裡，都他媽的把頭部和書本連在一起；好像頭是書本，書本也是頭，真叫你很不舒服。除掉你之外，三百多個畢業生，個個都像個大混蛋。這種情形，像是一個高一個低的天秤的

* 朗介納斯（Longius, 213-273），羅馬帝國時期的思想家。

兩端，不能平衡，叫你心裡覺得難受。你可以想像，我是怎樣地看不起他們，而你也可以想像，他們又是怎樣地看不起你。可是，奇怪得很，你會聽到幾個多嘴的體育科傢伙，穿著小三角褲，赤裸著上身，把胸部挺得像塊大石板，當他們經過走廊到廁所去時，會轉過頭來對你叫一聲，比著大拇指說：

「好棒，武雄。」

我瞧著他，但我的嘴巴正在唱「大衛．寇克」，《邊城英雄傳》的主題曲。假使碰巧，我正唱到曲子的末尾，你便放大聲唱：

「大衛，大衛寇克……」

「好棒，再來一遍。」他們叫著。

那麼就會有人從窗口伸出頭來，看看你；有幾個（心裡總是期待著周圍會發生什麼事）會走出寢室，然後對你笑笑；坐在窗口的傢伙，也會被擠跌到走廊來，然後你會聽到罵著：「×你×」，發出一陣混蛋的哈哈笑聲。我真瞧不起那些體育科的笨傢伙。說真的，並不是你體格差嫉妒，他們個個真有那種硬裝出來的蠢相，叫你看到時好笑。譬如，他們每一個傢伙都喜歡穿三角褲，把小鳥兒綁得緊緊地，可是一面走又會一面從三角褲斜邊，伸進一根指頭。有的喜歡用食指，有的喜歡用中指，有的喜歡用無名指，有的喜歡用小指，但我沒有看過用大拇指的。他們把指頭伸進去調整一下；在那種動作裡，就有一隻腿，有的是左腿，有的是右腿，像馬的前腿一樣地收動一下。但當他們穿著一身整齊的卡其制服時，看起來一點也不蠢。女老師和女教官真喜歡看他們英挺的姿態。他們站在操場上，總比其他科系的傢伙高出一個頭，實在是他媽的英俊和神氣。可是，一旦行進時，你會瞥望到某一個傢伙，會突然地跨了一個大步，假使你是第一次看到，一定覺得是無緣無故；好像他的腿在空中停頓了那麼幾分之幾秒，而比正常的步伐慢下來，所以跨大步趕上；但那一步的聲音會很響亮，聽起來很驚慌匆忙；那時，你會聽到值星教官常德的蹩腳的廣東口音，大聲地斥罵著：

「怎麼搞的！」

我們藝術科的隊伍，就在他們體育科的傢伙後面；你當然知道，那是怎麼一回事；我會忍不住地笑出來，有時馬步良也會跟著笑；我和馬步良是排在一起，我們同樣高度；有時他在前，我在後；有時我在前，他在後。聽到有人笑，常德教官馬上又斥了一聲：

「笑什麼笑！」

他的廣東音真使人笑死。假如碰巧，前面體育科的某一個傢伙，又響出一個匆忙的跨步，那麼，你會連笑下去。那麼，這一笑，就像堤潰，實在叫人忍不住，把其他的人也帶笑出來。那麼，常德教官便不得不再斥罵一聲：

「莫名其妙！」

可是，操蹩腳的廣東音的常德教官，脾氣實在好得很。他把「其」音說成「ㄍㄧˊ」音，引起全場都嘩笑出來。那些走步怪模怪樣的體育科傢伙，真他媽的條條都是好漢，人笑他不笑，把胸部挺得更高，走在全體隊伍的最前面，好像那好笑的芝麻事，與他們沒有半點關係。說起來還真奇怪，他們個子高的很高，但排在隊伍尾端的矮子，可真他媽的矮；所以你從後面望過去，那幾個矮子，穿著瘦腿褲，上半身卻鼓得像個青蛙，個個看起來，都是那麼假正經，人笑他不笑，故意扭著屁股，像馬的前蹄一樣的縮腿，引人發笑。而常德教官，脾氣可實在好得很，你永遠不會再遇到那樣好的軍人，因為最後他也笑了。他實在好得很。說真的，我和體育科的傢伙很熟識，他們認為你是個「寶」。要叫體育科的傢伙對你好感，除掉是漂亮的鬼女生之外，就只有「寶」能讓他們看得起。他們雖然個個都滑稽得很，卻很爽朗愉快，從不耍心計和奸詐，可是他們卻都是怯懦的太保混蛋。就是這一點使我看不起他們。他們的體格看起來很結實，但大部份都是混蛋草包。

我沒有去注意，我已經把「大衛．寇克」唱了有一百遍，我已經不再唱了，只是坐在草地上，背靠著油加里樹，望著連成一列的一間一間狗窩寢室。不知道誰把消息傳回來，但你可以相信，一定是那些嘴巴不停「阿每阿每」的客家人傢伙中的一個；因為只有客家人，才會去注意學校的動靜，去斤斤計較考試和分數；只有客家人才會關懷那些芝麻事；任何的芝麻事，總有客家人的嘴巴在那裡「阿每阿每」。消息傳回來，然後，一窩蜂地人從寢室湧出來，有的用走的，有的用競走的步姿，有的用小跑，有的大步奔跑，沿走廊浩浩蕩蕩地朝向紅磚大樓樓下教務處的走廊。那些穿三角褲，像猩猩在走廊走來走去的體育科傢伙，趕快回到寢室，穿上長褲和背心，然後像狼虎般地又奔出來。整條通往大樓的走廊，都是畢業生的大行列，在木工教室轉角的地方，和那些鬼女生（她們已經都像女人）會合，成為更大的人羣。說出來真遺憾，只是去觀看自己考試時的座位號碼，你可以想像，他們那種擁擠的蠢相。那條大樓走廊，我是說辦公室各處門前的走廊，兩個人相向走過，都要擦到肩膀，那時，卻在那個只有四開大的公佈欄前面，擁擠了三百多位大男大女，而且，你會相信，男和女又會有個像溝或像牆般的距離，否則又會發出尖叫。幾刻鐘後，才有一個人蹣跚地走回來。然後是聽到吃晚飯的吹號聲。要不是那個時候，就是吃晚飯的時間，保險要等一千年，那些去看座號的傢伙，才會回來乾淨。你可以想像，尤其那些鬼女生，也許要等一萬年。像這樣的芝麻事，你不能想像，一旦想像了，就真不可思議，叫人沒法相信。而一切芝麻事，又都是過來人都知道，是一點也不假的。聽到那吃晚飯的號音，你又可以想像，他們又一窩蜂地、爭先恐後地、從原條走廊，鬧哄地急奔回來。而客家人，尤其是體育科的，又會是跑在最前面。我對客家人沒有好印象，雖然我的母親的父親也是客家人，我還是要罵他們，因為他們幾個都是自私自利的傢伙。

我實在懶得從草地上站起來，但我還是站起來。突然從走廊上混亂的人羣中，傳來一個沙啞的聲音：

「劉武雄，你的名字被劃掉了。」

這個叫聲，真像一把銳利的大刀，又把你砍倒在草地上。我跌坐在草地上，想看清楚那個混蛋對你這麼說。但你實在分不清誰是誰；走廊上，寢室門口，萬分擁擠；有的要進去拿飯碗進不去，有的已經拿著飯碗出不來；真像一團窩囊。你可以想像，開向走廊的兩個窗戶，有人跳進跳出，那是睡在靠窗鋪位的傢伙。但有一個混蛋真自私，他跳出來後，快速地想把窗戶拉下來，竟把後面跟著要跳出來的傢伙的頭夾住了。有一個笨傢伙，來不及關下窗門，已經湧上去幾個傢伙；你可以想像，他的鋪位一定踏滿了濕腳印，你可以聽到滿走廊「×你×」的聲音，我慢慢才想起來，通知你的聲音是簡富山的沙喉聲；那時人聲嘈雜，你想在一羣鴨子中去分辨出是誰叫是不可能的。老簡是個很好的同班同學，他住在新店，他的家在碧潭岩石上開了一家茶亭，只有他有一種正義感，你可以感覺出來。同學三年，你幾乎什麼芝麻都能感覺出來。別人才不會管你這芝麻，只有他，沒有別人。老實說，我望著眼前那一陣騷亂；事實上，我的眼睛只注視腳邊的一株草葉；我開始在想著，回憶著，然後你的嘴巴唸著：

「你被犧牲了。」

我到底用走，或用跑的，我記不清楚了。總之，你到了教務處門前的公佈欄，那時，那裡連一個鬼也沒有。你親眼看到，三年來用鉛字打出來的名字，被一條紅線劃掉了。

二

我知道那是葛文俊老師搞的蛋。你到底有沒有到飯廳去吃晚飯，我已經記不得了。你不但感覺羞恥，也覺得葛文俊老師十分的卑鄙。我回憶著午後在實習處會見葛文俊老師的情形。午後二點鐘左右時刻，他寫了一張字條叫女校工送到寢室給你。從上星期六開始，畢業班已經停課，準備在這個星期三畢業考試，所以大家的生活不受到約束，除掉吃飯以外。葛文俊老師的字條，簡單地叫你馬上到實習處去見他。

你站在實習處辦公室門口張望了一下，看到葛文俊老師的側面。你不喜歡看到他的右側面，左側面你也不喜歡，因為看到他的側面，你就會被他的鷹勾鼻子嚇壞。一個人生了那樣的鷹勾鼻子，自己也許不覺得，可是別人並不能不覺得。我的速寫工夫很好，曾經憑記憶畫過葛文俊老師的右側面，也畫過左側面。我把它拿給同班的傢伙看，他們覺得十分有趣，他們也照樣畫，可是不會像我畫得那麼逼真。但是你不能當葛文俊老師的面，畫葛文俊老師的像，又讓葛文俊老師看到。讓他知道，你把他畫得那麼逼真，那是罪過。他知道我們是藝術科的學生，隨身帶著速寫簿，隨時去實習或做什麼芝麻事。他會笑嘻嘻地走過來，看你剛才畫了什麼；他幾乎對每個同學的速寫簿，都要細心地檢查過，看看有沒有畫他的像。有一次，他走到我身邊來，「你這個繪畫天才，我看你畫了些什麼。」他說。我還未把速寫簿遞給他，他已經用那瘦長多節的手爪捉緊了簿子，因此你只好放手給他。他說：「你的本子倒是相當的薄呀！」他以為像我這樣的、受人稱讚的繪畫天才，一定用一個大厚本子。老實說，蠢材才用那種價錢昂貴的厚本子。他一張一張的翻著看，臉色頗覺失望，「你倒真畫得不錯，都是人像，畫得滿像，可惜這個本子的紙太粗劣了。」他說得沒錯，我用的是便宜貨，紙色黑黃而又粗糙，那些蠢材才用光面的好貨。你可以知道他不懂假懂，所以也不必跟他去爭論。

「可是我問你，」他笑笑地看我。

「好，」我裝得很有興趣。

「你幾乎什麼人都畫到了，為什麼沒畫到我？」

「我沒有嗎？」我感到驚訝地說。

「沒有，我找不到。」他又說。

「我記不得了，我高興畫誰就畫誰。」

「你不喜歡我嗎？」

「不不，我不是這個意思，我的意思是高興畫就畫，不是那種喜歡不喜歡。」

「好。我知道你把它藏起來了。」

「沒有，我把它撕掉了。」

「為什麼？」

「我畫壞了。」

「怎樣壞法？」

「我把你畫得真難看。」

「有什麼關係呢？」

「我把你畫醜了，心裡覺得很難受。」

「好傢伙。」他還是笑笑地說：「我知道你畫得好，是不是我長得太難看？」

「那裡，葛老師很年輕英俊呢。」

「你別誇獎我，不過你答應為我畫一張像如何？」

「敢不從命，葛老師。」

「什麼時候？」

「我有靈感的時候。」

「現在有嗎？」

「還沒有，葛老師。」

「好，你要記住呀。」

「是的，葛老師。」每一次他遇到我，他總提起這件芝麻，說為什麼還不能為他畫好一張像，而我始終拖延著沒有給他。說真的，天殺也不能給他。坦白說，我畫他不止有一萬張了，張張都是傑作，可以比美保羅．匹卡索，有幾張還特別上了顏色。為這件芝麻，我處處要躲避他，甚至稱病不上他的課。不知怎樣，看到他的右側面，總會心驚膽跳，所以你不得不隨畫隨撕，片甲不留。有時畫他時，突然感到心懼，但又不知道為什麼動手畫他。越畫他越怕，越怕又越想畫他。你真不能明白清楚。

「進來呀，進來，武雄。」

他轉過臉來時，看到你。葛文俊老師的正面，你會覺得很親切或什麼的。但這不包括他的「剋學生」的兩邊顴骨。而一個人的正面，說起來只不過是一個全體的一面而已。我走進去，周圍看看，整個四方形的房間，整齊地排列著四、五張辦公桌，間隔相當地相等，好像誰也不會碰到誰，而誰也都能監視到誰。真絕。那時，整個辦公室只有葛老師一個人在裡面，他不像帶你們到市區國民小學去實習時那種打扮，他顯得很隨便，好像午睡失眠了或什麼的，眼睛裡有紅血絲，看起來有點不善，好像才從家裡吵架出來。我站在他的辦公桌邊俯視他，他卻抬頭看我。

「怎麼搞的？武雄。」

他煩躁地說，我覺得很不對勁。

「你真使我頭痛。」他又說。

「你現在能馬上提出一本完整的筆記本嗎？」

他抬頭看我，你有點莫名其妙。

「什麼筆記？葛老師。」

「什麼筆記？當然是教材教法的，我看你滿聰明的，其實你卻那麼笨。」

「教材教法的筆記？」

「是的，時間已經來不及了，我問你，你只能馬上回答我。你真是一個我所見到的最糟糕的學生。」

「沒有，葛老師。」

「那麼你的筆記本呢？」

「賣掉了。」

「賣掉了?!」

你想，葛老師那裡會不知道這件事。把寫過的筆記本論斤賣給收破爛的古物商，古物商再論斤賣給雜貨店，雜貨店拆開零紙包糖果或什麼的。上星期六下午，知情的古物商推了一部便車來，把畢業班學生的筆記統統收買，滿載而去。你的總共賣了五元六角，意思是你有五斤十兩的筆記（包含一些雜紙）；一斤一元，半斤是五角，二兩是一角多，像這種情形，只有讓那個可憐的窩囊傢伙佔點便宜，沒有人會去計較。

「你怎能把自己寫的筆記賣掉了呢？真該死，武雄。」他一抬頭看我，你便看到他的顴骨。你聽他假惺惺地賣關子，可真令人感到無比的恐慌。而你也會站在那裡冒氣。如果能夠揍他的話，那時倒是居高臨下，方便得很，可是那樣做是大逆不道。他也知道這點，所以老坐在那裡。真該死，你沒有冒出氣來。

「怎麼辦？」他問我。

「我不知道。」

「你不知道嗎？」

「是的，葛老師。」

「你到現在還不明白你自己有什麼事，可真該死。」

我突然覺得一陣寒顫，你不會想到他會選擇這個時候來整人，你好像是他的百代宿敵，非要用慢工夫，不能滿足他的嗜慾。雖然是個窩囊大熱天，你也不敢伸手，擦掉額頭上的幾顆冷汗。

「只有你一個人不及格，你知道罷？」

「不知道。」

「不知道，該死。」他說。

「怎麼會，葛老師？」

「怎麼不會？你以為我故意為難你嗎？上次期中考你就不及格，到現在沒把筆記交給我看。」

「上次……」三月初，你跳上餐桌踢踏兩下，被主任教官捉到，勒令退學，又被訓導主任辯正回來，一切的事便都弄糟了。

「你事後不拿來補，現在我向你要，你又把它賣掉了，你並不把它當一回事。」

「不是這樣；葛老師。」

「那麼是怎樣？」他一抬頭看我，你便看到他凸出的顴骨。

「我記不得那麼多了。」

「什麼？你做個學生，不懂得應付，真該死。」

當他說「該死」這兩個字時，你真想回揍他一拳，不過那樣，反把事情弄糟了。

「我錯了，葛老師。」真他媽的我說了這句話，叫你看不起自己。

「你就是個繪畫天才，或者其他的學科都是考一百分，如果你教材教法不及格，就不能畢業；相反的，你教材教法及格，畫得不好，不是繪畫天才，照樣可以畢業。你知道你是師範生嗎？」

我不能再回答他是或不是。坦白說，你一向只重視自己的興趣，忘掉將來要當個小學教師的師範生；師範生他們說成吃飯生；「師範」這兩個字，真他媽的在你心裡覺得窩囊，所以你會忘掉這件芝麻事。

「你是不是？」

他硬要逼我說；假使我現在不軟，可真他媽的不聰明了；所以你說：「是的。」

「你從來就沒把我的話當一回事，譬如，我叫你為我畫一張像，你畫了嗎？」

「沒有。」

「沒有，你尊敬我嗎？」

「是的，葛老師，我非常尊敬你。」

「你說『你』，還是說『您』？」

「說您。」

天知道，我還是被逼說出來的。你站在那裡，簡直就是個混蛋，或什麼窩囊廢似的。

「你想想，我怎麼會要你的畫像，你不知道你畫得多骯髒啊。我不喜歡鉛筆畫；我的家裡都是照相館拍照的，好漂亮好漂亮，好乾淨好乾淨的相片。」

我差一點笑出來，像個混蛋一樣地咧嘴笑。

「教務處早上催我把成績提出去，我連午覺都沒睡，你說怎麼辦？」

「我不知道怎麼辦，葛老師。」

「你的『不知道』還相當出名呢。」

「我真的不知道，葛老師。」

「現在不是已經快來不及了嗎？」

「我不知道。」

「我不知道。」

他學我，你笑。他抬頭，我又看到他的顴骨。他看到我的笑臉，你馬上收住。

「還是那麼嘻皮笑臉的，真該死。你以為我不知道，你平時幹的那些調皮事；我也年輕過，現在也不過四十歲而已，你們搗的蛋，我全部知道怎麼一回事。」

我敢發誓，他要是再囉嗦，你就要衝出實習辦公室這間窩囊屋子。我真忍耐不住了；我覺得你已經站了有幾秒幾分幾時幾日幾月幾年了。我感到洩氣得很，你真他媽的恭敬地站著，只差那麼一點點，沒有跪下來。但你什麼都還未表示，如果我要衝，便應鼓足勇氣，直抵你家那個窩囊門，不要想回頭。

「馬步良懂得謹慎，為什麼你沒有。他的父親寫信給我，也寫信給你們導師殷雨天，要我好好整他。有其父必有其子，他懂得謹慎。那麼你是什麼東西？」

我真的受到侮辱了。葛文俊老師以為我和馬步良常在一起，就和馬步良一樣的卑劣。甚至比他更卑劣。我承認，馬步良是個好傢伙，聰明伶俐又機智，因為他是窩囊律師的兒子，混蛋的上海人。我承認，你所見過的學生中，他最鬼計混蛋。我記得，畢業參觀旅行到白河國校，參觀他們教學，整整有一上午，大家都感到不耐煩了，最後開檢討會，葛文俊老師大讚他們教學成功，他要我們學生也發表意見，馬步良便站起來說，他看不出好在那裡，葛老師當場臉紅，再也說不出話來。我想，老師和家長就因為這件事碰上了，而他們成人做事，不像小孩那麼天真，說一是一，說二是二；他們複雜得很，就像他們內心那麼窩囊。馬步良的父親是大律師，又是公會理事長，來頭並不小，他對老師說，你們好好整他好了，這樣一句話，就要看老師怎麼辦事，就怎樣解釋，神通得很。葛老師不找馬步良的麻煩，是看在馬步良父親的地位上。馬步良是個膽大而放肆的混蛋，什麼人都會為他捏一把冷汗。葛文俊老師可真算是個勢利鬼。要是你的父親在天之靈有知，應該給葛老師一點懲罰。但是，我發誓，我不在這裡說你家貧窮的窩囊事。

「活見鬼！」他突然用右手關抽屜，把左手夾住了。我差一點要笑出來。我希望你那時是個鬼女生，只要做個女生，事情便很好辦，並且是長得很漂亮的那種窩囊女生，可以在葛老師面前撒個嬌。假如你是個女生的話，就是叫你站著撒泡尿，你也照做。那時我的尿真急。但是，我是個混蛋男生，一點不起作用。所以你只能乾站著，像個混蛋一樣沉默，說不出一句嬌話來。

我看他又用右手拉開抽屜，把左手抽出來，從一堆雜亂窩囊中取出一張紙。他抬起頭看我，你便看到他的顴骨。他想看你有沒有掉淚水，但我沒有。

「我看你真不在乎呢。」

沒別的，你看我是不是已經成了混蛋了，說真話。

「我給你一個補救的機會，你高興嗎？」

「是的，葛老師，我高興極了。」

老實說，我高興的是，你有一個解小便的希望；不然，你不知道他還要留你多久。

「你以後可要學乖點，好好尊敬教你的老師。」

「是的，我明白，我會永遠感激和尊敬您。」

「不要說甜話。」他得意地說。「我出幾個題目，你現在馬上作答，答得出就及格，答不出就不及格，很簡單。可是，我警告你，要好好謹慎才行。」

他出五個題目，叫我在他隔壁的一張桌子作答。你可以相信，我在十分鐘以內就寫完了。我已經不耐煩再做任何芝麻事，當你已經被折磨得幾年幾月幾日幾時幾分幾秒之後，對什麼芝麻事，都會感到煩厭。那五個題目中的三個問題，就是未曾聽過這門課，也會答得出來的，這樣我便有六十分及格。有一題只能瞎猜寫下來，另外一題，你連雙親的生日都不知道，絕不可能再去記那些芝麻頒訂的日期。我寫完交給葛老師。

「你這麼快寫完了，是嗎？」

「是的，我寫完了。」

尿急，你必須緊緊地咬著牙根。

他看一看試卷。

「你的字寫得真潦草，這是不是算『速寫』，不過，不管你速寫不速寫，我對你說明白，就以這張做算。」

「好，葛老師，我可以走了嗎？」

「你那麼急做什麼，」他抬頭看我，你又看到那該死的顴骨。「你還不知好歹嗎？」

他動手把沒寫的第一題，畫個大「×」，我真不在乎，在那時，你已經把他恨入骨了。

他猶豫一下，把第二題畫個「✓」時說：「好罷，你可以走了。」

我已經忘掉你是否向他行個禮才走出來。我真的什麼都忘掉了，只記得那件和人格有關的事，要是你忍不住。你快步走出實習辦公室時，幾乎把那個提水壺踏進來的女校工撞倒，她叫了一聲「啊」，葛老師在背後說：「你這傢伙！」但你已經不能理會那麼多了，你已經等不及了，快速地跑過走廊，跑得比任何時候都快，你更想飛，假如你能飛，但我只能拚命衝，衝進距離最近的、體育辦公室後面的廁所去。

然後，我回到寢室，沒有人知道你的心情有多複雜，多窩囊。我轉到音樂科的寢室去，向一個混蛋借了一隻窩囊吉他。當我坐在曬衣場的草地上，背靠著油加里樹時，很自然地便唱出「大衛．寇克」來，你一遍又一遍地唱著，幾乎有一百遍，唱到黃昏窩囊。

三

老簡聽我那麼說，他說那是葛文俊老師故意設陷阱，讓你跌下坑，他讓你來不及準備和提防，而你就會應付得很糟。他如果故意要整人，他是能夠如願以償的。你看看他那隻鼻子就知道，你被他選上，你就倒楣。老簡也說他卑鄙極了，到了這種時候才告訴你，缺德說你教材教法不及格。如果他真有仁慈心的話，又不違背他做個負責任的教師，他應該會在上星期六以前通知你。真卑鄙啊，一個教師不愛他的學生，就像一個父親不愛他的孩子，可真他媽的卑鄙小人。我真遺憾，彷彿什麼芝麻事，都在阻擾你，把葛老師的問題，好好作答。我真的寫不好嗎？你這種懷疑，只不過潦草罷了。葛老師應該能從字跡，看出你有急事；而做為一個教師，不能去默契他的學生，實在是遺憾；就像一個父親不能瞭解自己的兒子，也是同樣遺憾。我想，你最少有六十分，如果他仁慈的話；而如果他存心要不仁慈，他是做得出來。他為了你的事，沒有午睡，而那樣的大熱天，什麼混蛋都會在午飯後躺下來，連監牢的窩囊貨，也會睡得很好，我也睡得很舒服，要不是那位女校工送葛老師的條子來。那真是一張不祥的字條。我的意思是，葛老師一定就是那樣，心計整你。而我實實在在是個大混蛋，只會計較他仁慈不仁慈，不檢討自己是不是個該被整的混蛋。

簡富山和我坐在紅磚大樓旁邊的樹蔭下，面向「土宛」唯一的田徑場。他已經吃過了晚飯，你想去吃也太晚了，何況你並不想到要去吃那窩囊飯。那時也沒有所謂樹蔭，因為太陽剛西沉，天空漸漸暗下來了，但是心理上總覺得樹下有陰影，好像有樹就應該有樹蔭，人就要有德行，好把自己遮起來。「土宛」那個田徑場，跑道圓周只有二百五十公尺，這樣一個芝麻地方，卻要培育三個年級的體育人才。但這不關你的事。我曾參加過校慶運動會的一千五百公尺競賽，記得要繞六圈，但感覺好像繞了一百圈，你得到第四名。這並不是容易輕鬆的事，假如你競賽過你便知道，第四名，得來非易。說來遺憾，我為競賽的事感到異常興奮，因此你在晚餐的時候，跳到餐桌上去，叫主任教官鄂仁傑捉住你。老簡和我不斷地在談這些芝麻事，反而不再說你怎樣得罪葛老師。我們談那些「事過境遷」的事，心裡覺得輕鬆些。他說入學考試時，看到我的模樣，便記住了你；他說那時真奇怪，很想把你揍一頓，因為你看來那麼令人覺得欠揍；他說那時就想，有一天你會倒楣，因為你那不在乎的模樣倒楣。我說，那麼你看到我頸背長一個大瘡嗎？他說：我看到了。我真為那個瘡笑死，也許是你那時在頸背長瘡，所以沒揍成。我說，我也在入學考試那天看過你，因為你老喜歡在教室後面走水溝。老簡問我，你記得我穿什麼衣服嗎？我說，你穿著一件白色毛巾衣；不錯，就是白色毛巾衣。老簡說，他說得很開心，但我心不在焉，我又想到葛老師來，你到底怎麼得罪他？老簡在為你計算三年來的許多出軌的芝麻事，你只好無可奈何地聽著。所謂「壞行為」「好行為」，我不能贊同他的觀點。糟糕的是，那時你必須好好地聽他說，不能回辯一句。平常，簡富山、馬步良和你，時有爭論，誰也不讓誰；馬步良尤其霸氣得很，有時要不是老簡主持公道，馬步良總想騎到人頭上來。而老簡這個時候，也把老馬那一套搬出來，你只好靜聽他蓋。那時，真他媽的，什麼混蛋傢伙，只要他願意，都可以跑過來，往我頭上身上踢一腳，或什麼的，而你就像個洩氣的皮球靜在那裡。但是老簡是個好人，一直都是你的好朋友。你和老馬常在星期六的黃昏，越過禮堂後面的圍牆，跨過大水溝，走著田埂小徑，橫越一大片稻田，一面走一面說笑料；那種無中生有的笑料，海闊天空地，一路笑到台灣大學。穿過那些高大的鬼校舍，由台大正門出去，走過羅斯福路，到水源地搭火車。在車廂座位裡，沿途笑到新店。然後下火車沿堤防頂上走，走上吊橋，俯視碧潭，抬頭遠遠就能看到老簡家開的茶亭，在對岸的巨塊岩石頂上，架著竹篷屋頂，漆成紅顏色，白欄柵。有時老簡端茶到欄柵邊，他會看到吊橋來，或者是和他年紀差不多的兄弟，看到你和老馬，大家幾乎同時舉手招呼，好不痛快。我們到了那裡，開始幫忙端茶送花生，或做什麼芝麻事，但吃總比做多。簡富山的母親、兄弟、姐妹待我們很好，就像一家人。但馬步良總喜歡和老簡的母親談；你永遠不明白，他為什麼有那麼多話，他靜靜地坐著，望著老簡美麗的母親，總是坐在那張較矮的椅子上，好像畫素描找角度，就像嬰兒凝望著母親。我和老簡只能站在欄柵邊暗笑，一面眺望碧潭上游的風景，看看划小舟的可笑的鬼男女。簡富山可算是個君子，假使你的母親讓人那樣看，你也許會生氣；而簡富山的兄弟們也同樣不在乎，反而看到馬步良的那種姿態神情，也偷偷地跟我們相視而笑。他們兄弟可真多，整座茶亭到處都是，還有大哥遠在日本，二哥在市區做事；有的跟父姓陳，有的跟母姓簡；但他們兄弟很合作，你和老馬加進去，好像又增多了兄弟。當為客人服務時，大家端著茶盤相遇，總會神氣地笑一笑，個個都覺得了不起。那個環境，真使人覺得舒服和暢快；我們自由自在地做任何事，我們在潭裡游泳，沿石壁游著，馬步良不會游泳，划小舟跟在旁邊。我們在那裡宿夜，把茶桌靠攏在一起，成為一張大床鋪，所有兄弟睡在一起，整夜聽唱片，談笑料，海闊天空。

事實上，簡富山和我坐在樹蔭下，一件跟著一件，對你做清算嘮叨，你卻一個字都沒聽進去。我們的觀點不相同，但我們是好朋友。我的眼睛注視著鋪過煤渣的紫黑色跑道，注視中央田賽場長著綠油油的青草；你在看著足球門，跳遠的沙坑，南面的單槓架，北面的籃球架，旁邊的排球場；你也注視著走來走去的那些混蛋。那時正是晚飯之後，什麼窩囊傢伙，都會出來散散步，四四七七慢步橫走操場；尤其是音樂科的鬼女生，抱著厚厚大大的樂譜，單手抱著，有的用右手，有的用左手，她們穿著黑色長裙，搖擺地在你跟前走過。一天之中，只有在那種時刻，出來坐在操場旁邊草地，欣賞那些鬼女生的姿態，就夠叫你一天中的煩悶都消散。可是情景依舊，你那時的心情已經窩囊透了，看到了她們的美麗漂亮，動人可愛，反覺得羞愧萬分。當我的心中多麼盼望，又多麼不盼望的時候，你看到了林美幸，那個在「土宛」你最鍾情喜愛的鬼女生。她的個子不高，長得豐滿，像個少婦；她有一張洋娃娃的可愛臉孔，有一個叫「翹屁股」的綽號；她走路時，腹部和腿一起擺出去，因為她有一個大而圓的臀部。你完全被她迷住了；而追她的人可真多，校內和校外總共不止一千個混蛋，所以她不會把我這個大混蛋看在眼裡；她很驕傲，是你所見的最驕傲的鬼女生。但是，我還是喜歡她，現在還懷念她，你不知道她現在到底「花落誰家」，你還是那麼癡，那麼混蛋地戀著她。你知道我在那時，看到她的一刻，有什麼想法嗎？我有二種傻想：第一，跑過去在她不注意時吻她，然後對她說「再見」，離開「土宛」。老簡還在旁邊嘮叨。第二個想法，希望變成一隻「地鼠」鑽進泥地裡，不要讓她瞧見你；假如讓她瞧見你，那麼她可真看不起你。

「我有一個好辦法。」

我突然聽到簡富山叫起來，轉過頭來看他得意而微笑的神情，他真瀟灑，有點像葛萊哥．畢克*，但你知道，他不會有什麼了不起的正經招法。「什麼？」我問他。

「叫個女生到葛老師家去說情。」

我很想在他英俊的臉上揍一拳，在像葛萊哥．畢克的臉上，我笑出來。因為，你午後，站在實習室葛文俊老師的桌邊，也想過自己如果是個會撒嬌的鬼女生。而每個混蛋幾乎都會想到這種窩囊絕招。難道小孩的世界和成人的世界，學生的領域和社會的領域，沒有半點分別嗎？為什麼連小孩和學生，都想仿效成人和社會的辦法。我真想不透，從此也不再去想它，只要你去想它，馬上會覺得，站在講台上的教師們，個個都是穿衣服的猩猩，或什麼的。大家赤裸著做事，或什麼，不是比較好嗎？但我還是說：「叫誰去？」

「涂美霞。」

「拜託，叫誰去都可以，就是不能叫涂美霞。」

---

* 葛萊哥．畢克（Gregory Peck, 1916-2003），美國電影演員，一六六二年獲奧斯卡最佳男主角獎。

我又得和簡富山辯論一番。其實，老簡知道得很清楚你為什麼不願涂美霞去為我說情。涂美霞是同班七個鬼女生中的一個，家在板橋，板橋出美人，是人人都知道的事；她的美，像嫁給摩納哥國王的女明星葛萊絲．凱利；涂美霞的確像王妃一樣地美麗端莊；葛文俊老師就像癩蛤蟆一樣地喜歡她，什麼芝麻事都要她做，譬如要她代表所有畢業班，試教觀摩教學，而她教起來，非常使人感到好感。她將來不但是個皇后，也必定是個令學生永遠愛戴的好教師，就像那種你曾見到的標準老師。葛老師特別喜歡藝術科的一班，是因為藝術科有個像葛萊絲．凱利的涂美霞。說得公平些，葛老師對藝術科真是喜憎參半；因為雖然你們有涂美霞，另一方面，卻有馬步良和你，和另外幾個小「寶」。要我一一說出那些「寶」來，準會笑死人。我不想說出太多，說多了，你會覺得那麼多「寶」擠在一班，反而覺得很洩氣。老實說，一班有一個「寶」已經夠了，而打聽起來，全世界的各級學校的每一班，都有那麼一個「寶」存在。這真奇怪，無法想明白這是怎麼一回事。簡富山知道，因為涂美霞為他，而不為你，塑造泥土兔子。你曾痛罵過她，就像台灣家庭裡，男人罵女人一樣；雖然我知道你沒道理，但你還是當眾罵過她。你和涂美霞互相不說話有三年了，就像國王和王妃一輩子不說話一樣。而簡富山卻老是要和我辯，為了涂美霞，葛萊絲．凱利這個鬼女生王妃。

「好，你不願意，我也不能再為你出其他主意。」

簡富山有點不像簡富山說。

「還是由我自己再去跑一趟。」

「你跑還是白跑的，我告訴你。」

「我要知道，我錯在那裡？」

「我希望你別把葛老師的鼻子打掉了。」

「那不一定，假使他再愚弄我。」

「保證你會再被他愚弄一次，這一次可是你自己找上門去的，他一定在家準備等你。」

「也許，可是我不在乎了。老簡，你不要說得我洩氣，要麼像個混蛋讓他整，我不在乎了。假如有個希望，也能扳回面子，對得起母親。」

我發誓不談家的事，卻把母親提出來了，我發誓永不再說。

「你真倒楣透了，武雄。」

「是的，但我不在乎。」

「當第一次我看到你時，我就感覺有一天你會遇到倒楣的事；那是三年前，已經有三年了。」

「請不要再談三年前的事，老簡。」

「我覺得你是我見過最倒楣的人。」

「我現在就走。」

「可別做傻事，不值得，武雄。」

「你知道，傻事不是像我們這種人做得出來的。」

「你說的不錯，武雄。不過，你真是太倒楣了，你是我所見到的最倒楣的傢伙；三年前，我看到你時，就有預感，現在被我猜對了。」

「老實說，我的腳有些軟。」

「不要洩氣，站起來，走出去就是了。」

「你看到馬步良嗎？」

「他和姓宋的有約會。」

「我希望他陪我去，一路上可以說些笑料。」

「只要他和姓宋的在一起，天大的事，他都不理睬。」

宋華華也是我們班上七位鬼女生中的一位，同樣是他上海的窩囊同鄉。奇怪得很，你出事了，他們卻好起來了，而且什麼時候都在一起，除掉睡覺的時候；要不是在「土宛」，他們早就「同床異夢」，現在他們是「同夢異床」。

「真他媽的不夠意思，也不來獻個計，或什麼的。假如在路上，能和他談些海闊天空的事，也不會覺得煩悶。」

「這種事，我們誰也幫不上忙，老馬陪你去也沒用。」簡富山不像簡富山說。

「我真他媽的倒楣透了。」

「三年前我已經知道了。」

我很想猛烈地朝他的葛萊哥·畢克的英俊臉上揍一拳。

「已經很晚了，我也要去晚自習。」

「我現在倒是不必去看那些鳥書。」

我說著站起來，「土宛」四周的校舍，早已亮起了電燈。我覺得一陣昏暈，好像你坐在樹蔭下，有幾秒幾分幾時幾日幾月幾年了。簡富山扶持我一下。

「怎麼搞的，你病了嗎？」

「沒什麼事，胃部有點不舒服。」我完全能站住了；你沒有去吃那窩囊晚飯，所以身體有點虛弱。「我要走了，天完全暗下來了。現在已經是晚上了，我要走了。」

「再見，武雄。」簡富山說。

「再見，看見馬步良跟他說一聲。」

「不用跟他說了。」

「好，再見。」我說。

我朝黑漆漆的運動場定睛望一會兒。大地的一切，彷彿都蒙上黑色陰影似的；那些站著不動的樹，還有移動的人影，黑黝得可怕，看不到臉目；這一切，都要等待明天太陽再把它們照亮光明。我走開時，總感覺老簡還在樹蔭下站著望我；其實那時根本沒有樹蔭，太陽早下去了。我沒有回頭看，直接走進紅磚大樓，再由那一面走出「土宛」校門。

四

我覺得肚子餓，因為你根本就沒有到餐廳去吃飯。你不但肚子覺得餓，似乎又太虛弱了。但是，假使馬步良和你在一起，像星期六下午穿過台灣大學在水源地搭火車到新店碧潭一樣的在一起，就根本不在乎肚子餓，或身體虛弱這點芝麻事。我似乎感覺要步行很長很長的路，你身上連一塊錢買公共汽車票都沒有。我發過誓不談貧窮這芝麻事來使自己覺得心煩。不過，說真的，你真窮，沒有人知道你窮，知道了反而對你更不利，導師殷雨天也許知道，所以他那麼看不起你。除了他，就沒有其他人感覺出來，連馬步良這鬼傢伙，也裝做不知道。他根本沒有窮過，他不知道貧窮是什麼滋味。馬步良從小就過著好生活，但他恨他父親，說他父親在上海時的許多窩囊事。上海是世界四大都市之一，因此讓人覺得都市越大，那裡的人就越窩囊。他說他們兄弟在上海，每一人有一個奶媽，平時很少和父母親在一起。他的父親非常食色性也，到台灣時，並不做長久計，把美鈔塞在沙發裡，有空就去跳舞，一樣過上海式的生活，好像一個上海人永遠就是上海人，沒什麼好說的。但是他的兩位混蛋哥哥，總是找機會打他，從來不和他一起玩，使他從小就和蠟筆紙張在一起，他會走上「土宛」藝術科的路，都是他們害的。他也不喜歡他的母親，說她每天都是忙基督教會的什麼姐妹芝麻聚會等等，把家事丟給台灣籍的女傭人。而馬步良說，台灣籍的女傭人，是人類最偉大的女人之一。老實說，馬步良這鬼傢伙，那麼喜歡討好女性，不論是鬼女生宋華華，或簡富山的美麗母親，根本就是渴欲母愛；凡是鬼女生宋華華，或簡富山的美麗母親叫他做什麼事，他無不做出赴湯蹈火的姿態，讓人抱腹大笑。

我說貧窮，當然是說你的家庭貧窮，你的父親已經死了，我真不想說這些事。要是你身上突然有點零錢，那是你的右手殘廢的姐姐雪娥給你的。但關於雪娥右手掌殘廢的事，或她如何能有錢給你點零用錢，我也不想說。說這些事，使人煩悶和不愉快，使人覺得這個生活世界窩囊透了。我們中國人只喜歡好的事，不喜歡聽壞的事；我們中國人也只許說好，不許說壞。假使馬步良現在和你在一起走路，你就不在乎路有多長多遠，因為你和他在一起，都能說些海闊天空的、不著邊際的事，來娛樂自己。說起來真奇怪，只要我們在一起，便自然能說出那些滑稽事，好像「孤獨」和「貧窮」那麼合得來一樣。憑我們想像出來的那些笑料，總是讓我們自己笑得很厲害；但是我相信別人聽了，就不會像你和老馬那麼好笑，反而會認為你和老馬一定瘋了，或什麼的。

從和平東路的「土宛」走到安東街，根本不算什麼了不起的長路；但是你總覺得自己走在一條向後拖動的帶子上，有幾年幾月幾日幾時幾分幾秒了；腳步不斷地踏著，還是停留在原來的地方，彷彿在健身房所做的那些不休不止的反覆動作。因為我太虛弱了，好像你的腰要折斷了。要是有一隻狗伴著你，也許更要好些，這使我懷念起童年時，家裡的那隻小狼狗「西洛」來。小鬼狼狗「西洛」精靈極了，溫馴得像是你的年幼的弟弟。我沒有弟弟，真遺憾，但你有「西洛」，還值得安慰點。馬步良那些笑料，都是些初中年代混太保的卑鄙惡作戲，當他反覆提起那些混蛋傢伙的窩囊芝麻事時，你早已失掉了興趣。凡事沒有半點新鮮感，引人想像，而活著不體嘗點新鮮的東西，實在活著窩囊。自從那次，老馬陪你去找工作，我們還大笑過一次之後，好像你和他已經有一萬年不在一起了；他有了親密的女朋友，就把男朋友疏遠了；他也不再找你　起到碧潭，去看簡富山的美麗母親。馬步良是個喜新厭舊的混蛋，關於這一點的確讓人覺得遺憾。我有許多時候，幾乎有幾秒幾分幾時幾日幾月幾年，不再想到家裡的「西洛」，但是午睡時，我又夢見牠；牠看到我，便對我大聲地吠叫，好像有什麼事要通知我；你醒來時，發覺已經睡過了時間，那位拿著葛老師的紙條的女校工，已經站在寢室門口。我覺得奇怪得很，你醒時以為是睡在家鄉沙河那間破屋子的木床上；你幾乎是糊里糊塗地，被葛老師叫到面前，然後讓他愚弄了一番，好讓他神氣地叫你「笨傢伙」。所以，我寧可有一隻狗，沉默而堅定地陪伴你向前走，而不要馬步良，或什麼混蛋傢伙，說那些令人洩氣的窩囊笑話；那時任何笑料都不好笑。

天空黑得像要塌下來似的，使我看那些鬼星星時，都要傾斜偏仰著頭部，害怕打到那黑黝黝的天蓋。你不知怎麼搞的，從心裡發出來一種莫名其妙的顫抖，而天氣可真悶熱，像要下鬼雨，沒有半點涼風吹來。假使現在「西洛」和你在一起，那一定是到沙河去，然後走過花生園，到牧牛牧羊的山坡。我記得那年，父親把家暫時從鎮上遷到山區去；這樣做，完全是因為鬼戰爭，要躲避飛機轟炸。我並不知道什麼戰爭這窩囊芝麻，你整日和那些牧牛羊的農家孩子，在山坡騎牛騎羊或騎什麼的。當早晨，我們出發到山坡時，「西洛」這小鬼狼狗雀躍地跟著你，我們邁著快樂的步伐，草地上都是水珠，你赤腳踏著它。感到十分冰冷；有時他們讓我騎他們的牛，或騎老羊哥；他們呼叫山歌時，你也會唱兩句。我曾希望能有一隻屬於自己的「牛」，可是父親說耕田的農家才有牛。假使我有一隻狗，另外又有一隻牛，我就該十分滿足了。戰爭完了，我們又要由山區的農村搬回鎮上。父親原來是鎮公所的一名小職員；原來你們是過著靠他領薪的平凡日子；可是，我真羨慕農家的孩子，有一隻牛，有的有二隻或三隻，而你只有一隻狗。所以，有時你把「西洛」當做一隻牛，牠長得很高大時，你幾乎認為牠是牛；你像愛牛一樣地喜愛狗。當父親說，再過幾天，便要把你送進學校時，你真是感到無比的驚駭；你一直以為學校是個可怕的地方；在那種地方，你更難得看到牛或大地的什麼。如果能夠讓人自由選擇，我寧可永遠住在山坡和牛在一起，還有狗。後來你真的進了鬼小學，也搬回到鎮上；關於進學校的事，我永遠恨你的父親。但我不必把它說出來，那天你怎樣和父親敵對，而讓他發了大脾氣，讓你看到他的心狠，我根本不必再說。他死了，一切都過去了，像沒有發生過一樣。關於你的父親，我真覺得他是個混蛋，我發誓不再說到他。

當我轉進安東街，發覺手臂也在顫抖。我希望「西洛」和你在一起，那時又是去尋斑鳩的美麗早晨。假使馬步良和你在一起，那膽小鬼就會停在安東街口，像頑驢一樣不肯進去，說他在那裡等候，叫你一個人走進去，然後你便得單獨去叩鬼門。但是和「西洛」在一起，一定是去尋斑鳩的美麗早晨，踏著冰冷的水珠，唱山歌，騎牛，或什麼的。

你真不能相信，葛文俊老師家門的電鈴漏了電，假如你倒楣，你便會遇到這說不出名堂的洩氣事，所以你按的電鈴只短短地響了一聲，那聲音也很奇怪，你說不出那種感覺名堂。壞人養惡狗，什麼樣的人娶什麼樣的妻子，老鼠生耗子，不可能偏差。

「是誰？」

的確是葛老師的那種外善內惡的聲音。

「我。」

「你是誰？」

「武雄。」

「什麼狗熊？」

「劉武雄。」

然後一切歸為原樣；你以為他會馬上來開門，所以好好地站立等候；但一秒一秒地過去，那扇漆成紅色的門，始終緊閉不開。突然，毛毛細雨紛紛地落下來了，你可以清楚看到，各家屋門電燈映照的金色雨絲，在高高的日光燈下，那雨絲是灰白色的。你讀藝術科就會注意這些芝麻事。而在黑漆的天空裡，你不相信的，從那麼可怕的地方下來，使人感覺「天」與「地」，是根本不相屬的兩個芝麻。「天」的世界，平時供我們想像，有時好，有時壞，表現在它的色彩裡；但「地」的地方，你會恆常覺得它齷齪非常。地理課本開頭就說到：地球是圓的，像混蛋；但無時無刻不在它的平面上，時時刻刻覺得它骯髒或什麼的。敢情，雨不是從天空下來的，它們在那時，簡直是無中生有，只為了叫你站在葛老師門前感到洩氣而已。

葛老師不知道什麼時候會突然來開門，你純然是不知道；而他始終不來開門，因為他知道門外站的是個愚傻的笨蛋。在門外等候，這種滋味，使我想到那一次，你和馬步良，手臂抱著一捲水彩畫，沿新生南路的教堂，按門鈴找工作一樣。那一次，我們的笑料，可說得無止盡，尤其是你和馬步良，都希望來開門的，是「活良」夫人。想起來，真混蛋萬分，要是那時，真的有一位像「活良」夫人，那樣身材豐腴、心地仁慈的「活良」夫人來開門，你就分不出我是「盧梭」，或是馬步良是「盧梭」。記得那時，你們在讀盧梭《懺悔錄》時，也曾爭執得很激烈；你說我是「盧梭」，馬步良也說他是「盧梭」。不過無論為什麼芝麻事爭執，你都必須在最後讓給馬步良這個混蛋。他是我所見過最好強好勝的混蛋傢伙，什麼窩囊事都要爭贏，他才能平靜下來，重新和你和好如初。可是，那次找工作的是我，你完全明白這點，因為你為餐廳那件事勒令退學。顯然要是真的遇到「活良」夫人，那是屬於我的份無疑；可是當你和馬步良在那裡幻想希冀的時候，他也認為是他自己。為了「活良」夫人，馬步良雖無勒令退學，他也會自動退學；他就是這種非贏不可的混蛋傢伙。不過，我一生中，覺得聰明智慧，便只有那一次了，因為你突然明白馬步良和你之間誰是盧梭，那時你把馬步良視為自己，而馬步良也明白把你視為他自己，兩者合一，患難與共，真他媽的偉大美極。我也只有在那一次那一刻認為馬步良是個夠朋友的好傢伙。但，時過境遷，就洩氣了。

那時，我單獨地在等候葛老師來開門，滋味真難受。水滴從頭髮流下來，劃過眼簾，又劃過臉頰，再從頸子直落而下；我摸一下頭髮，已經濕透了。雨絲越下越大，有點像天空在下著棉花。突然我聽到開門的聲音，但不是葛老師的，是他隔壁鄰居的門；從那扇門走出一個高大的男人，一看原來是「土宛」的老師；但沒上過他的課你不知道他叫什麼；他推出一部腳踏車，高高地騎在車上，他經過我身旁時，對你微笑一下，他迅速地在前面轉彎，消失在和平東路。我的手伸去按那漆成黑色的電鈴，你完全忘掉了那回事，所以又被「電」了一下。你覺得裡面有走動的聲音，於是你大聲叫「葛老師」，連續約有一百遍，而你認為會來開門的走動聲又靜止了。你似乎覺得站在葛老師的門外，有幾年幾月幾日幾時幾分幾秒了。那位騎腳踏車的「土宛」老師轉回來了，他經過時又對你笑笑，使你覺得自己真像個傻笨蛋；你眼睜睜地看他下車，按鈴，門開，推車子進去，門關上。你突然覺得到站在自己的家與站在他人家門前的區別，要是站在自己的家門前，站了幾秒幾分幾時幾日幾月幾年，你一定忍不住會朝裡面大罵「×你×」，甚至罵你的母親也有足夠的理由了。我想，要是葛老師再不來開門，你就快要像麵團，或什麼窩囊東西，那樣癱軟下來了。

五

我那時似乎像一隻什麼那樣地羞怯，你想不出有那一種動物，比你更為洩氣；全地球統計有數億種動物，沒有一隻像你那麼窩囊。

葛老師領我走到屋子裡，那種日本式的房子，並不寬大，卻鋪著厚厚的榻榻米蓆，你必須脫掉骯髒而潮濕的布鞋子，才准走上去。我沒法想透，葛文俊老師為什麼要讓你等那麼久。走進他的書房，你會嚇一跳，四周牆壁上掛滿了照相館拍照的葛老師的正面顴骨；顴骨和他的妻子，他的妻子倒是個漂亮女人；顴骨和他的小兒子，那個小鬼也是個小顴骨，有其父必有其子，像馬步良與他的窩囊父親；顴骨和他的大女兒，她是個美麗的動物，人見人愛的那一種；顴骨全家福；顴骨他自己。那些相片都是騙人的正面照，可以想像葛老師在年輕時也很風流倜儻，但追逐生活後，便混蛋了。那些照片的確拍得又乾淨又漂亮，乾淨漂亮得足夠看不起骯髒的鉛筆畫。

他要我坐在指定的沙發裡，那張沙發一定是只許給別人坐的，好像每一個家庭都備有一支給客人用的牙刷，或毛巾，或什麼的。而葛文俊老師的書房，備有一張給別人坐，自己永不會坐下的沙發。他坐在另一張，看起來較舒服，而你坐的就不然了。你可以聽到房間以外的房間，有婦人和小孩說話的聲音，但你聽不清楚她們在說些什麼，可是你覺得好像她們在談你，也絕對不會是好話。

「你先瞧瞧自己寫的是什麼東西。」

他對你的說話態度可真粗魯，但我不在乎。你心裡卻盼望能有一杯茶，和幾塊餅乾，甚至能有一條乾毛巾，讓你擦擦頭髮和面孔；因為你的手帕，已經不比一塊擦桌巾更乾淨了，那條手帕被你塞在褲背的袋子裡，不巧壓在臀部和沙發之間，我覺得它的水分在濕潤著你的屁股。只要你能被看成是一個客人，你便不再希冀什麼了。你實在沒有興趣重看自己寫的是什麼，只對問題下面的記號「×」「✓」以及批分「五十」掃視一下。

「你看出你錯在那裡嗎？我想你要是知道了，也不會那麼寫；而且寫得真潦草，你根本就不把它看成一回事，我每一年要是都遇到一個像你這樣的學生，我就不必再活下去了，煩都煩死了。」

葛老師把那張卷紙拿回去，我不必說他是用搶的；他顯得不耐煩和生氣，你能想像他那時，對待你是什麼一種暴躁樣子，他開始一題一題唸出來，我覺得這樣做對事情並沒有什麼幫助，他要那樣做，也許就是你會無話可說，那麼他也可以理得心安了。你幾乎是不耐煩地聽他唸：

「第一個問題：

小學課程標準何時正式頒訂？後來經過幾次修訂？　「×」

你根本就沒有寫。現在我問你，你知道了嗎？你有沒有再去翻看課本？」

「沒有。」

「你根本就不把它當成一回事。」

他對你深惡痛絕地瞧一眼。你突然想起父親生於幾年幾月幾日、死於幾年幾月幾日，而沒有想出來。

「第二個問題：

教材教法和學生的關係？

如果教材教法能以學生的能力與趣為起點那麼教材教法便能適應學生的個別差異。

「✓」

這是放屁！沒有標點，寫的一點都不詳細，我沒有說你錯，這一題勉強給你分數，你明白嗎？」

「明白，葛老師。」

「第三個問題：

試論教材的論理組織法和心理組織法的差別？

心理組織法是依照經驗能力與趣需要等來組織教材如由我選擇便會選擇心理組織法論理組織法只是依照時間的秩序譬如上古史後是中古史中古史後是近古史近古史後是近代史近代史後是現代史

「✗」

這算是什麼差別？你不但沒有照問題前後順序作答，先說論理組織法，再說心理組織法，也沒有照課本的方式詳細正確的作答，還加上你的選擇，你有什麼權利選擇什麼？這樣的答案只有活活把人氣死。我給你半對分數，算是客氣了，你知道嗎？」

「知道。」

「第四題：

演繹法和歸納法有何步驟？

演繹法有

1. 提出問題

2. 分析問題

3. 搜集材料

4. 整理材料

5. 綜合

歸納法有

1 問題的發生

2 確定問題性質

3 提出各種假設

4 歸納

5 證驗 「×」

你正好把演繹法和歸納法說成相反，這種錯誤是不可原諒的，你雖能清清楚楚地分條出來，也不能算對。我想你的頭腦有問題，什麼事都倒反過來說，你是不是這樣？」

「我並不是故意的，葛老師。」

「我沒有說你故意，你是有問題。」

「什麼問題？」

「性格有問題。最末一題是：

欣賞教學的種類如何？你寫出三種：

藝術的欣賞

道德的欣賞

理智的欣賞　「✓」

只有提綱，沒有說明，但我還是算你對。你好像什麼事都只做了大概，而沒有說明，這是缺乏深入研究的顯示。五個題目中，只有兩題答對，有一題半對，有一題寫錯，有一題沒寫；我給你五十分，你以為如何？」

他又瞧你一眼。他說完了，我正想到你最好趕快離開這個鬼地方；因為我感到，你想對他說什麼，都不會有用。假使你想要他對你有什麼瞭解，那麼你便是異想天開了。

「我把你寫的交給教務處主任閔真先生看，你這般忽視這門主要功課，你寫的答案就做了證明，我當然不能給你另外加分，使你及格。假使我給你及格，那麼我就對不起教育良心了；閔真先生做事很認真，他也要檢舉我。我把分數報給教務處，那麼他們要怎麼決定就不關我的事了。你根本就不應該到這裡來，你的名字是教務處把你劃掉的，根本不是我，你聽清楚嗎？不是我。你最好去找閔真教務主任，他要是准你明天考，我絕不反對。像你這樣留下來再讀一年，根本就是國家的損失。我十分同情你，我不希望你再留校，可是我沒有權力叫教務處讓你考，教務處不准，什麼人也不能更改。你懂得這些嗎？」

我只想要快點離開那間充滿顴骨的屋子。

「所以你只有去找教務主任閔真先生。」

「我知道。」

那時真覺得不舒服透了，因為你的屁股完全潮濕了。

「這樣你明白嗎？」

「明白。」

「你看一看我那些照片拍得如何？」

真不要臉；但我說：「相當不錯，葛老師。」

「怎樣不錯？」他很得意。

「像那些非洲的犀牛。」

「你是說月曆上的照片嗎？」

「是的，那些照片拍得很好。」

「用你們藝術家的眼光，藝術不藝術？」

「很藝術，葛老師。」

「是不是比用畫的要逼真些？」

「當然，完全跟你本人一模一樣。」

「所以我常想，你們學畫到底有什麼用，絕對不能勝過照相機。而且照相多簡單，只要在快門按一下。我準備在校務會議建議學校，取消藝術科、音樂科、體育科這些不實際的名堂。這些名堂存在，學生進來只想要當畫家，當音樂家，當了不起的運動員，當國手，沒有一個想到將來要當小學教師，像你就是最好的例子。」

假使我能在葛老師家吃到餅乾，或喝到一杯茶，還是不虛此行的；你的意思是說，要是他把你當客人看，明天怎樣都無所謂了；誰關心明天的芝麻事，只要今天能像個人，明天會飛，後天會死，就一點都不在乎了。

「你還想當畫家嗎？」

「不想。」

「你小學教師當不成，你想做什麼？」

「畫家。」

「那麼你還是在夢想，我看你最好要好好的檢討自已一番。」

他站起來，似乎準備趕你走；我也跟著站起來，因為你的屁股已經濕透了，非常的不好受。

「好罷。」他真的要趕你走了。「你浪費了我四十三分鐘的時間，你的事，你只好去找教務主任閔真先生，你懂嗎？」

我在那裡似乎覺得有幾年幾月幾日幾時幾分幾秒了，所以你便像個大混蛋說：「懂！」

六

閔真先生，三十八歲，留學美國，芝加哥大學教育博士，身高一七〇公分以上，不胖也不瘦，曾結婚又離婚，受聘為「土宛」師範學校教務主任才一年時間，平時沉默寡言，甚少歡笑，現在是一名單身漢，住在南海路一間寬大的宿舍裡。

「你是那一位？」

我由安東街快步走到南海路來叩門，閔真先生穿著短袖襯衫和一條有條紋的西褲，馬上來開門。他戴著眼鏡，眼鏡後面是兩個有點凸出的灰色眼睛，那種深沉的注視，好像是專門要對付異性的。他看起來有些憂鬱，看到有訪客，又顯出過份的狂喜，這種表情變幻極快，而整個調子不外是：白皙英俊的臉孔嵌著嚴肅，完全像是電影中的外國博士紳士，有點馬倫・白蘭度和亞歷・堅尼斯的混合；這是相當令人不能置信的混合，猜不透他的複雜的性格和思想。

「我是藝術科畢業班的劉武雄。」你怯怯地說道。

「你原來就是他。」

這是非常奧妙的包容和瞭解，好像他已經搜集了很豐富的聽聞，現在終於獲得了證明。

他把門的一邊完全推開，好看清你的長相。閔真先生從頭到腳，詳詳細細地注視你一番。

「你好瘦。」他微笑著。「請進來。」

他讓我走進來後，把門關上，他又走在你前面，讓你跟隨他。你看到他留著比一般男人較長而好看的頭髮；閔真先生的髮型，才叫人相信，我們也有非常美麗動人的東西，長在頭頂上。

「我好高興你終於在今晚來。」

他一面走一面回頭咧嘴來說，說得很真誠。他真是個有教養的紳士。你的心裡還是有點膽怯，害怕他不知會用什麼詭計來玩弄你；可是覺得他把我視為一個人——一個和他同樣平等的尊嚴人類——這一點是你從未在自己生活過的「土宛」遇到的，而只能在電影中，去羨慕那些鬼外國人，以怎樣合理的態度對待年幼的一輩。

閔真先生在門廊的壁上，按亮裡面房間的電燈；他似乎在我未來之前，把自己置身於黑漆之中。他住的也是日式房子，是那種較為寬大舒暢的一類；有一個很大面積的房間當客廳，榻榻米蓆上陳設著各種高級的家具，既光亮又美觀，色澤幾乎都是古色古香的，而你不能相信那是他一個人獨享的。當你看到了閔真先生的那些大方的陳設，你會深深地偷吸一口氣，你從來沒有受過這種感覺營養，而那時，你感到無比的驚奇和興奮。無疑，閔真先生也有那種自命為高級知識份子的、愛好收集古董癖。

「隨便坐下，武雄。」

在他未叫我坐那一張椅子之前，你一直站在門旁，觀看屋裡四周的東西；他說後，我便靠近坐在門邊的沙發。奇怪的是，閔真先生好似把你視為他久未謀面的兄弟，他的表情有許多感慨，而你的心裡也有許多感慨。

「你想喝什麼？」他說。

這話聽起來，好不習慣。我直望他，他站著等待你回答。我注意到一張大玻璃茶几上有一隻美觀的洋酒瓶，和一隻潔亮的杯子，杯子裡還有四分之一純白的酒。我實在答不出來，你想喝什麼。

「你未來之前，我正在喝酒，我正在想你的問題，你會喝酒嗎？」

「不會。」就是會，也要說不會。

「一滴都沒嚐過嗎？譬如過年過節的時候。」

我記得有一年的春節，父親買了一瓶啤酒，全家都為了那一瓶啤酒感到非常興奮，你嚐了一口那種苦味，覺得人類真是莫名其妙的混蛋。

「喝過。」

「你現在要喝點嗎？我飲的是威士忌，你也來一點嚐嚐如何？」

「我不敢喝，謝謝閔真先生。」

「那麼咖啡或茶？」

「茶好了，我的意思是開水，冷開水。」

他走近放置杯盤的漂亮櫥櫃，取出一隻大玻璃杯，打開冰箱，取出一隻冰水瓶子，倒了八分滿的一杯，他再走過來，我感到羞慚地站起來，雙手接住杯子。

「你想再要的話，請自己打開冰箱倒。」

「謝謝。」我說。

他終於坐下那張早先已經坐了許久、靠近大茶几的沙發。通向庭院是一整排落地窗，顯見屋門那邊的燈光可以照些進來，所以他先前沒有開燈。我由敞開的窗扉，看到滿院子的花木和什麼的，使你覺得置身在一個異處，或夢中才能到得的地方。對一個窮小子來說，實在文明透了。但是閔真先生看來相當憂鬱，他好像剛為你服務而有些勞累，所以把杯中的酒一口飲盡。他的頭垂下來（知識份子都容易垂頭罷？）有一束頭髮由右邊自然地落在眼鏡的邊沿。他抬頭看你，用他那灰色而凸出的眼睛，從那裡似乎射來隱形的光，把你透視了。

「你好瘦。」一個肯定句。

他又說；他重複著這句話，似乎這句話綜合著所有他真確的感想。

「你有點像《百戰狂獅》中的蒙……」

他記不起來那個性格明星的名字，我接著說：

「蒙哥馬利．克利夫特。」

「yes 你記得不錯，是蒙哥馬利．克利夫特，這個名字很長很難記，你看過《百戰狂獅》？」

他用驚喜的表情看我，你知道閔真先生的表情變幻很快，可是並不明朗，完全要憑感覺看他。我說：「是的。」

「既被看不起，又被誤解。」閔真先生說。

那個電影故事是說，一個瘦弱的美國青年（蒙哥馬利．克利夫特所飾），被徵召入伍，在新兵訓練營裡，遭到四個碩壯的橫蠻傢伙的無端欺侮，最後忍無可忍，他個別邀約那四個壯漢打鬪，他和任何一位比較起來都懸殊很大，他雖被揍得很慘，但還是奮鬪到底，事後還為訓練營的班長誤解和懲罰。後來他們的部隊開赴西歐，和德國納粹的軍隊遭遇，那幾個壯漢（應該說笨蛋）反而受到他的許多救助。他們打敗納粹，有個納粹軍官是馬龍．白蘭度飾演的，中彈倒下；是納粹失敗的象徵；那幾個壯漢為國犧牲了，平凡而老實的美國青年平淡的解役回鄉；但他那忍辱而又忠於職守的表現，則令人難忘。

我正要開口說明來意，閔真先生搶著說：

「我知道你為什麼到這裡來，我想過了；你到葛老師家去了嗎？」

「是的，他說……」

「不要他說。」他阻止你。「我知道他會說些什麼，我看到你那麼老實的樣子，我就明白他說了什麼。整個學校，好比是一部汽車，在這個時候，請了一位新司機，這完全是欺騙人的，那部車早就有問題，那個方向盤早就固定死了，又不能動鉗子，把鏽打開；所以車子只有一個方向奔跑，無論遇到石頭、樹都不能轉動方向盤迴避它；最後，可以料定，車子就要整個毀於墜崖的慘劇。你知道這是怎麼一回事嗎？」

「不知道。」我當然不知道。

「他們錯怪你們不好好地乘坐，而不怪他們製造的車子不好。沒有人會承認自己做的東西不好，只錯怪別人不好好地用它。」

我突然想對閔真先生做全盤的懺悔，所以你說：

「我這三年來……」

「你不用說，我全知道了。」他又打斷你，準備由他來對你說，「你們導師說你偷了同學的毛衣不承認……」我打斷他，搶著說：「我發誓沒有偷毛衣……」他搶著再說：「不用發誓。教官說你故意留長髮……」「我不是故意。」「葛老師說你每次出去實習，沒有一次服裝整整齊齊，讓人看起來像個將來要做小學教師的學生，教水彩畫的巫老師說你有劣根性……葛老師下午把考卷交給我看，我問他為什麼一定要讓你留級，他說非這樣不可。依教育的觀點看，你是整個教育錯誤的焦點；照美國人的說法，你是個了不起的學生，整個教育史都要感謝你。我看你的臉就知道你是個本性極誠實的人，但環境使你不知如何是好，所以你便按照自己所想去做，如洪恩澤主任所說的，你不能適應這個環境，所以就成了這個環境的犧牲品；你的才智應受到培育，但反而受到戕害。我可以瞭解你，我早就有這種感想……」

我想閔真先生在我未來之前，已經把自己灌醉了。我來時，只是刺激他清醒，他的話又顯出他原有的醉態。你早些時候，曾聽到有關閔真先生是個醉鬼的傳說；可是閔真先生在「土宛」時卻很冷靜；那些鬼女生說他是好好先生，很喜歡他的模樣，而且說他學問真好。不過，你無法完全瞭解他，你一點都不明白他說的話有什麼用處；你是第一次聽到正經人說醉話。你和他相差很遠，無法構成瞭解，無論從那一方面來說，都是相距很遠的兩個領域。所以他說的話，使你覺得惶恐得很；你本來是有點芝麻事來求他解決，變得好像你不為他解脫痛苦，就不夠朋友或什麼的；因為你聽到他說：「我現在像個呆蟲，受人的擺佈……」你簡直替他難過，好像你還比他強得多。你並不因此覺得自傲；你更加覺得這個環境比你想像得還要窩囊；每個人比你想像得還要混蛋；你簡直被這種不能置信的現象，弄得更加的糊塗。

閔真先生為自己倒了半杯酒，他站起來走到冰箱前去取冰塊，他沒有把你置於不顧。

「你還要點冰水嗎？」

「謝謝，我不需要了。」

「或者你想要點什麼？」

「有餅乾嗎？」

「餅乾？」令他吃了一驚，然後他笑笑。「對不起，我從小就不吃餅乾，除了酒，以外就是肉排。」

「那麼謝謝閔先生。」

他取了冰塊放在杯子裡，走回來，拿出香煙，抽出一支，做傳遞的姿態。

「你要香煙嗎？」

我皺眉頭說：「我不抽。」

「是的，你不抽。」他明白過來。

「你要怎麼辦，把柄捉在他們手裡，他們愚弄你，讓你吃苦頭。他們都是老教師，已經成為一種不可動搖的勢力，左右學校辦教育的方針。他們不會接受什麼新東西，要是你想搬點新東西進來，他們就給你戴高帽，捉住你私生活的把柄；或者你什麼時候說錯了一句話，那麼他們就大為發揮，把你好好修整。我來一年，我無法找到合作的人；他們不聽你指揮；他們有自卑感和嫉妒心；這變成土博和博士之戰；最後，博士敗在土博的手中；他們人多資格老，完全不管真理是什麼。」

我漸漸沒有耐性聽這些話，你發現他額頭上在冒汗粒，臉色十分蒼白，好像那種患有心臟麻痺的病人的徵候，可是他還在不斷喝酒；你有點兒害怕，要是他突然崩潰倒下，要怎麼辦？

我從敞開的窗扉望出去，天色十分黑暗，雨已經不下了；雨在你從安東街走來時就停止了。「土宛」那時大概晚自習完畢了，那些混蛋，從教室走回寢室，每天都是那樣，最長的路不過幾碼而已，卻不斷在那裡來回走，幾秒幾分幾時幾日幾月幾年地不停走，像個監獄；每個人都似乎判了三年；看來你加判一年，明年再這樣的話，就是五年，六年，七年，一輩子；可是他們不會那麼傻，他們知道你不行，便會想法踢掉你，像賴你偷毛衣，或跳上餐桌就是暴動，或什麼的；你沒有獲得「鐵飯碗」，你只好回家吃自己。你真的沒有耐性了；假使閔真先生能准你，你也許有耐性再聽他說；可是你聽他那樣說，你便知道什麼希望都沒有了。葛老師把球踢給閔先生，不知閔先生要把它踢給誰，他生氣的話再踢回給葛老師。你高興是個球，讓他們踢來踢去；否則，你到此便算判了死刑，洩氣了。

我沒有耐性再聽他發牢騷，假使他再談起電影或什麼的，你也許願意再聽下去。你能夠和他談談電影或什麼的。你在電影中真獲得不少芝麻知識；你不是想畫圖，就是想看電影；

你寧可不買襪子，不吃東西，不理髮，沒有牙膏，沒有肥皂，但不能不看電影；而且和別人談談電影，是非常過癮的事。可是閔真先生要是繼續說牢騷話，你寧可離開好了。換另外一個人，根本就不會說那些牢騷話；所以，你想閔真先生是喝醉了；他像個混蛋一樣把自己灌醉了；無賴和知識份子有一點頗相似：就是把自己灌醉了事。所以，你只能原諒他。

「你還看過什麼電影？武雄。」

「《梵谷傳》。」

「是寇什麼演的……」

「寇克．道格拉斯。」

「對，他演得真好。」

「你喜歡施雲曼．卡洛嗎？」我問閔真先生。

「好啊，你說到施雲曼．卡洛，你這個好傢伙。」

閔真先生的笑容，尤其令人覺得駭怖，像《賊博士》中的亞歷．堅尼斯。

「女明星中，我最喜歡她。」我說。

「你頗不簡單；假使你這樣的年紀喜歡施雲曼．卡洛；你在那個片子賞識她？」

「《無情荒地有情天》。」

「原來是，她和泰隆．鮑華合演。」

「我可以嘗一點酒嗎？閔真先生。」

「你要嗎？可以，當然可以，其實你不必那麼拘束，你把杯子遞給我，我倒一點給你。」

老實說，閔真先生的冰水有一種怪味，你說不上來，是那種鬼冰箱的雜臭味，所以我想泡了威士忌後會好喝些。在傳遞杯子時，我看到他的手在發抖；當然閔真教務主任不會害怕一個學生，那是酒精中毒的現象。你的請求是太大膽了，只有這樣你才會感到興奮或什麼的，才會想繼續留在那個舒服的鬼房間。

「請不要太多，它會太強烈。」

「一點都不，我們碰杯好了。」

這種舉動真使我興奮極了。當酒飲入胃裡時，你的胃猛然地縮收起來，感到一陣絞痛的難受。我又想到還沒有吃晚飯，胃裡什麼東西也沒有，所以胃壁被燒著了起來，也許那個胃開始糜爛了也說不定；假使有什麼東西可吃，不知要怎麼樣的好。你想到閔真先生冰箱的肉排，但那些肉排一定是生的，而且是冰硬的，你總不能要他為你下廚炸一塊肉排。我覺得你的想法未免太天真了；其實你的個性就是這般天真爛漫；你有這樣的想法，該讓自己好好譴責自己一番；最後保證也不會吃到肉排。

我和閔真先生碰杯互祝後，突然他說：

「你的問題沒有解決是不行的。」

他似乎又恢復了清醒，灰色的眼睛再度注視著你；而我再度感到隱形的光透視了你。這個問題，無論有沒有發展，都可以說已經解決了；而說那話的口吻實在是太偽善了。

「現在只有一個人有權挽回你。」

「我不想再去見葛老師。」

「不是，不是，那沒有用；坦白說，我的意思是，只有一個人能夠粉碎葛老師的陰謀。」

他用到「陰謀」兩字，的確讓你受驚不少，我把杯中攙水的威士忌一口飲下，冰箱的臭味和酒的辛辣味一起混進胃裡去，又是一陣那種他媽的絞痛，把你擠出眼淚來。

「假使你去請求校長的話，只有他能夠使你的事獲得解決。你是不是想非考不可？還是放棄了？」

「非考不可。」我說。

你有一萬個私人理由非拚命爭得畢業考不可；假使沒有獲得，最擔心的根本不是我，是你的母親，和右手掌殘廢的姐姐。「西洛」還在的話，看你端了一隻「鐵飯碗」回家，從此家裡也有飯吃，牠也不必出去撿骨頭，就足夠讓牠歡跳一輩子。而不會每次去尋斑鳩時，無精打采，在早晨，真叫人洩氣。

「現在我就去見校長。」

我也是一個急性子。閔真先生馬上伸手阻止你。

「不，不是現在；晚上你不能去見校長，他有心臟病、胃痛和憂鬱症；只能等到明天早晨他上班的時候，在他的辦公室見他；他批准了，你便得救了，一切萬歲。」

這真是一線希望的曙光。

「來一支煙，」閔真先生突然遞過來，我也沒考慮地接住了；那時你真是和閔真博士平起平坐，獲得了真平等。「假使校長不准，你會自殺嗎？」他問我。

「不會。」其實你會想不開的，那時你是不想讓閔真先生看不起你。

「你不能參加畢業考，可是你有施雲曼．卡洛。沒有人會因為有個自己喜愛的女人，而事事不如意動自殺的念頭。」他又進入了醉態；所以他到底是說你，還是說他自己，你分不清楚。

我卻覺得越來越不能瞭解閔真先生；甚至我覺得越來越不喜歡他；他越來越像個混蛋亞歷．堅尼斯。我想他心裡一定為什麼事十分窩囊。所以你又開始不耐煩了，你又感到他又要把他心裡那些窩囊芝麻搬出來說。他的情緒幾乎是循環的，清醒與昏醉，瞬息間變幻。所以我想閔真先生一定太痛苦了。照一般人的看法，他應該滿足了，好好享受他既有的成就；可是像閔真先生這種知識份子，好像有一種比一般人多一點什麼的情感，譬如說「愛國」。畢竟是放洋的，事事能比較，一個在美國受教育的人與土生土長在台灣的人真有天壤之別；當這種情感不能發洩時，便會像他那樣把自己灌醉，把周圍的事最後都弄糟。我開始有點憐憫閔真教務主任。他稱你老弟；而他老兄，那晚真出足了洋相。我也覺得有趣極了，因為他的作風非常民主，而讓人能自由自在。最後我覺得你應該走了，回學校還有一段長路；要是太晚了，那個鬼門房王胖子會把大門關起來，甚至把小門也關起來，你便需費一番氣力爬牆進去。喝了點酒，你也覺得有些昏暈發熱；假使閔真先生再和你碰杯，我就會醉在他的舒服的屋子裡；你實在很願意乘機醉一次；不過，我看閔真先生那對專門對待異性的眼睛，會不會把你當成獵物，像蘇格拉底那羣窩囊的希臘知識份子，所以我決定告辭了。

「我必須回學校了。」你站起來說。

他的確顯出若有所失的悵惘的神色，「你還要回學校，我忘掉你們是寄宿生，而我這裡實在寬得很。」

我站著整理衣服時，閔真先生出神地靜靜用那灰色凸出的眼睛穿過眼鏡透視你；說真的，我必須時時整理過份寬大的褲子；而一套卡其制服要是不合身，可以想像你穿起來時是什麼窩囊樣子。

「你好瘦，武雄。」

他第一百次對我說你好瘦，真洩氣。

「你穿衣服就像那位《百戰狂獅》的蒙……什麼那樣邋遢。」那時，我聽他這樣說完全不能諒解他；我已經一點也不喜歡他了。「我要走了，閔真先生。」他才懶洋洋地站起來，順便飲乾杯中物，他幾乎完全把那瓶威士忌洋酒飲乾了。我想他真醉了。

「你等一下，老弟。」我根本恨他稱你老弟。「我們做個朋友。」你真不能置信。他走過來握你的手。當他搖晃你的手時，我覺得那不像是你的手。「那一天你再來，我們吃個晚餐，我可以下廚炸肉排，你吃不吃牛肉？」

「不吃。」

「那麼我們吃豬肉排。」

「也不吃。」

「你吃素嗎？」

「是的。」

「我可以做素肉排。暑假我打算回美國，你願意什麼時候來？」他說回美國，好像美國是他的祖國。

「我一定讓你吃到一頓素肉排，因為我母親在美國信佛，沒有素肉排不行。」我幾乎要大笑出來了，所以我說：

「明天。」

「明天不行，明天我有一次會議，在教育部，下星期好了，我會通知你。」

「好，謝謝。」

「你明天見到校長，可不要提起我。」

「我知道。」我真不耐煩透了，一直囉嗦不完。

「老弟，我們同時愛上了一個女子，那是施雲曼・卡洛小姐。」我覺得非常洩氣，並且想把威士忌加水吐出來。我說：「我看完那部電影後，已經不再喜歡她了；你愛，讓你愛。」我已忘掉了怎樣抽完那支香煙，希望沒有把閔真先生的房子燒掉。

「不要洩氣，老弟。」

「再見，閔真先生。」

「晚安，老弟。」

假使有人問我最看不起那一種人；你會回答說最瞧不起偽君子和假洋鬼子和神經質的亞歷・堅尼斯、馬龍・白蘭度混合的儒夫。

七

好累；但已經走回和平東路二段。走出閔真先生的寓所後，你曾想轉到台灣大學附近，姐姐雪娥為人煮飯的地方去；到那裡去不外是想向她討點零用錢。可是時間似乎太晚了，怕雪娥的主人家懷疑你，以為你在外面混太保；而且到雪娥那裡去再回到學校，就要更晚了。

我望見「土宛」高大的校舍座立在夜空下，天空似乎又晴朗起來，出現了一顆星，又看到第二顆。你走近校門，突然聽到由校內溢出校外的吹號聲，那是熄燈號。鬼女生的二樓宿舍靠近路旁，燈光還未熄掉，可以清楚看見，但是門房的王胖子開始把大門小門拴上了。我聽到拴門的朗朗聲音，好像王胖子在關動物園的鐵門。假使在他剛拴門的時候，迅速地跑過去，他是會讓你進去的；可是他會拉大聲音說一些訓人的話使你覺得冤枉。他的大聲音和說教都是乘機故意說的。事實上，他也沒有力氣在十秒內跑幾公尺；就是十分鐘也不能跑完那麼一丁點距離；你根本是拖著腳步回到和平東路的。你不可能把腳抬起來，何況你的胃裡沒有東西，早已精疲力盡了。有趣的是，你的精神卻很好，沒有半點睡意。要是讓門房王胖子為你這種模樣傢伙開門，他會以為受到了侮辱；除了校長外，有些老師還被他看不起呢。不要說是學生，當他看到你那窩囊慘相，不但會罵你，還會登記你的姓名，報交給值星教官；要是那種時候，你再去惹這些芝麻事，那麼你就太不聰明了。

所以，我沒有轉進校門前的那一段樹蔭路，只繼續沿道路拖腳步。一面走一面望著二樓上的鬼女生宿舍，你覺得非常奇怪，寢室燈光還亮著；這也不是沒有過的事，吹號後十分鐘才熄燈是常有的現象；那個跛腳的水電工是台灣人，他非常體貼學生們，幾乎常常是那樣；他一旦和別人談天去了，聽到號音才慢慢跛過來，他跛得快是十分鐘，跛慢是半小時，那麼可以斷定他那晚又是喝醉了。這年頭，任何種人都喜歡灌醉，不知怎麼搞的。

我在路旁的一棵油加里樹蔭下住腳，因為你看到玻璃窗映著林美幸的影子。雖然已經夜晚了，但站在樹下，總會覺得樹蔭蓋住著你，使我隱形於樹蔭裡，不被人看見。鬼女生宿舍下面是圍牆。圍牆外有一長方形的稻田，正是那年第一期稻作成熟時，你和她如此相隔著而已。我由關閉的窗玻璃，看到她們動人的皮影戲；她們大都脫掉了制服，換穿著各式各樣的睡衣，有些好似還光著身子，在裡面走來走去。

但是我相信，我只被林美幸一個人迷住，你只注視著她的影子，不讓她離開你的眼睛。你深吸了一口氣，在嘴巴裡發著悶音，歌唱〈我的太陽〉。她的少婦影子，使你完全忘掉了疲勞和饑餓，甚至忘掉貧窮和一切不幸。可是，那時你不想希冀她見到你的癡情姿態，只希望你單看到她，就非常的滿足高興了。你幾乎因看到她的影子而激動地掉下了眼淚；〈我的太陽〉是早就準備著為她高唱的歌曲。

可是，你不希望她聽到你唱歌的聲音，也不希望別人聽到，在樹蔭護蓋下，你悶著唱，你能聽到自己。

「啊，可愛的陽光……偉大的太陽……」你是這樣唱的，一點都沒錯。

於是，我因看到你鍾情已久的林美幸的皮影，激動地流出眼淚；在這不幸的夜晚，你已把她奉為宗教的希望；只有她能撫癒你的傷痕。你說不出多麼愛她；你也說不出多麼看輕自己。你曾經暗地裡練習著，完全仿效學生王子的口白，現在正是你向她朗誦的最佳時刻：

妳能相信太陽是黑的，
妳能相信真理是假的；
但妳不能不相信我愛妳像海那樣深。

那時，你終於如願以償，像多情的中世紀騎士，在她的城堡下，高舉著寶劍，宣誓為她效忠，為她歌唱情歌，為她朗誦詩句，為她什麼的。

我的眼睛跟著她美麗多姿的影子移動，而她的少婦倩影，由那個窗移到另個窗，像焦急的茱麗葉，為她鐵石心腸的父親鎖在閣樓上，正在尋找個未鎖的窗戶，會見來到花園中的羅密歐。而她旁邊圍繞著的眾多影子，又像是中國古代深宮中的女娥，正在忙於搬動衣袍給出浴的王后。只有她，是你認為最美麗和最高貴的；我能愛她，顯得多麼光榮，所以你又流淚了。

像動不動就痛哭流涕的三國劉備；劉備說：

俺三年前，當俺考進了「土宛」時，俺覺得光榮異常。俺是台灣光復那年進的小學。俺覺得非常幸運接受祖國的教育，不像先生年長的還受到日本帝國主義者奴役教育的污染。由於是回到祖國的懷抱，過去失學的人，全都在那偉大光榮的光復那年一窩蜂進學校讀書，造成空前的熱烈爆滿。當俺來「土宛」時，還是二十個人中錄取一個，就像非洲的猴子想自動進紐約動物園，還要經過一連串測驗挑選。記得當時有人分析當前的教育問題說：無論貧富都希望子弟進師範學校，是延續日據時代的觀念；日本人只准品學兼優的學子進師範。沒想到光復後，祖國是自由平等的時代，出頭路四通八達，但貧窮的子弟，想到畢業後就有一隻鐵飯碗，全家人都能依賴他，還是熱中於這門事業。俺第一是家境貧困，父死三餐不濟；第二是受藝術科的引誘。俺一味天真爛漫，把貧窮拋置後腦，前腦想著將來做畫家。說真的，俺在那時錄取的四十五名包括二名備取生中，俺是考第四名，榜上第二行第一位。再說清楚些，榜上直行，每行三個名字，俺在第二行第一啊。俺不想扯遠去說；總之：俺不是個笨傢伙窩囊貨，俺這樣確信不疑有他。所以那時，俺看到名字被紅線劃掉，俺覺得是椿奇恥大辱。

劉備說完又放聲大哭；假使你看過《三國演義》那部鬼書，你會認為全中國都能聽到他的哭聲。

鄉下孩子就是鄉下孩子；我的意思是說，當你還在鄉下讀小學、中學時，你並沒有學很多東西，除了記誦課本外，沒有那種啟迪你的師長或什麼的，使你的智慧早些開發出芽；所以你進城後，你突然嚇一跳，原來世界是那麼大，那麼好（有一天，你還要繼續嚇一跳，因為世界比你現在看見的還要更大幾萬倍，更好幾萬倍，你甚至會嚇死）。假使碰巧你又是那種如你說天真爛漫的傢伙，流的又是清朗而又衝力熱情的血液，那麼你就自然會改變自己原來那鄉下的土酸氣了。你不會像客家人，永遠脫卻不掉那自私吝嗇的本性。你是太陽之子，七月誕生的孩子。要是你家境好些，手頭寬些，一切都會順利無礙，直步青雲，與太陽會面，成為快樂的傢伙，到處左右逢源，女朋友可以編成號碼，當然林美幸是第一號；但要是你貧窮，那就完蛋了，除了幻想外，什麼也不會從這廣大的世界購買你想要的東西。因為這個世界是現現實實的，你不能輕易用上「理想」這個形容詞。現實的世界，要用現實的辦法；除了現實的辦法，沒有其他辦法。

由於你無知，所以你開始做夢幻想。譬如人類是自由平等這個原則和權利，你就像個混蛋一樣永遠信奉了這個原則和緊握這個天賦權利。你沒有想到這些窩囊東西（自由平等）需經由爭取才能獲得，而你卻自以為能夠依自己的興趣去做一切事，無視校規是荊刺，死課本還是你的道路，與你在鄉下小學、中學無異。

所以你變成了「寶」，行為可能光芒四射，而本身卻愚蠢無知；你分不出何事為自己，何事為別人，你幾乎認為太陽光下都是他媽生的混蛋胺基酸，一視同仁。

我在進「土宛」那年那月那日那時那分那秒見到林美幸。她是音樂科的，你第一次去邀約她，是為了合唱比賽請她伴奏；「土宛」在每個學期末，舉行全校性班際合唱比賽，班上同學中沒有人彈琴是合標準的，所以，需要音樂科的高手支援；林美幸便是彈鋼琴的高手之一，所以我毫無疑問地去邀請她。

「你選那一曲？」她問你。

「修曼*的《天鵝》。」我說。

「這是很難的二部合唱呀！」

「我知道，可是唱得好的話，一定穩拿冠軍。」

「你異想天開。」她瞧著我；她的表情很使人著迷。

「我不騙妳，我正在教他們練習唱，要贏得冠軍必須出奇兵，苦練，好伴奏，我看別的班級都選唱簡單曲子，這表示他們眼光低。」

「好，好，你說的有道理。」她笑著說；你永不能忘懷那一刻她瞧我的表情。

「妳接受不？」

「接受。」她答應說。

你請她到班上去；我和她走在一起，和許多傢伙在走廊碰面，那些混蛋傢伙都抬頭看你，而我那時是才進來一個學期的一年級生。

當我引著她走進教室時，全班的傢伙都鼓掌歡迎，那些男生簡直發狂得像瘋狗般歡叫。你不會相信，林美幸並不感到不好意思；她實在太鎮定了，就像一個母親微笑地看著蹦跳的孩子們；她只說：「請不要那樣，安靜點。」大家還是很雀躍，歡快得使班上的七個鬼女生都低垂著頭；於是林美幸又勸告他們說：「你們要這樣的話，我就要走開了。」我站在講台上，呼叫大家安靜。我告訴他們怎樣按著歌譜的指示唱，第一部與第二部分開練習，林美幸坐在風琴後面，一面看我指揮，一面彈奏。

可是，你不知怎麼搞的，私底下就爽朗不起來，好像男人去喜歡女人，本身就是一件很丟臉的事，非有那種表面的芝麻事做正面理由，你就很難向一個女孩子表示對她的好感，而女孩子更為保守，更不容易接受男孩子的當面約會。我想到寫信，結果是更糟；我寫了一封信，不知道要寄往何處，最後鼓足了勇氣寄到林美幸潮州街的家去；你是星期六外出時寄的，讓她能在星期日早晨接到，信裡我約她中午十二時在火車站見面。不料那封信是她的父母接到的，詢問她（後來她班上男同學告訴了我，她的父親收到一封奇怪的信），很擔心她的安全，那天下午，她的父親還陪她到學校來。我心裡想：好在你用了一個假名字。而林美幸一定知道是誰寄的，因為，很明顯的，以後我在任何場合遇到她，她不再理會我了。

我一直注視林美幸映在玻璃窗的影子，你相信一定是她，除了我以外，沒有人能證明不是她。說真的，她的少婦模樣是極容易從許多女孩子中分別出來。你說過，說她很成熟，的確是如此，像個母親。不過，我寧可說她像聖母。有一次在學校舉辦的晚會中，她穿著一襲白紗製成的，宛似結婚禮服的長衣，在舞台上舞蹈，名叫〈小夜曲〉，另一位鬼女生扮成男士和她配舞。我一直坐在禮堂後面等她跳那個舞，不然你早就溜掉了；因為其他節目都使你感到俗氣煩厭。當林美幸跳舞時，燈光都熄掉，只有一圈藍色光線在她們身上，隨她們舞蹈移動。你無法相信，你終於看到與夢中相似的情景；她的眼神、臉孔，穿著白紗的身體，腳步，這一切都使你感動，一點都不能使你有其他的歪念頭產生。那時，說來這世界真令人洩氣，有兩個嘻皮笑臉的體育科大肉塊，在你後面坐著；其中的一個說出：「×，這有什麼

---

* 修曼（Robert Schumann, 1810-1856），即舒曼，德國作曲家，浪漫主義音樂代表人物。

好？」你聽到時幾乎要把自己爆炸開來；你回頭看是誰，其中的一個大塊頭是籃球校隊隊員；你忍耐著，把憂愁的眼光投回台上；不料後面又說：「×，脫光跳才精彩。」我站起來，走出禮堂，你是一面走一面流著傷心的眼淚。

另一次，我是完全心碎了。那是一個午飯後的時間，大家都在寢室裡休息，我從寢室出來想到美術教室去；你走進美術教室，猛然看到林美幸和胡理在一起，只有他們兩個人，胡理正在畫她。你站在門口約有半分鐘時間，然後掉頭離開。胡理這個同班傢伙，你是完全知道他是怎樣的污爛貨；他穿了衣服的外表看起來還漂亮不錯，可是他不年輕了，他不是考進來的，他是保送名額的，一定有三十歲了，卻硬說是二十一歲，他很會說漂亮話，假使你和他同班三年，你便能完全瞭解他窩囊或什麼的，衣服脫下來，身上是一顆一顆像黑梅子的東西痕跡，尤其是臀部的地方特別多，而且假使你在浴室看過他的鳥兒，你更會相信他不是什麼純潔的好傢伙。假使林美幸被胡理的花言巧語套上了，你真會為她叫屈。我非常不快樂地離開那裡，你由大樓的一邊下去，但你聽到有腳步聲從美術教室走出來，匆匆地由另一邊下去。你不知道是不是美幸看到你不高興，她也離開了；但我沒有回頭看，根本就不想去理會。因為你已心碎得像劉備。

突然，你看到你沒有希望看到的景象，從窗玻璃清楚地映出兩個影子扭打在一起；起先是推來推去，後來就合在一起，顛顛倒倒；你站在和平東路樹蔭護蓋下，彷彿還聽到她們相罵，然後是相打，其他圍觀的鬼女生發出尖銳的叫聲。可是所有朝向街道的窗子，女教官是命令緊閉的，所以你只是想像聽到。你希望林美幸打贏，你用悶聲大喊著：「美幸，加油，把她揍扁。」我實在不能相信你的眼睛，當你看到這一幕，我應該對你宣佈說：「絕望」。電燈突然在她們難分難解之時熄掉了，你仰望的眼睛面前一片漆黑和寂靜，只有稻田裡的青蛙的求偶聲。我相信跛腳的水電工，那台灣鬼那晚又喝醉來遲了，才讓那些鬼女生在寢室內打架。我常聽到她們鬼女生為莫名其妙的芝麻事，不說話，相罵、打架、不吃飯、不睡覺、不上課；回家去就不再上學校。

我轉注天空，天空完全清朗了；它們像在對你眨眼、微笑，好像在對你說：你這個天大的癡呆混蛋，我說：一點兒也不錯；星星，滾你們的蛋！

八

我在圍牆轉角的地方遇到王光明；他是一個不折不扣的俍蛋傢伙；他拍了我一下肩膀，真令你不高興。

「喂，武雄。」

我瞧了他一眼，那混蛋似乎剛跑完他拿手的百公尺競賽，還在喘氣；但我相信和他競賽的，一定是賣水果的老闆娘，所以那混蛋能十拿九穩。

我本來不太想理他，但他已經走在我的身邊，並排在一起，把我當成他的掩護。他穿著他在醫學院讀書的哥哥的大學生上衣，裡面沒有穿內衣；他總喜歡裝，把身份拉高些，不過他也真有那副大學生的吊兒郎當的死派頭。我瞥到他的雙手插在兩旁的大衣袋裡，那裡鼓得圓圓的；你可以確信，他剛剛在十三秒之前又幹了那窩囊事。他也當過伙食委員，更不用說他搞了什麼花樣。他是一個聰明的現實傢伙，才能高得很。

「你好像到城內去了，是不是？」他問我。

「不錯，我到城內去看電影。」

「你真有種，明天不是你們的決戰日嗎？」

「不錯，但又怎麼樣？家常便飯嗎。」

「你看什麼片子？」

「《意亂情迷》。」

「誰演的？」

「葛萊哥・畢克。」

「誰導演的？」

「緊張大師，希區考克。」

「如何？」

「棒。」

「星期六下午我一定去看，在那一個戲院上演？」

「新生大戲院。」（那時還沒燒掉）

那混蛋簡直要把我問窮，使你露出馬腳來不可。他低我一年，在普師班裡，所以他大概不知道你的名字被劃掉了。我想，畢業班的學生也不會全都知道這件事，除了同班的那些傢伙，而現在他們也不會太理會別人的閒事。

我和王光明沿著那條開滿許多小飲食店的巷子走，那些骯髒的小店，完全做著「土宛」學生的生意，賣牛肉麵、蹄花麵、陽春麵、酸辣湯、水餃或什麼雜七雜八的東西。那些臨時搭建的低矮的竹篷小店，卻與巨大而永久的「土宛」大餐廳，中間隔著一道高度磚牆而對立著，這豈不是諷刺。那道圍牆上澆了一道水泥，插滿亮晶晶光閃閃的玻璃碎片。我瞥望小店裡坐滿的學生，有的吃相可真難看，鼻涕都被熱湯蒸流出來，大嘴巴掛著幾百條長麵；小店燈光明亮，反觀圍牆那邊，黑漆一片。如果你有一塊五毛錢，我真想吃一碗陽春麵，但是那混蛋在身邊，卻不能在他面前洩氣，他勢利得很。

「你吃過了，光明？」

「我睡前不吃那些澱粉。」

他說話會活活把人氣死，希望他下輩子當乞丐。

「你倒滿講求生理衛生。」

「我們兩個都一樣。」

你最痛恨有人對你說這句話，認你為同道人；但我說：

「所以我們都是瘦子。」

「長太多肌肉不是好事。」

「誰不知道？」

「但你看那些體育科的牛，還有鬼女生的大腿，看起來真令人難受。」

「所以他們跑不快，是不？」

「當然，我雖是普通科，比他們跑得快，比你們藝術科的還畫得好，你不算在內，比音樂科的唱得好。」

他說這些話不是吹牛的，尤其他的低音，可以比美平·克勞斯貝。我們走到正對廚房那根高聳入雲的大煙囪，跨過污水溝，靠近圍牆。在那一小段，牆上的碎玻璃，早在不知什麼時候，就被石頭敲光了；可是並不打得太乾淨，不小心還是會刺傷到手掌。

「扶我一下，光明。」

「你怎麼搞的，攀不上去？」

「我的手臂昨天練拳擊扭傷了，不能使氣力。」

我的雙手攀在頂上，讓他推你的屁股上去。我稍用力把身體引上來時，才知道手掌內刺有小玻璃片，可是王光明已經把你的屁股推高上來了；我的腳跨過圍牆，整個身體翻落在牆下一堆煤渣裡。你不敢叫痛出聲，手彎的地方和膝蓋都被粗糙的煤渣擦破了。我站起來時，王光明輕巧優美地翻過牆來，他也跳在煤渣上，卻十分平穩。

我抬頭望著那隻大煙囪，它和夜空接在一起，好似那煙囪撐住那片天。據說，過去有一位體育教師曾爬到頂上去倒立。凡是「土宛」的學生，而又常和那些體育科的傢伙在一起閒聊，體育科的傢伙就會告訴你這一件掌故。這件事已經相隔十數年了，像遠去千年的歷史一樣，使人半信半疑。他們說現在可沒有人有膽量爬上去，這種口氣就像歷史記事一樣，誇讚古人，輕卑今人：好像能夠爬上去倒立那麼一下子，就是什麼了不起的榮光。那些傢伙說，無論你多麼會玩單槓，吊雙環，可是如果你不敢爬上煙囪，你還是十分渺小；而你就是什麼都不行，但你能夠做到那點，你便十分了不起。我連爬牆過來都感到冒險，根本就輕視這種芝麻事；我想，什麼事都可能被逼出來的，要到那種時候才做得出來，平時難斷誰是英雄，誰是狗熊。他們說，那是個日本籍的體育老師，他很喜歡這個學校，但他們的國家打敗仗，他們只有被遣走回國；當他臨走的一刻，他告訴大家他要爬上煙囪；大家圍繞在煙囪下面，仰著頭望他一級一級上去；然後他站在最頂上，開始他的拿手好戲，倒立了起來。要是我早生十數年來「土宛」，你看到了也會稱讚他為男子漢。而現在你實在很少（根本沒有）有機會見到這種令人佩服的男子漢混蛋；而奇怪的是：日本渾蛋，都會來這麼一套驚人戲法；而台灣人就少有酷嗜這種戲法的混蛋。

王光明突然丟了一個什麼過來，我接住原來是蘋果。

「蘋果？」

「是的，最好的。」

我把那混蛋拋回去。

「怎麼搞的？」

「我不吃這東西。」

「為什麼？」

「我在城內吃過東西了。」

「你在城內也吃蘋果？」

「不，我吃的是肉排。」
「肉排？什麼肉排？」
「牛肉排。」
「那麼吃個蘋果，幫助消化。」
他又拋過來，我再丟回去。
「謝謝，實在吃不下，不要糟蹋東西。」
他只好放回袋子裡。你千萬不能說他偷蘋果，除非你想和他打架；而且王光明這傢伙打架時，可真狠。
「我有一件好消息通知你。」
他把手搭到你肩膀上來，你想甩掉它都不可能。
「什麼事？」
「這裡說不好，到運動場那邊去。」
「OK。」只有順著他。
我和王光明剛走開，背後就有人翻牆進來，那個大肉塊快速的從我們身邊走過，他回過頭來看你，臉上露著那種混蛋的傻笑，然後得意洋洋地走向寢室走廊。那時是睡眠的時刻，走廊上像夜市般有許多傢伙走來走去；那些書蟲病夫恐怕已經入夢了，但有一部份傢伙，卻喜歡什麼事都要到這個時候才開始做；到明天，在課堂上，他們便會打瞌睡，睡得像嬰孩；有些傢伙臉色十分蒼黃，像剛幹過窩囊事。總之：那些混蛋傢伙，在晚上花樣多得無法數計，你要是在「土宛」待上百年千年，也不能完全瞭解清楚。

王光明那傢伙在大甲中學時，和我同學過。那時他喜歡模仿藍蔭鼎畫水彩；可是他在第一年沒有考上藝術科，第二年才考上普通科的。他是個聰明有能力的傢伙，但有時幹些窩囊事，卻很心狠毒辣。他的思想很進步，善於各種運動，譬如跳高、百公尺和游泳，歌唱和畫圖更拿手，可惜他有偷竊癖；他家裡很富有，開藥房，製造一些窩囊的祖傳祕方；但他看到喜歡的東西便動偷慾。他說他已經不止一次和茶室的女人做過那件事；他說和女人性交過的雞巴會變什麼樣，原來又是什麼樣，真會讓人笑死；那些事，都是他的醫學院的哥哥教他的。而王光明那種傢伙，他說他曾殺人，你最好相信，不然他會生氣。他是考試作弊的大王，花樣常常翻新；他說若非他有一手，恐怕普通科都考不進來。他平時很自傲，什麼人都不在他眼上，卻不敢隨便批評我；因為我比他畫得好，有個性；而奇怪得很，他外表看起來很有個性，但畫在紙上，平凡得很；譬如，他就沒辦法把藍蔭鼎的調子甩掉。所以他常抱怨沒有和你同考上藝術科；不過，他說將來要做個水彩畫家，我認為他說想做什麼芝麻事，你只好承認他會做到；譬如他幹那些窩囊事，他可真的說到做到。但我心裡想：王光明永遠不可能做個畫家，他可以做個了不起的強盜。

我和他走到運動場東面，坐在一條淺水溝邊的土丘草地上。他把偷來的蘋果掏出來。

「你真的不吃嗎？」

「不吃，肚子脹得很。」

他狠狠地咬一口，發出很大的聲音。他真是一個了不起的混蛋。老實說，我的肚子已經餓過頭了，只是覺得什麼事都感到洩氣。你也不覺得愛睏，反而覺得在夜空之下，坐著很舒服；鬼月亮，彎刀般地上升了；我想那是下弦月罷；那時是晚上十時左右，所以它從東方升上來。你可以一目了然，月光下的山巒、樹、房子；前面的山並不高，樣子很醜惡，是個墓地，凡是城市裡有人死了，便埋葬到那地方去；所以看起來就知道不是什麼好看了不起的山。

「什麼事？」我真不想和他在一起。

「星期六晚上，我們到醫學院去。」

「舞會嗎？」我討厭舞會這玩意。

「不錯，是週末舞會。」

「我不會跳舞，有什麼用？」

「去看看，我們學校的鬼女生也有人參加。」

「是誰，你知道嗎？」

「李梅玉和林美幸，都是音樂科的。」

「林美幸？」

「不錯，她常去。」

「你怎麼知道有她？」

「我哥哥告訴我的，他叫我星期六晚上去，還準備帶我去看屍體。」

「屍體？」

「是的，女屍體。」

「女屍體？」

「當然是看女屍體，男屍體沒什麼好看。」

「他們想幹什麼？」我真討厭他。

「他們會把肚皮翻開，告訴你卵巢在那裡。」

「我不想去，我不會跳舞。」

「傻瓜，去參觀吃糖果，喝汽水，也有香煙。」

「我又不抽煙。」

我記起來在閔真先生家裡糊里糊塗地抽了一支煙；但那是閔真先生誘你的，完全忘掉是怎麼抽的了。

「怎麼樣，決定不決定去？」我注視著他那張強盜臉，我說：「我現在不能答應你，我想想看，改天再告訴你。」

「你今晚有點奇怪。」我不喜歡他知道你的事。

「我很好，要去我會告訴你。」

「你不能告訴任何別人。」

「我不會的。」

「我要回寢室去，你呢？」

「你先走，我在這裡坐一會兒。」

「你今晚有點奇怪，有什麼事嗎？」
「沒有什麼事，你先走好了。」
「好，明天見。」
「明天見。」我說。
王光明走開了，那混蛋傢伙；他告訴我的那些事真令人難受極了。那晚真倒楣透了，好像什麼人都想打擊你似的，而你所遭遇到的那些事，都使你洩氣極了。天上的彎月，看起來也是鬼里鬼氣，不懷好意。那晚，叫人想起在煙囪頂上倒立的日本混蛋，看到鬼女生打架，還有王光明說的女屍體，實在太無趣味了。你坐在那草地上，一直聞到草葉的芳香；天氣很晴朗，你並不想回到寢室去睡什麼鬼覺；你打算一直坐在那裡，盯著鬼里鬼氣的月亮，幾秒幾分幾時幾日幾月幾年……

九

坐在土丘的草地上，轉過來一覽運動場全境和四周，你會在那時看到，自卑感奇重的普師科學生，零零落落地在練長跑，保持著相當距離，害怕相遇和說話，而互相認出誰是誰。運動場南邊單槓，是藝術科和音樂科男生的天下。體育處前面，大木麻黃樹下，則是體育科幾個喜愛健美的肌肉傢伙在舉重。禮堂尾端的音樂教室，全天候都有人在那些小蜜蜂房彈鋼琴或練唱；那些練唱的「阿約伊歐吾」聲音不比屠宰場遜色。這一切現象，彷彿在黑夜隱祕中，那些混蛋傢伙才能獲得自由的舒展似的。有時你真恨拉小提琴的聲音（長那麼大才學拉小提琴，實在不是時候），將平靜與屬於休息的夜晚擾亂和破壞。

我真恨不得站起來大聲叫喚：

「喂，聽著，你們這些混蛋，跑什麼跑，練什麼練，在大白天不可以做這些事嗎？為什麼像梟鳥選擇晚上？難道你們白天受到了什麼大悶氣，非得在晚上把氣大吐出來，才能睡倒在床上。你們為什麼不像我，要做什麼就做什麼，依自己的興趣做自己喜愛的事；讀自己高興讀的書，把胡說八道的書丟在一邊。你們全部回到那窩囊的狗窩去，這是夜晚，安靜的晚上，不要在現在擾亂我的視覺、聽覺，讓我看不起你們，使我的思想不能平靜，恨透你們這些天大的奴才笨蛋。」

你甚至想一一走到他們身邊去，在他們耳根地方大叫說：「喂，你這個奴才混蛋，我真看不起你啊。」我知道要是那樣做，一定會惹得他們莫名其妙，先看看你是不是發瘋了；當他們看不出你是瘋子，而是正正經經地在罵他們，那麼他們便開始生氣，揮出有力的拳頭，打在你的臉上；尤其那些卑鄙膽小的體育科傢伙，會集合數十數百人把你圍住，開始用鐵鎚般的拳頭，把你的鼻血打出來，或者合力把你百馬分屍。但是我相信，要是你向他們其中的任何一位單獨挑戰；就是像我多麼瘦弱的蒙哥馬利．克利夫特，他們其中的任何一位都要退縮下去；更不要幻想他們中的一個，有一天也會爬上大煙囪去倒立。這對他們而言簡直是神話了。可是我說過，要是他們是一大羣聚集在一起的話，就要仗著人多把你圍起來；那時他們便個個都變成野狗一樣，把你撕得粉碎。更令人洩氣的莫過於那些站在遠處本來是不相干的人，看到這種難得好機會，也會野狗般地跑過來，擠到前面，像發國難財似地，無緣無故地狠踢你一腳。坦白說，這一些你並不瞎說；你曾經看過他們那種仗多欺人的卑劣人海打架法，把一個單人圍起來，只不過為了芝麻小事，把他打倒，然後紛紛用腳踢；那時我站在旁邊看得很清楚，你那時真希望有一挺機關槍在旁邊，那麼一定會把那些醜惡卑劣的野狗一掃而光。遺憾得很，他們真他媽的個個都是懦夫；到城內去時，不敢單獨個人，都是八九成羣；因為他們那樣子打人，當然心裡也害怕那樣子被打。那些傢伙實在讓人看不起透了，而且那些虛誇的動作又引得叫人笑死。

你站起來，走到旁邊的樹蔭下，像年幼的時候，小便在水溝裡；我認為，這是把閔真先生的威士忌加冰水小出來的。

你覺得似乎有幾秒幾分幾時幾日幾月幾年沒有小便了，自從午後從實習處衝出來，到體育處後面的廁所小過一次之後，這是幾年幾月幾日幾時幾分幾秒的第二次。

你幾乎被那奇恥大辱的芝麻事，搞得忘掉了吃東西喝水；而當你想要吃東西喝水時，卻他媽的沒有那些可吃可喝的東西。如遇到可吃的，又是他媽的王光明偷竊來的，像王光明的蘋果；我一生中也沒有嘗過一個日本混蛋（蘋果是由日本進口的水果），甚至二分之一，四分之一，八分之一，十六分之一或三十二分之一都沒有。那種日本混蛋真他媽的昂貴，我不知它是什麼窩囊味道；可是我就是不同流合污，你餓死（活該），也不去沾那窩囊滋味。我覺得，你做為一個人，真比不得任何一隻飛禽走獸。

我突然聽到周英郎，同班那個「×死你×」的埔里人的說話聲音。他單槓玩得不錯，是運動場上三鐵英雄。他似乎在說到你什麼的；我注意聽，他沒有看到你坐在樹蔭下；他和幾個練單槓的傢伙走在一起，正要回寢室走過操場。在晚上夜靜，任何聲音都清朗得很，而他的聲音可真難聽。那些埔里來的傢伙，個個都是極端的勢利，他們又都是零用錢最多的人；當他們罵人時，也比普通人說「×你×」多加一個「死」字，成為「×死你×」，又厲害又毒狠。有人稱他們為「埔里番」，那個周英郎更是大勢利鬼，不錯，他正在對他們說你：

「……看他再不再唱大衛．寇克；人家讀書，他就吹口琴；人家上課，他溜出去看電影；不然就去畫素描；人家開夜車，他便蒙頭睡大覺。他像個瘋子，星期天騎一部破腳踏車到中山北路去畫水彩。現在看他還能不能那樣做，不知跑到那裡去死了，到現在還看不到人……」

說鬼鬼到，說曹操曹操來；我已經繞到他的背後，輕拍一下他的肩膀，他真膽小，嚇了一跳；他還沒看清是誰，不分善惡就罵出來了：

「×死你×，是誰作玩？」

我面帶笑容，先給他一個飽滿的小拳頭再說：

「×死你×，就是我。」

他向後顛了幾步，「有種的就跟我來，」你也退後逗引著他說。你發誓今晚要戲揍這個班上最大最臭的奴才混蛋。「你看不起我，我也看不起你，有種跟我來。」他追過來，但你跑在前面，不讓他追上。

「×死你×」

總是這一句，說不完。他被你激怒了，死命追過來，你也死命跑在他前面。

「有種的不要跑。」

「先和我比一比一千五百再說。」

記得我是一千五的選手罷？

「我們一對一。」

「好。」

「先比一比一千五，再到禮堂後面去。」

凡是在餐廳裡因吃那些窩囊飯而起糾紛的，都約到禮堂後面去打個痛快。

「×死你×，我要搥死你。」

「沒關係，可別影響明天考試啊。」我跑在他前面說。「來罷，追上來，先來個一千五做準備運動。」

他在後面追，你在前面跑，繞著一圈二百五的橢圓形跑道。你故意讓他快追上了，讓他衝過來捉你時，用拳頭在他臉上擋一下。你學過一點拳擊的皮毛，不料也能用得上。你也從來沒有看過比他更笨的傢伙，這一點就夠你一面跑一面笑。你那樣戲弄他幾次後，他的腳步慢下來了，好像要收兵，你只得再激他：「喂，周阿英郎，你六十三公斤，我才四十九，怎麼搞的，沒有種了？」他又罵一句「×死你×」再追過來。他開始呼叫站在操場邊觀看的幾個傢伙，過來圍捕你；於是我看情形不對，大聲叫道：「我只和周阿英郎一對一，不干你們的事；你們要是圍過來，除非把我打死，否則今晚一定你們一個一個睡死在床上。」終於沒有人敢上來幫他圍捕我。他們看膩了就走開了。我繼續逗引周阿英郎。「還有四圈，簡單，然後到禮堂後面去。」我又假裝要讓他追上，有時他真的狠衝過來，但卻等於把你撞開，或者，我閃開，掉頭相反方向跑。他真是要氣爆了，終於說：「好罷，和你跑六圈，再到禮堂後面去，君子。」我回答他：「我已做了三年的君子，今晚你才想到要做君子嗎？」

他長得很英俊，是你所看到的最英俊的傢伙，像那個笨蛋洛克．哈遜*；他的體格又高又健美，外號叫「醜毒」，意思是醜陋的老美；因為他的樣子像美國大草包一樣英俊，而且他家真是有錢。可是他真他媽的勢利鬼。殷雨天，藝術科的導師，真卑鄙醜惡，實行恐怖管理；他不常到校，是一個為布料廠畫布花圖案的奴才，他讓學生之間互相猜疑和忌恨，互相的分出派系，互相的看不起，不友愛；他不管你們有沒有個別差異，他喜愛那些有錢的或漂亮的鬼女生，而討厭所謂調皮鬼。而你可以想像，他越管越糟，不管更糟，最後他發誓說永不再當導師；他令人可笑，是一個你所見到的最糟糕的導師，而周阿英郎可真像是他的結拜兄弟。

最後，我不得不和周阿英郎真的在禮堂後面，摩拳擦掌做君子之鬥。他氣喘如牛，而你差不多要洩氣暈倒了；因為你的體力有限，跑過一千五後，覺得虛弱得很。他的拳頭又大又重，你的拳頭又小又輕；完全是洛克．哈遜和蒙哥馬利．克利夫特之比。你最好避免讓他

---

* 洛克．哈遜（Rock Hudson, 1925-1985），美國男演員，電影《巨人》男主角。

打到，可是你畢竟太虛弱了，再也跳不動了；他衝過來抱住你，你和他整個倒在草地上。他騎在你的身上，開始朝你的臉和頭部猛打一頓。你完全洩氣了，也太虛弱了，只好讓他打；血從鼻子和嘴邊流出來，你已沒多大感覺；全身感到有些麻痺，好像要昏過去；突然他停手了，迅速地站起來，也許他的手沾到血，或以為你死掉了，嚇得退到禮堂的牆壁，他嘴巴抖著說：

「×死你×」

我半睡半醒的狀態瞧著他；你根本沒有力氣起來。

「你是一個該死的傢伙。」他又抖著說。

我躺在地面上，感到有些好笑；但你也笑不出來，你連笑的力氣也沒有了。而你覺得全身像稀泥巴一樣，又冷又不舒服；你深深的以為會這樣慢慢死去；你真希望死掉，慢慢地失去感覺，一點也不覺痛苦，也不悲傷，十分平靜地讓知覺消失，閉上了眼睛。

我把眼睛打開，他還靠在牆壁站著；你簡直不敢相信，他像鬼女生一樣流眼淚。他實在是狗娘養的混蛋，讓你笑都想笑死。你反而覺得他實在可憐極了，開始有些憐憫這個狗娘養的混蛋。他最喜歡罵那些小氣的客家人，稱客家人為「客人鬼，×死你×」；而他卻比誰都更要吝嗇；像一般人說的「越有錢越吝嗇」；你可以從周英郎那笨蛋證明。他也批評餐廳的伙食不好；可是他卻不寫在週記上；他有錢可以到外面吃牛肉麵。你不明白他為什麼哭，你感到有點難受，也許他的手沾到血，使他感到害怕。他站著看你，你躺在地上，一點都不能動顫，覺得動一下會全身散掉；你們這樣互相僵持，有幾秒幾分幾時幾日幾月幾年了；你覺得奇怪，為什麼他不走開？他還想揍我嗎？不論他想怎麼做，你是一點都不在乎；你真是洩氣透了。而你看他站著，就知道他的身體營養可真好；他每天吃魚肝油，還有各種維他命，從A到Z，幾乎有一百種；其他，課間到福利社吃的有油餅、麵包、汽水；晚上的牛肉麵等等，這樣過完一天。臨睡時，他脫得只剩下三角褲，像健美先生一樣高站在床鋪頭上，然後告誡大家，他說：「喂，×死你×，你們大家，客人鬼，阿財，晚上不要打手槍喲。」他說完翻開蚊帳，躲進裡面去。第二天起床號響時，他把頭部伸出帳外，唉聲嘆氣地說：「×死你×，昨夜又打了一支，喂，死阿財，客人鬼，還不起來，起來，教官來了，起來。」真是個大窩囊混蛋。吃過早飯，他馬上回寢室猛吞魚肝油和維他命，補充昨夜的損失。有時他還有欺凌人的惡作劇；全班只有阿財最怕鬼，周阿英郎有一次把一個死貓的骷髏放在阿財的漱口杯裡；晚自習後，阿財回到寢室要刷牙，「這是什麼？」阿財說，他拿出來一看，是骷髏頭，嚇得把整個臉盆摔掉。這樣的事，周阿英郎也幹得出來，他卻站在旁邊大笑，實在是個大壞蛋。

「對不起，武雄，」

「你怎麼搞的？」

「實在對不起。」

「怎麼一回事？過來啊，揍我，揍死我好了。」

「我說對不起。」

「別那樣，過來揍我。」

「我說真的，對不起。」
「狗娘養的，你怕什麼？」
「請你不要再激我。」
「我不在乎，你可以揍死我。」
「×死你×」
「你再說這句話，我就再激你。」
「對不起，你不能起來？」
「我這樣躺著十分好，你到底怎麼搞的？」
「×死你×，我……」
「你再說出來了。」
我恨透了那幾個字眼；我雖然是從鄉村來的孩子，可是我發誓，從不對任何人說三字經這類骯髒話。坦白說，你是來「土宛」才聽到那麼多稀奇古怪的髒話像恆河沙數。
「好，我永不再說，但你答應我……」
「答應你什麼？」
「我先問你，你真敢嗎？……」
「敢什麼？」
「那些人如過來圍你打，你敢報復嗎？」
「那當然，我與他們又無冤無仇，為什麼他們圍過來？」

「那麼你會報復我嗎？」

「你說怎麼樣？」

他真是個狗娘養的草包，永遠不會泯滅他身內流的自私自利的血液；我以為他想讓你感動，原來他只是想叫你覺得他是個乏味的混蛋。

「我們和解如何？」

「怎樣和解？」我要笑出來了，只是太軟弱，沒有力氣笑出來。

「我給你五百元。」

他真有點腐敗的滿清政府的風度。

「為什麼給我錢？」

「我們和解，你不要報復。」

我想：五百元是個大數目，那時五百元可以買許多好東西；小學教師的薪水每月才三百八十塊。

「你真的要給我五百元嗎？」

「我真的給你，但你不能在我睡覺時來報復。」

「好，我和解。」

不過，我真覺得他可憐，這個「醜毒」，意思是醜惡的老美，什麼事都想用錢買通。你開始覺得這場架打得真值得，因為起碼在那時把人性打出來了，像《百戰狂獅》一樣。

「你的意思是我們來個祕密協定是嗎？」

「我希望你今晚不要再找我的麻煩。」

「我可沒有心情去找你什麼芝麻麻煩。」

「好，你等在這裡，我去寢室拿錢來。」

十

我繼續躺在草地上，突然想到一些溫甜的事來；你馬上忘懷躺在地面上是為了等候周英郎；其實你覺得草地很溫馨；這個窩囊學校並不如你想像的那麼窩囊；譬如教韻律課和游泳課的李幼雅小姐，你就非常喜歡她。她的皮膚有點黑，可是卻很漂亮很標緻；她是你所看到的女人中最懂得穿衣服的女人；我的意思是她瞭解自己而穿著配合自己的衣服；有一次她穿了一件紅條方格的長裙，升旗時站在體育處前面走廊上，你以為她是一位西班牙姑娘。在李幼雅小姐之前，也有一位教韻律課的女教師，雖然長得十分漂亮，可是和李幼雅比較起來就不太一樣；她沒有熱情和笑容，被上她的課的傢伙稱為「土匪」，這種名稱真難聽，而那些混蛋卻叫得出來；有一次，她在台上示範動作，把乳罩跳落了一邊，從她穿著的薄白運動衫清楚地看得出來，可是沒人敢笑；因為她實在太凶了，處罰人不比男教師遜色呢。有一次，我在和平東路一段的地方遇到李幼雅；我騎著腳踏車要趕回學校，她牽著腳踏車購買東西；那是星期天晌午，她親切地招呼我，我下車和她說話，她說要請我吃午飯；她說和姑媽住在金門街，姑媽一家去南部，所以她出來買菜。她帶著我去，那也是一所日式的房子，使你相信城市裡到處都是那種像鴿舍的日本房子。她做飯時，我幫她洗菜，我和她就像姐弟那樣投合融洽；不知道為什麼，我真喜歡和她在一起。李幼雅約有二十五歲，剛從師範大學體育系畢業不久。當初在她教舞蹈課時，我不但常常搗蛋和開玩笑，而且常溜課，她知道我跑去畫素描或什麼的；有一次她單獨找我談話，告訴我韻律課對身心健康的幫助，我那時覺得很慚愧。老實說，我在她教課時搗小蛋，也許是渴望她對我注意；不知道為什麼，我第一次看到她時，就非常地喜歡她。她說過後，我幾乎不敢再溜課，而她也彷彿有意每次都叫我和她一同跳示範動作；我學那些玩意又快又正確，所以對韻律課比籃球排球課更有興趣。我和她一同吃午飯，沒有別人；你幾乎做夢都不曾夢過這等好事。她說話有點鼻音，可是她的個性很爽朗，比男人更為爽朗，她簡直令你覺得很安全很溫暖，而使你覺得自己也很優越。那個星期天中午，是我所有吃過的食物中最有滋味最營養的一餐；她說過一句讓你永遠不會忘懷的話：「武雄，你很有性格。」你聽到這句話後，幾乎想做什麼你能想到的事，可是你覺得頗不好意思。記得飯後她走到一架風琴前面，你真不會相信她彈得真好；她先彈一首叫〈海邊〉的曲子，速度很快很輕鬆；然後她要我唱歌，我說我唱一首叫〈Come to the Sea〉的歌曲，她也會彈這首歌，而且說她很喜歡這首歌；她彈得真好，於是我唱起來，唱到 oh, come to the sea 的地方，她也合唱進來，唱：oh, come love to me, let us go dropping on silvery dream⋯⋯。後來好像是電話鈴響打斷了我們，她說是「未婚夫」打來的，我不但沒有向她恭喜，而且覺得恍如一夢。那天我怎樣走的，已經忘記了。總之，她的韻律課我又跑去畫素描或什麼的；但我一面畫一面想到：我這樣做實在是不夠成熟；所以我又跑去上她的課，看看她微笑的臉，和她牽手跳示範動作。

這件事使我聯想到這個窩囊學校，有時也會做出很令人欣慰的事來；每個月有一次電影欣賞會，天氣好時在運動場露天放映，雨天則在大禮堂內。我不知道是那一位先生選的片子，我非常的感激他；片片是好片，富教育寓意；我覺得能看到那些好片子真是幸運；譬如《葡萄成熟時》，故事描述一對兄弟從義大利山區越過邊界到法國南部，那時正是陽光普照葡萄成熟期，他們到一家農場參加採葡萄的工作。哥哥（米路．法拉飾）很正直而富有愛心，弟弟（約翰．卡爾飾）是個憂鬱沉默的傢伙，他閒空下來就用小刀雕刻木塊。農場正好有兩位姐妹；姐姐很盡責，而妹妹很漂亮；米路．法拉和那位妹妹墜入情網，而約翰手中的木塊刻的是姐姐的頭像；他送給她，使她感到驚異。當刑警出現時，才知道約翰原來是殺人犯；哥哥知道弟弟是個幻想的精神病者，所以很愛護他，想掩藏他的罪行；最後在刑警的追捕中，約翰死於槍下。片子看到最後實在使人要產生窒息，覺得人間很殘酷，和不夠瞭解；但那位姐姐的面容表情使我難忘，她有很了不起的寬容精神，覺得她的內心時時在交戰。

當我想過這些甜美的回憶後，你又會繼續覺得這個窩囊學校，充滿了使你看不起的混蛋。譬如那個又高又瘦教鋼琴的高鏡教師，他的鋼琴彈得真好，是個鋼琴家；據說在上海時曾拜過德國某鋼琴大師學琴；可是混蛋的學校要他來教我們唱歌。他的聲音真可憐，還不如一隻老鴨子。我想，高鏡教師一定有滿肚悶氣；平時臉上戴著近視眼鏡，既沉默又缺少笑容；不知道什麼緣故，在我三年來最末一次指揮班上的混蛋參加合唱比賽時，他給我打個「零」分；音樂科的學生跑去問他，說為什麼唱得那麼好，他要打「零」分，有什麼道理；

他說那個指揮的學生是在開玩笑，屁股扭動得太厲害了。這是什麼批評；簡直是精神病。我倒覺得任務完成了；三年來五次冠軍，最末一次是最後一名，你覺得有些滑稽和傷感：英雄末路；老實說，那次的表現是想拿來給對你期望的人看的；所以特別賣力指揮，選了最好的曲子：〈士兵的合唱〉；大家也說穩拿冠軍無疑。班上七位鬼女生特別感到不平和叫屈，寫字條來安慰你。事後我就覺得：霉運要來了；你真恨透了這個充滿精神不正常的教師的窩囊學校。

我試著要坐起來，身體像化石一樣僵硬有幾年幾月幾日幾時幾分幾秒了；動了一下，又像冰塊裂開。望著天空，覺得那時真像黑夜，你迷失在世界的一角，孤獨和饑餓。突然想到凡是現在的事都得由自己安排了；你絕不可能手捧一隻鐵飯碗白白癡癡地過一生；因為你不是一個容易聽指揮和接受命令的人，尤其對那些不合理的窩囊事。你不相信中國哲學裡那套「逆來順受」是有效的。這句話不但不能救中國，反而害中國；整個中國不是幾個讀書人的國家；中國是農工商兵士、漢滿蒙回藏五族、數億人民、四百多萬平方公里土地的偉大國家。因此你一生一息都得由自己來設計安排了；你不動腦筋活下去，你就活不下去。每一個個體健全，一個國家才能強大，這是原則。你不能像你所看到的混蛋一樣，沒有腦筋，讓別人牽動情緒，不是吃飯就是睡覺，不是大便，就是小便，像一條豬。你最厭煩那些芝麻事，覺得不想吃也要吃，不想睡也要睡的規律生活，來扼殺你的精神；你喜歡動腦筋，想新奇的東西，創造點新鮮的事物。

我想：土地雖柔美，還不是久躺之時；我跳起來，又跌下去，再起來，試試能否站穩。

總之，你不能在那裡睡著，你必須離開那個鬼地方。那個角落，月亮照不進來；連白天也少有陽光；因為一邊是高圍牆和樹，一邊是大禮堂的牆壁，像一道狹巷。我發誓你不怕鬼，但那裡的確是太黑暗又太陰濕了。

十一

我沿著禮堂牆壁走出來時，看見一個矮小而跛腳的影子，慢慢走過操場跑道；首先你以為是那個水電工台灣人；再看清楚原來是阮尚安。我暫時躲在轉角的地方，怕他認出來。他是一個最大的好人，「土宛」管理學生點名簿的職員。那個時候，他一定是打完「麻將」要回家去。阮尚安對你真好；當你在美術教室開畫展時，他叫你送給他一張畫，你給他了；因為他對你太好了。每個學期末，他都會寫一張字條給你，要你到他那裡去，而且一定是下午，職員辦公室沒有人的時候。你去時，他會看你一眼；而你就會看到他的神色像個什麼了不起的人物；但他是個好人，你並不在乎這些，反而覺得相當的有趣。他對你說：「武雄，怎麼搞的，你看看，又是三十小時。」他把整個學期結算完的曠課總數推給你看；那時你再看他的表情，就會覺得他非常滑稽而又非常善良；好像他為你的事要哭出來。於是你會對他說：

「阮先生，你沒有算錯嗎？」

「開玩笑，我怎麼會算錯。」

「那麼就是了，阮先生。」

你必須裝得無可奈何的樣子。

「你到底怎麼搞的？」

「有些課實在令人煩厭，你是知道的，阮先生。」

「我當然知道，我也做過學生。」

「而且你知道……」

「你是不是又跑去畫畫了？」

「可不是嗎？我認為……」

「那沒關係，以後你成名，我才真高興呢。」

「你以為我有希望嗎？」

「我看得多了，你是最好最有希望的一個，但要好好努力啊。」

「這我知道，我永遠不會忘掉你對我說這句話。」

「不錯，我的確對你非常有期待。」

「不過現在這個怎麼辦？」

「我告訴你，你自己要小心，我把它改少一點。」

「謝謝你，阮先生。」

他彎下身體，從最下面抽屜拿出一個小小的瓶子，打開瓶蓋，那個蓋子還附有一隻小毛刷。

「那是什麼東西，阮先生？」你必須裝得很好奇。

「你還不知道嗎？褪色墨水，只有對你特別，武雄。」

「謝謝，阮先生。」你又必須對他很有禮貌。

他用那隻可愛的小毛刷，把大簿上的阿拉伯字「30」的「3」輕輕來回擦二下，頓時字跡消失了，他再用鋼筆在原地方寫上阿拉伯字「1」；那時你真覺得他太偉大而又太可親了。

「謝謝，阮先生。」你再說一次。

「光說謝謝是不行的啊。」

他的臉上展現微笑；沒有剛剛那麼了不起了；甚至有點謙卑的顯示。他把小瓶蓋好放回抽屜。

「你要努力啊，」他好像在乞求你似的。「你只當小學教師太可惜了，記著我的話，武雄。」

「我會記得；永遠記得。」

「你可別說出來啊。」

「我又不是傻瓜，阮先生。」

「你不是，你太聰明了，但還是要努力。」

「我知道，謝謝阮先生。」

「好了，你有事可以走了。」

「謝謝，阮先生。」

「記住啊。」他在我走開時又用手對我做個訊號。

「我會，謝謝。」

他張大眼睛看你離開，你覺得他像是在哭；好像他對自己地位的卑微有很大的感慨。他約有四十五歲了，你想：他一定照顧過不止你一個人了；凡是讓他看得起的，他都會照顧；我可不知道那些受過他照顧的傢伙有沒有轉回頭來報答他。他對你實在太好了；而這樣的好人，又總是地位卑微，真他媽的上帝太沒有長眼睛了；「天」看起來就像瞎子的眼睛，有眼白沒有眼黑；他媽的窩囊上帝。

我那時要是讓他看到，他一定又會纏著你，說他心裡藏的那些感慨話要你聽；那種話有時也實在令人煩悶得很。你終於看他一步一步地拐到游泳池旁邊的那條小路；他的模樣的確太像那位台灣酒鬼水電工；這真是個窩囊學校；他在遠處一排矮木屋的其中一間門口消失了。

我沿走廊走，想到體育處後面的廁所水龍頭洗個臉。我用手摸摸臉，那些流出來的血都凝固了；我知道你沒有很多血可以流，所以根本就不太害怕流血或什麼的。但你現在最害怕的是，被鬼鬼祟祟的巫榮老師看到；他有時會從屋角走出來，或從黑暗處出現；他住的家就在紅磚大樓邊尾的小屋子；就在廁所附近；當他出現時，他的臉上總是掛著一股陰森的奸笑。巫榮先生教水彩課，但你始終不知道他會不會畫水彩，或者畫得好不好。你最喜歡和佩服那種教什麼，而他本身就是專家的教師；那種人才會赤裸裸地把他知道的學問知識，毫無隱諱地傳授給你，和你一起研究討論，不會擺出教師的架子。可是現在的教師，真是濫竽充數；像巫榮先生擺架子，要你們尊師重道；他施行威嚇的伎倆，要你們一切照他的話做。他不論你畫得好不好，就是算張數計成績；像周英郎或阿財客人鬼那些傢伙，上廁所都會蹲在裡面塗張小水彩出來，期末就抱著一大堆，大約有一十百千萬張，到他那裡去討個好成績。我最看不起那一套；我照樣依自己的樣式喜好去畫，期末只選幾張代表的作品去；我真恨到他那裡去，他怎麼打成績我都不在乎；而他總是給我不好不壞的成績；我真恨他這一點。我開畫展時也沒有預先徵求他的意見，他跑過來要我把畫全部由牆上拿下來，可是那時已經有太多的學生和老師走進來看，他才走開。又有一次，馬步良和我寫信給一位有名的國畫家兼插繪家來班上演講，事後他到班上來暴跳訓示，說學生沒有主動權利做這些活動。說真的，學校的幾位美術教師，都不能讓人佩服；他們既沒有東西搬出來教人，又不高興人家自由探討；可笑的是，他們幾個美術教師之間，又鬧猜忌和互相不說話；譬如巫榮先生對殷雨天導師在外面畫布花賺錢，他自己也畫，可是並不理想，就非常的不高興；而巫榮先生有意來刁難你們就不難想像了。尤其殷雨天導師是前任校長的女婿，處處吃得開，就不難想像巫榮先生為什麼要在現在的校長面前扮個弄臣角色了。我不想再說這類芝麻事，說出來你會覺得待在「土宛」真洩氣；而那些擺架子凶學生的混蛋老師，可真令人覺得他們窩囊，讓人看不起他們；而不要說想從他們學些什麼芝麻了。

我靠近水龍頭，把嘴唇附近和頸子地方的血跡硬塊洗掉。當你口裡滿含著水，仰頭漱口時，你幾乎嚇得把魂魄趕出來了；無數中的一個廁所門，無聲地打開了，走出一個全身白色計的怪人。

的形體；那口水嗆在咽喉，猛然再噴出來；那傢伙不是巫榮先生；他是蕭標先生，教測驗統

「你是那一位？」他說話慢吞吞地，非常斯文：「你這麼晚還在這裡喝水。」他走到水龍頭旁邊來洗手。你的魂魄還未歸定，說不出話來。

「看你的樣子像是剛打了架，是不是？」

他說話也永遠不帶譴責的意味，可見他不是「土宛」受重用的教師。

「讓我看看你的臉。」

「沒有什麼。」我終於開口說。

「糟糕這裡燈光太暗了，只適合大小便，不能辦正事，到我家去，有傷的話也可以擦擦藥水。」

「沒什麼，謝謝。」我還在發抖。

「你剛剛被我嚇壞了，是不是？」

「沒有，沒什麼。」

「你叫什麼名字，那一班的？」

除掉和他一同踢足球的幾位學生他記得之外，他記不得任何人的名字；他的課每一星期只有一堂，而且常遇到國定假日；他也從不點名。

「劉武雄，藝術科的。」

「幾年級？」

「三年級。」

「畢業班？」

「是的。」

「明天要畢業考，今晚還打架？」

「沒什麼。」

「我看你是受傷了，來，到我家去擦藥。」

他是當仁不讓的傢伙，我只得跟他走。他的屋子正和鬼祟的巫榮先生鄰居，而他們兩家只隔一道薄牆壁，也不互相說話；真奇怪，他們的屋子是相連在一起，但各開一道門，前面各有用竹籬圍起來的院子；這種景象也實在好笑得很。

我突然覺得又饑餓又虛弱，身體發出寒冷的顫抖。

走進他的家，屋子裡可真簡單樸素，簡直無法形容；什麼東西看起來都是舊的，而且好像又是最便宜的，有一些書放在一個不像樣的架子上；比起閔真先生，你會覺得他的生活過得不三不四。

他從架子上搬下來一個餅乾盒子，裡面亂七八糟堆著藥瓶和棉花等芝麻東西；「這是為了踢足球受傷用的。」他得意地說；他叫我坐在一張補釘的爛沙發裡，然後為我擦手掌內和手臂關節的傷；那些是跳牆跌在煤渣受的傷，我的臉上並沒有破洞；嘴巴裡有點痛，但我又不告訴他傷在哪裡。他仔細看我的臉後，驚喜地說：

「我記起來了，你就是那個開畫展的劉武雄，是不是？」他說話真幽默動聽，好像這是天大的事。

我不好意思地說：「是的。」

「什麼事打架？」

「沒有什麼事。」

「你不說；我也不迫你說；那是你的事；不是為女孩子罷？」我發誓，假使是為林美幸，你可以被打死而無怨；可是為了其他芝麻事，就真不值得了；為了一個臭婊子海倫，希臘十年征戰脫埃城[*]；所以你也可以為林美幸而死。

「我想就是。」他其實是個遲鈍而又自作聰明的好老師；你看他踢足球的模樣就會笑死；他永遠不會受傷，除非在雨天他自己跌倒。他興致勃勃地問：「那一個女孩子？」好像要你硬說出一個假名字似的；但我還是說：

「沒有，根本沒有。」

「好，你不願說出來，我就明白了。」他是個極有趣的人，「打架不算什麼，」他把餅乾盒端回原處。「我們在電影中常看到他們美國人為女孩子打得頭破血流，不是嗎？」他說話總帶著心悅誠服的笑容，與他稍胖的圓身材很配合：「還有，你看過《木馬屠城記》嗎？」「看過。」「那我就不必再說這個有名的故事了；我請你喝一杯熱咖啡，你在這裡坐一分鐘；我的是立即咖啡，很快就好；你喝完回去睡覺會覺得舒服點。」

---

* 脫埃城（Troy），即特洛伊城。

你無法拒絕他誠心誠意為人做好事。「蕭」和閩南話的「瘋」語音相同，所以學生叫他時變成「瘋標」。他有三十五歲左右，未婚，和老母親住在一起；到底是孝順而未娶或為什麼，沒有人知道；但是他是我所見最孝順的男人。他曾在高考中獲得「狀元」榮銜。除了上班上課，他總是白衣白褲，成為特徵。我說過，他喜歡踢足球（彷彿任何運動都差勁的，自然會選足球），總是踢不好，姿勢非常滑稽，就像個小孩追球，時時跌倒。當他上課時，前五分鐘是正課，他會坦白說：「這門課沒什麼上的，你們看一看就可以。」然後他開始說：「上次是講到詹姆斯．狄恩……」的電影故事。那時大家的興趣都來了；他會一絲不苟地述說，最細的細節，或任何一句對白，都不會漏掉。你會覺得這傢伙的記憶力患了極端偏差症；譬如學生姓名或生活瑣事，他一概不記得；但電影故事卻一絲也不遺漏。這使人想到那個笨傢伙愛因斯坦小孩子的算術笑話。他正好把《養子不教誰之過》那部電影說了一個學期，像一門正課那樣推展地說著。我記得他第一次開始說時問我們：「你們看過《養子不教誰之過》這部電影嗎？」其實這部電影在每月一次的電影欣賞會曾放映過，大家都說看過；他又說：「你們沒看過，我就是說了，你們也會覺得沒趣味，像什麼，」他的笑容實在太可愛了；「像對牛彈琴。」他真是不想騙學生或威嚇學生的那種老師。的確是如此；人家不知道的東西，你想賣力對他說，是一點用處也沒有，只討個沒趣；就像笨蛋七等生的那些灰澀的作品，都是對牛彈琴，所以那個笨蛋可以不必再寫什麼芝麻了；我這樣說，真不怕他生氣。蕭標先生真說得一點沒錯；他說：「你們都看過了，那麼我才開始說。」的確是如此：你知道了，再聽人家說，那味道才回味得出來。蕭標又說：「你們知道牛有幾個胃？」

他像個王八蛋問問題；誰都知道牛有四個胃。「你們知道牛吃草是一下子送進胃裡去，然後到樹下，或回到牛欄，你們會看到牠不停地嚼，嚼什麼東西呢？」那時我們完全明白他的意思了；真絕，那傢伙，像專家談莎士比亞的戲劇一樣；那些鬼故事大家都熟透了，因此使你不得不關心他們又說了什麼；好像我們想找他的錯，卻把我們的興趣逗出來了。就是這麼回事，蕭標把《養子不教誰之過》講了一個學期。你簡直不會相信，但這是千真萬確的事。結果，在最末一堂課，他發了點小牢騷；你從沒有看過他發脾氣，就是在踢足球時跌倒，也是笑嘻嘻地像個傻瓜，而他又特別喜歡雨天踢足球；他的牢騷不會比拉狗屎的更臭；他說有人給校長打了個小報告，說他上課儘講那些不良少年的故事；他沒說誰去拉那堆狗屎，但我們馬上都意會到那是誰。蕭標說：「一個教師有權教他認為最有價值的東西給他的學生。」不能老是幾秒幾分幾時幾日幾月幾年地炒同樣的冷飯給學生吃，那一定會患胃病，消化不良，成為病夫。他說：「課本中的東西並不是最重要的。現在的社會已經不是那一回事的觀念的社會，不能老是用高壓手段要學生接受那些陳腔濫調的東西；這個世界是個大世界，不是以前那個唯一的世界。」他真說得不錯。可是他要我們考試時不能隨便錯一個字，一個字錯了，便全錯了。你會覺得他是個極有趣的教師；照一般「土宛」的標準，他真不像教師；但是你細細想，他才是真正的好教師；譬如他在那最末一堂課發了牢騷，他把《巨人》那部電影拿來當寫照，當做他發牢騷的說明；他實在高明透了；他說《巨人》那部電影太感傷了，你會覺得他真忠懇。當他提起《巨人》，我們又覺得好像新學期要開始，像他第一堂課時把《養子不教誰之過》提出來；可是遺憾的是：那是最末一堂課。而一個從來不知發脾氣的人卻發了脾氣；但可不是對我們這些無辜的學生；他說：「要是校長下年度不聘我，那也沒多大關係，我自己有打算，我會走我自己的路，我不能像人拉狗屎。」

十二

我已經忘掉在蕭標先生的家到底待多久，也忘掉和他再談些什麼話。他是個異常誠樸的人，胸襟很開闊，但總讓人覺得他的屋子是太過簡陋了，有點零亂和失掉秩序；這也許和他未婚有點關係。我記得你離開他的屋子，好像是為了那杯熱咖啡飲到口裡，燙到破洞；你的口腔有破洞是和周英郎那個混蛋打架來的；熱咖啡飲到胃裡的確很舒服，精神也好些了，可是卻要經過那疼痛異常的嘴巴。最後，你簡直不能再和蕭標先生繼續談下去；他的話很多，也很幽默，他的模樣看起來很得意；但我就有點莫名其妙他得意些什麼芝麻，這一點使我有時會忍不住要笑出來。除掉電影，你就不可能再和他談些什麼；所以你大概忍痛喝完那一大杯咖啡後，就離開那裡了。蕭標先生和閔真先生可以說是對比的人物；好像東方的佛教和西方的基督教；假定一個是達觀，一個是悲觀。你想：假使蕭標先生有閔真先生的物質享受就好了；或者閔真先生有蕭標先生的心胸也會很好。但是，這不關我的事；他們兩個看起來都是怪里怪氣的東西；兩個怪人根本就互相的看不起，或者就害怕碰頭；就是碰頭也儘說些不關痛癢的傻話，永遠也不會取得協調或什麼的。這些芝麻事，根本就與你不相干；最多只不過在將來的歲月，使你記得他們的滑稽相而笑一笑，想想你曾和他們見過面也不是什麼壞事；因為你是有綿長的未來歲月，有很長的路要走，那路也許很難走，要走很遠；所以在寂寞的路旁休息時，可以想起來笑一笑；只要你能笑一笑，那麼你便有力量再走下去，我想。

從蕭標先生家裡出來，身體覺得溫暖多了，你的腳步邁得很大，很有精神，運動場很寂靜，但有幾個人影在北面宿舍前的五六間並排的廁所門口燈下搖動，他們都拿著書本垂著頭顱，好像被吊死的傢伙似的，一看就知道是那些明天要參加畢業考的笨傢伙。現在，從那一方面講，你都距離他們十分遠；好像你突然地來到這個陌生所在，看到了這些奇怪的景象；而你記憶著曾經聽到有人那麼說過，現在你完全看到了。

我沿著走廊走，但並不是想回寢室去睡覺，那時覺得再和那些混蛋並排睡在一起是十分羞憤的事。你走向餐廳，想能不能找到一點什麼可吃的東西；也許是一碗冷飯，或是半個早晨留下來的硬饅頭；那些鬼女生常常那樣做：留點什麼，或為誰留點什麼，使人想到她們多細嫩的心腸；她們也有一些玻璃罐子，整齊地擺在餐桌靠牆壁的那邊；有的是花生，是肉鬆，是蘿蔔乾，是什麼醬；你覺得現在能吃到饅頭夾一點什麼醬，不知要怎樣的好。你是被那杯燙嘴的咖啡引餓了；像你那麼瘦，總應該隨時吃點什麼；雖然不可能吃多，但為了維持體力，卻必須要吃一點；否則你就要整個垮掉了。

我輕輕地拉開餐廳的紗門，走進你一生中看到的最大最窩囊的餐廳；我想起每學期末，殺豬給師生會餐時，大家的注意力都投向最靠右邊的那扇紗門；一聽到紗門的響動，就湧起一陣熱烈的拍掌聲；可是進來的是王八蛋，大家便一陣熱諷的笑聲，聲浪中夾著少部份的嘆息；王八蛋覺得很害臊，教官便大聲叫安靜；而這種情形一直重複著，直到校長的蒞臨，校長後面是一大堆教職員；當大家看到校長出現，好似救命恩人來了，蠢動的掌聲彷彿要掀開屋蓋。那一餐，我最多吃一個滷蛋，幾葉青菜，和一碗泡湯的米飯，便匆匆離開；那時值星教官便站起來說：「大家慢慢吃，慢一點走，飯菜多得是。」不知怎麼搞的，好像全體歡笑時，便會引起我的傷感。

裡面黑漆得很，一股酸飯味瀰漫全室，你小心地走到鬼女生坐的那些靠牆的位置去，但仍不免要碰到稜角很尖的餐桌，發出桌腳刮擦水泥面的聲音。希望那些齷齪的廚夫已經睡著了，不然他們聽到響聲，會帶著掃帚過來打貓。所以你靜靜的站一會兒，望著通往廚房的那扇洞開的門；那裡微弱的燈光照著巨大的鍋爐，桌子，和牆上的幾把菜刀。然後你走到一張擺有罐子的桌子去；你沒有找到冷飯或硬饅頭或什麼；你把一個罐子蓋打開，伸進一隻指頭試探一下，覺得裡面是一些又軟又油的東西，你把指頭伸出來放在嘴裡嘗一下，我的天，是辣椒豆腐乳；它又辣又臭，但你湧出口液把它嚥到肚子裡。你始終沒有找到可以來配豆腐乳吃的東西，於是你試著吃一塊豆腐乳；但你很小心，不讓它再辣到口腔的破洞。隨後你又打開另一個罐子，吃了幾粒花生；事實上罐裡的花生也只有幾粒而已；你吃了幾粒，又放回幾粒，然後你並沒有再找到什麼，許多罐子都是相同的豆腐乳。

我坐在長板凳上，自覺好笑；因為你想到山蒂耶戈在和那隻混蛋魚競賽耐力的時候，他為了能有點氣力，所以不得不切一小塊生魚片塞在嘴裡，然後吞到肚子裡。你常會把自己的思想行為去比擬你看到的書中人物；你根本不會像書中的人物做同樣的事，機會根本很少；也沒有辦法為自己特別設計過那書中人物的鬼生活；可是他們的精神卻能感應你，使你效法他們；尤其重要的是，你會發現自己的性格類型；你雖然是單獨個人，但你不會再感到寂寞，好像他們就在你的周圍，使你鼓足勇氣做你選擇的事，有屬於自己的想法。這一點，你總是充滿了自信，將來要過怎樣的生活，有你自己的那種笨想法。無論如何我想做為一個人，不能太過份順其自然，應該瞭解人是什麼，自己是什麼人，有沒有必要讓人不論好壞都牽著牛鼻子走；為什麼你不能獨立自主，要仰賴那隻「鐵飯碗」。你彷彿受到委屈有幾秒幾分幾時幾日幾月幾年了；現在你必須要有點屬於自己個人化的虛榮，建立屬於自己的天地。突然你開始覺得不對勁，嘔吐起來了，把咖啡和豆腐乳全吐出來；一東一西的兩件東西根本在胃裡合不來，而你越想便越吐得厲害了。

這一吐，似乎有另一番的清醒。我離開那張鬼女生的桌子，想在幽暗中找尋那張你我固定的位置，你可以看到它就在南面靠近柱子的地方，所以你從這一頭走到那一頭去。那時你相信那些脾氣粗暴，而且身體骯髒的廚大，一定全睡熟了；他們也許正夢見些窩囊事；你也不在乎他們那時帶著掃帚跑進來；那時你很想再來一場掃帚戰，或什麼的；因為你看到那些放屁桌，就感到不安寧，好像那些混蛋學生都全在那裡，使你覺得心裡煩悶。

我坐下來，直望那扇走廊上的紗門，那天就是這樣：主任教官鄂仁傑在門口露出他那張陰冷和不懷好意的灰白臉孔，他沒有半點笑容地走過來，把你逮住，因為你正跳到桌上學金・凱利踢踏兩下。

那時全校學生的晚餐已到尾聲，大部份人已經離開；那天是校運會，你得到一千五百公尺的第四名；大家在餐廳裡都有些興奮，而且可以說已經都疲憊了；遺憾得很，晚餐的菜太差勁了；有人把雜在蔬菜裡的豬腹皮肉撿出來，丟到鄰桌去，然後傳來傳去；有時那是一塊母豬的乳頭，已經煮成紫黑色，變成很可怕的東西；於是敲碗的聲音響起來，呼叫聲四起，表示對壞伙食的抗議；坦白說，伙食壞已是司空見慣的事，建議也沒有獲得具體的改善，大家因此常常敲碗鬧著玩，感到十分有趣而已；有些人早就看到，早晨採買回來，便有厚臉皮的混蛋過來割肉；廚夫在煮的時候，又為自己留下一部份好肉；所以學生們沒有好肉可吃；這種剝削是十分可羞的該死的行為。

那天是校運會，你得到一千五第四名；我可以發誓，你純粹是為了好玩，所以你跳到餐桌上踢踏兩下；沒別的，只是學學金．凱利那小丑模樣，不為什麼；如為了什麼，天誅地滅，僅僅像金．凱利的笨腳踢踏兩下；然後鄂仁傑教官逮住了你，他的模樣就像是逮住了匪首，他那鄭重其事的表情，會令人不寒而顫；好像被他捉在手裡，只有死路一條。

他要我叫家長來，我想除非父親能從墳墓裡爬起來；如叫我母親來，不如先把我殺死；死比看到一張受難的母親的臉還好些；所以我跑去叫右手掌殘廢的姐姐雪娥來。為了我還在「土宛」受教育，所以雪娥才跑到台北來當女傭；可是她的主人家可真是好人，並不嫌她右手殘廢；因為她能像健全的人一樣工作，也許做得更好更勤奮。可是，我把雪娥叫來時，鄂教官反而不高興了；因為雪娥是個既不漂亮、右手又殘廢、沒受過教育、態度又困窘的女傭；所以鄂教官一看便不高興極了。我想：如果是馬步良，馬步良把他當律師的父親請來，那麼事情便有不相同的發展。由於你把雪娥叫來，你幾乎在這件事上學會了一課。當鄂教官對雪娥說些令人難受的話時，你站在旁邊內心很憤慨。你一向對軍人的印象很好，你認為軍人都是勇敢公正、有正義感的好傢伙；唯獨鄂教官，你認為他是例外的一個。雪娥不會辯論，只會說出乞求的話；而鄂教官一定要雪娥馬上把你帶回家，還有棉被也一齊帶走；假如你能體會那時雪娥內心的痛苦——她又殘廢、又不會辯論、又不漂亮、又是個女傭——你會衝過去和鄂教官拚個死活。既然要我們走，那麼就走罷；雪娥還要趕回去替人煮飯，我說：「我們走罷。」雪娥站起來，鄂教官並沒有送客的表示，依然坐在那裡，把身體故意斜過去；我只得把雪娥拉出去，而雪娥很羞憤，因為我正拉著那隻壞手；我們就這樣走了。

鄂教官掌權開除你，我並不在乎；因為他看不起雪娥，所以你真的想離開這個不分是非的學校。馬步良和簡富山叫我暫時住在學校，先去找工作；就是那次，馬步良和你沒有再為誰是盧梭而爭吵；遺憾的是我們沒有遇到活良夫人；我想全城市也沒有；後來我想我們這個地球的東方根本就不會有那種笨女人。後來我在博愛路應徵一家家具設計行當學徒。不料，要恢復我的學籍的運動跟著產生了；他們在搞些什麼辯論和調查，我一點都不想知道；白天我自由地去看電影或做什麼的，過幾天，我就要搬到博愛路去住，你根本就不明白這樣有什麼不好；後來一位富於愛和教育的洪恩澤先生，他是那時的訓導主任；不過「土宛」是每年都換新訓導主任的；幾乎沒有人有忍耐心當這個窩囊工作超過兩年的；有幾個滑稽傢伙來幾個月便走了；而洪恩澤先生本來是「土宛」的教師；人的心態各有象徵，所以你看洪恩澤先生的外表和步態，便知道他是正人君子。他首先查詢事情經過，和許多目擊者個別談話，最後要我把畫送去給他看；他大概想看看你是不是個不能造就的笨蛋；他在搞什麼名堂，你根本不會明白；他終於將這些寫成報告，並且批評鄂教官意氣用事，擴大是非，罔顧教育意義……

這件事幾乎把「土宛」的教師們分成敵對的兩派；消息總會漏出來；據說他們都紛紛收集資料，在校長室開了一星期多的大小辯論會；感到最為尷尬的是殷雨天導師，他首先贊成鄂教官開除你，結束了他幾秒幾分幾時幾日幾月幾年的煩惱；可是辯論結果，洪恩澤先生又要他同意收回你，我想他又延續了那幾年幾月幾日幾時幾分幾秒的煩惱；其實，那傢伙有沒有為學生煩惱過，就只有他自己知道了。而我，只不過是他們之間的一個現象的成品，可以說壞，也可以說好。總之：你又回來重新上課了；你根本就不知道那是怎麼一回事。

十三

我坐在那個位置上，覺得這就像一場夢；你根本不必要去感傷夢中對你如何不公平。緊接著來的是賴金星的毛衣失竊的醜戲；我認為這是他無意地遺失變成有意的指賴的過程；金星是個娘娘腔大驚小怪的大笨傢伙，和他在一起，你便能體會他真不像是一個男孩子，你可以相信他的髒毛衣不知在那裡丟掉了，卻硬說是放在皮箱內失竊了。在這最後的一個學期，什麼事都像是要趕你走向一條命運坎坷的道路；而你自己也從內在裡不知不覺地產生著洩氣和消極。記得四月中的畢業參觀旅行，對我打擊甚大；表面上我和馬步良他們等一路上胡鬧到底；因為葛文俊老師所安排的參觀活動，既無味又勞累，你總不能老呆站在那些破爛的教室背後，看那些發抖而又呆板的小學教師在做填鴨子的教學。我想到將來也是這種樣子便不寒而慄，有時是我，有時是馬步良那笨傢伙，拿著「柯達」袖珍照相機拍著小學生，拍著葛文俊老師的右側面，拍著同班該死的混蛋，拍著教學觀摩討論會，拍著那些受寵若驚事實上是敷衍了事的小學校長，使人覺得那呆板的參觀旅行也有聲有色；當你或馬步良四處走動，做出拍照的姿態時，在那要按下快門的剎那，有幾位該死的混蛋便掩嘴笑著，因為那幾個該死的混蛋知道照相機裡根本沒有底片，這件事後來竟讓葛文俊老師懷疑出來。我們把有限的底片用來拍日月潭的鴨羣，拍阿里山的風景，和拍我們這幾個相好的笨蛋的傻相。那趟旅行我真覺得苦悶，因為我在出發時，身上只有二塊錢，後來在台中，向一位音樂科的傢伙硬借了十塊錢。我真恨透了來受這教育；那個教官看你頭髮長和那種窮酸窩囊相，便罵著說：「沒有錢，不要來讀書。」這話真說得一點不錯；沒錢的孩子讀書真苦悶透了；也請不要說什麼世界的偉人都是貧窮出身的那一套騙人的話；我並不恨那教官，因為他說真話；該死的就是你不能避免不說到「貧窮」這一件窩囊事來，雖然我屢次發誓不說它，現在又重新把它提出來。你貧窮而又不說貧窮也是真苦悶，所以你只得有時說一說，而我所說的「貧窮」不是那種留學生學人所說的暫時而輕鬆的貧窮；假如是從小到現在，那麼就不會說起來輕鬆愉快，而讓人回憶起來樂趣無窮；那些留學生學人要是長期大半輩子是貧窮，你可以想像他們準會把上帝的臉抓破，不會像我們在寶島的人一樣有忍耐力，有好脾氣了；而假如你讀過小學，又常聽到老師說：「王雲五先生連小學都沒畢業，現在他是考試院院長……」那麼你就更為洩氣了。總之，談到「貧窮」，沒有人會說出真話；因為不窮的人談窮，是為了掩飾；窮的人不說貧，是為了怕見不得人；所以，我發誓不再說它，因為說了一點用處也沒有，反而讓人覺得煩悶厭惡。假如你寄宿在「土宛」三年，連一次寄錢的掛號信都沒有收到；而別人卻能有半月一封，或一月一封，那樣地幾十幾百幾千幾萬連續不斷地收到，我就不知道你的感覺如何了。我常想：假如有一天播音室突然廣播你有掛號或電報什麼的，那絕對不是什麼好消息；那最好不要去領，領到了只有讓你傷心和洩氣。或者，人家都知道你從來沒有掛號信，而突然有那麼一次，人家便會把注意力投在你身上；要是正好發生了什麼窩囊事，便會牽強附會起來，你要解釋也說不清楚；因為他們早有先入為主的觀念。碰巧我竟收到一封掛號信，不是從家裡來的，是遠從豐原寄來的為數很小的錢，只夠購買幾隻畫筆和幾瓶顏料。遠溯到初中時代，我有一位非常要好的同班同學，他的名字叫甘子龍，他的家非常富有，那三年初中時期的大半日子，中午我們一同到廟前的飲食攤去吃午飯，而那一碗肉圓湯配便當的錢，都是他為你付的。因此你在「土宛」實在再也忍受不住了，而你在「土宛」實在找不到像甘子龍那樣慷慨的朋友；所以你寫了一封信給他，請他援助你買畫筆和顏料的錢；他寄來了，同時附了一封鼓勵的信；假如你也收到這樣的一封掛號信，你會躲在角落裡痛哭一場。金星的毛衣就在那個時候失竊，我記得和你收到甘子龍的掛號信，還是有一段的時間距離，可是那些混蛋的同班傢伙和導師殷雨天硬是指賴你，和一位有偷竊癖的公羊；於是那套叫家長來的戲又要重演；公羊的父母很聰明，來時先到導師家去送了二隻大閹雞；我只得再把不漂亮又殘廢、又沒受教育、又不懂送禮、又是女傭的雪娥叫來；坦白說，我叫她來，真像刀子割心臟。結果是唯一的嫌疑便只剩下「你」這個大頭鬼了。我真恨透了導師那張漂亮的爛嘴；他問你：

「你買畫筆顏料的錢那裡來的？」

「豐原的同學寄給我的。」

「誰能相信？」

他等於否定人間有友誼這回事。我把信拿出來。

「這是他的信。」

「你沒有玩花樣？」

「有什麼花樣可玩。」

「你可以這樣對我說話？」

好罷，我最好是沉默。沒有確實的證據，不能定你的罪；所以金星的毛衣失竊事件，成了導師惱羞成怒的「無頭案」；你看到他站在講台上發脾氣的樣子，便會笑死；他氣得不知往那裡走，只好叫你馬上離開教室，不要讓他看見；你不走開，他便跳著過來（可不是他在舞廳跳的吉特巴）推你，打你，你也只好離開教室。我離開時並不覺得難受，只覺得他太滑稽了，滑稽得有點令人同情他。我不說假，你真他媽的同情他對你的不公平。他常誇口說他很有錢；他做了一輩子布廠的畫布花奴隸，當然有錢；他說：「賺錢容易，花錢難。」他說了這句話真像患了天殺。他說他有十雙皮鞋，十幾套西裝，依天氣好壞配顏色，一部意大利名牌機車。那時小學教師薪水才三百八十塊。他教我們畫素描，卻每次都遲到，或者乾脆沒來；你可以想像他的教法既凌亂又無章；因為他是忙人，為花布工廠畫布花，按件計酬，真的賺了不少錢，讓其他的美術老師眼紅心酸。所以那位陰險的巫老師要嫉妒他，要做弄臣勢利眼起來；可是他根本沒有辦法，殷導師長得英俊，又娶了上任校長的女兒做妻子，真是得意洋洋；不過這樣的人，對你的事也就更加的令你惱怒了；他幾乎把你恨入骨了；就像你也把他恨入骨一樣。不過，他有胃痛，他說的；真是天道有眼，像他這樣該死的傢伙，你有時不得不同情他有胃痛，不能暢快地花那些錢；所以他說：「賺錢容易，花錢難。」時，你真由衷地同情他；而甚至於原諒他的窩囊教學，原諒他醜惡的心計；由於金星的毛衣失竊，他發誓說再也不擔任導師的工作；你真覺得他很可憐，所以你只有憐憫他的為人了。這真是一場夢；所以你不必去傷感夢中的混蛋如何對你不公平。

十四

我走出餐廳，在走廊的水龍頭地方漱口，飲了幾口冷水在肚子裡。剛剛的嘔吐使精神振奮了不少，饑餓的感覺也過去了。不知怎麼搞的，越想那些窩囊事，便越覺得應該同情那些混蛋；他們所做的的窩囊事，所說的窩囊話，都不是有意的；好像天空突然落下來暴雨，不是有意單獨對付你的；你越覺得你的處境不好，越會發出憐憫的心腸；雖然有時你會因處境不好，而轉發為暴怒，但你的本質仍然是善良的。所以你必須小心自己，不要被刺激得引發出暴怒；如果你竟然把暴怒指向一種報復，那麼你就變成了不可饒恕的混蛋了。

我突然想到應該到大浴室去洗個澡，你從內裡說出那麼多窩囊事，也應該把身表的塵埃污穢洗淨，這樣你或許能覺得輕鬆愉快，其他的事都可以拋出腦外。我由走廊繞到廚房後面去，向那間廚夫的臥室瞥望一眼，嘿，原來那幾個骷髏鬼正在賭四色牌；他們穿著短褲和背心，像猴子蹲在光滑的地板上；那是用木板釘成離地面約一尺半的床鋪，天花板上垂下一盞百燭光的燈泡，照著他們又瘦又乾的身體；你簡直想不通他們把好東西都吃去了，卻仍然是那麼一副慘相；你簡直想不通他們的那副慘相到底幹了些什麼可恥的窩囊事來的；他們是南部人，沒有把家眷帶來，有人說他們總是到萬華寶斗里去嫖妓；做過伙食委員的混蛋學生，有的便跟隨他們到那個窩囊地方去觀光，有些市儈氣很濃的混蛋學生，便很可能玩過那種窩囊事；像王光明那傢伙，他上個月剛做過伙食委員，他在閒空時便大談那些窩囊經，讓人覺得刺激好奇或什麼的。

走進浴室，彷彿走入地獄中的一室，裡面只有一盞小黃燈光，關不緊的水龍頭，落下一滴一滴清亮的水聲。看到那兩個大水池，使我想起在冬天時，滿池冒著蒸騰的水氣，可以看到一大羣赤裸裸的傢伙，圍在池邊用臉盆猛淋熱水；那種瘋狂和自私，非舀到最後一滴水，便不離開他佔的位置；尤其是那些高大的體育科混蛋，他們後來也會猛力把你擠開佔住。記得第一年冬天，頭一次來洗熱水澡，你看到那麼多人，竟羞得不敢脫掉內褲，只舀了一盆熱水到角落處擦身；突然一個高大的傢伙，從後面把你的內褲撕下來，他大聲吼著說：「你沒雞巴嗎？」後來你和那些傢伙混熟了，你和他們一樣赤裸裸的，那時你便把他幽默了回來：「喂，你的小鳥怎麼縮得像雞母珠？」那些大塊頭傢伙，並不如你想像的也有個成比例的大鳥，反而長得不成比例的小。有時在路上碰見狗子的性交，會覺得雄狗的陰莖伸得很長；但是人類並不會像狗伸出很長的陰莖，當你手淫或什麼的時候便知道了這點。你看到那些四肢發達、頭腦簡單的體育科傢伙，赤裸裸地在大浴室裡，個個都成了非常可笑的鳥蛋；有時你會突然意外地發現到某個傢伙的小鳥小得像嬰孩的，你會當場笑倒在那裡。總之，可以有這樣的結論：體育科的小鳥沒有普通科的大；普通科的沒有音樂科的大；音樂科的又小於藝術科的。「看看，不是比你大很多嗎？」後來我對那個撕掉你內褲的混蛋說。歷史說到藝術家都有許多風流韻事，不像音樂家搞柏拉圖式的玩意，也不像體育家早衰，這當然跟小鳥的事有關，小鳥又跟氣質有關。這一點使我很自豪。

我站在浴室門邊，幾乎想大笑一場；關於小鳥的事，想起來都會讓人笑死；那個體育科的大笨蛋，就在腹部下端敷了一團稠稠密密的肥皂泡，把他奇小的小鳥埋起來。不過體育科的傢伙也有大鳥的，像藝術科的傢伙也有小鳥的一樣。談這些芝麻事，有時讓你覺得很窩囊很低級；有時卻又有興趣非知道這些芝麻事不可。但是真他媽的從小學到初中，到這「土宛」師範學校，從來就沒有一位教師，肯在這芝麻事上告訴你們一點知識，使你們有正當的觀念，不要老覺得那芝麻事是骯髒不可告人的窩囊玩意；說到傳宗接代，也許還太早，可是你不能預先知道有關的這些芝麻知識；於是有關的這些芝麻事，都是混蛋學生在傳授，說得一點兒都不夠正經，好像這些芝麻事的確全都是骯髒不堪，幹這些芝麻事的一定都是混蛋的傢伙。

我想：在這空洞的大浴室洗澡實在是很大的冒險，響聲一定會把廚房那幾個夜郎中引來看是什麼。我轉身走出浴室，浴室和廚房距離很近，可是那一帶什麼光都沒照到，漆黑得很。你簡直不能相信，那天晚上，竟然什麼事都在發生。你曾經聽說過，卻從未親眼看到的事，正在你的眼前扮演。我只不過在浴室待了幾年幾月幾日幾時幾分幾秒而已，然後出來站在牆壁邊黑暗的地方。那晚我相信，你是一隻貓。一部手推車停在伙食委員辦公的屋門前，幾個人正從屋子裡合力抬出米包，放在手推車上，然後一個外面的陌生人，數錢交給站在門口的一位音樂科選出來的伙食委員；然後他推著車子沿走廊離開，那位音樂科的傢伙跟著他，從邊門出去；那個邊門是大清早伙食委員出去採買的通路。我想你看到了它，應該去報告。但你又覺得不必要去惹出麻煩；事實上早就有風聞了；他們賣米當然也有正當理由，你說出來只有讓人指你為瘋子；就像某位混蛋，在採買車回來時，便過來割一塊好肉去，這些事都是公開的祕密。你看到了那些芝麻事，只有覺得滿身洩氣和懊喪；那些芝麻事當然不是「空穴來風」；可是在那個時光裡，你便只有感到洩氣和懊喪罷了。

那時我覺得十分無聊似的，站在那裡抬頭注視那隻高聳在夜空中的大煙囪，天氣很好，它看起來很神聖，你想：廚房裡煮不出什麼芝麻好東西給學生吃，真他媽的是侮辱了這隻神聖的煙囪。你走過去，用手摸著它，才覺得它真茁壯。你有一種想爬上去的衝動，可是我想你並沒有那個日本鬼的好身手，害怕一旦有勇氣上去，卻沒有勇氣下來。不但是你不能，全「土宛」的師生也沒有一個能那樣做。老實說，沒有瘋子的世界，可真他媽的沉悶得很；好像空氣中就沒有那種瘋子呼吸的氣體養料，所以可以斷定瘋子都活不了；也長不出瘋子來；好像某種土壤，長不出好樹來一樣。你用力打那煙囪一下，好像它並不是如你想像的那樣是個神聖的煙囪；它一點兒也不神聖，只要你在「土宛」待上幾秒幾分幾時幾日幾月幾年，你會覺得它是個「虛有其表」的笨蛋東西。

我又回到運動場，夜已經很深了，南面音樂教室，還有零零落落敲打鋼琴的聲音。他們真可憐，迷於想成為音樂家或什麼的；老實說，音樂這東西，要成為在台上讓人喝大采，非從幼年開始有計劃的訓練不可。你突然想到葛文俊老師的話，也有幾分道理，雖然他是你遭遇到的最大壞蛋，但他的話也頗有見地；他說凡是走進「土宛」師範學校來的學生，都想將來能成為音樂家、藝術家、體育家或什麼的，在這種氣氛之下，普通科的學生都產生了自卑感；而他們有自卑感是很冤枉的事。葛老師想建議廢止音樂科、藝術科和體育科，是頗有道理的；因為從「土宛」出去的，有幾個能成為「家」的呢？事實上也有，可是都是很混蛋很窩囊很呆板很不是東西的「家」；「名師出高徒」，你十分相信「土宛」的混蛋老師，絕不可能教出什麼好東西出來，只有「混蛋出笨蛋」而已。而你知道嗎？你想成為畫家，也是一種迷惘。好在你有一種自知的幻想，而幻想這東西真是無價之寶的芝麻。譬如回憶這東西也是無價之寶。歷史本身更是非常珍貴的芝麻。你不可否認，人有血氣這樣東西，所以人不應停止幻想，只在生活中成為法規的工具。葛老師的話，就是一種有道理的事實法規；而中國人總是太照道理做事了；他是為大多數人著想，可是做為個人，必須要有勇氣去突破那種芝麻；所以你就不在乎和別人比較起來，你犧牲得多麼慘痛了。

我行到游泳池邊，馬上把身上的所有衣物脫掉，跳進池子裡。我在水中有說不出的自由自在的感覺；我希望將來死後轉生，第一希望成為一隻會飛的鳥，第二希望成為會游的魚。不過，你也許又要再轉生為另一個倒楣的人。人類人口的增加，你常覺得那是其他動物的轉生；因為人吃的動物肉太多了，越來越愚蠢了，那個笨佛說：「你吃了什麼，便讓它投生在你身上」。真太可怕了，所以有很多人不喜歡形而上這玩意思想。說真的，你看到的聰明人是越來越古怪和不可理喻；相反的，愚凡的現象成為一種普遍化。兩者的抗衡很尖銳。譬如，你所看到的民主思想，誤用時就成為人多則勝的現象；因此民主時代顯得更缺乏真理，更缺乏人性；民主這東西，就像西部電影中那些瘋狂奔馳的野牛，向你猛衝過來；民主這東西，坦白說要有高度的知性做基礎，否則便是一團紛擾的窩囊。當你在級會上看見他們在討論表決一件芝麻時，你便完全看出來他們缺乏認知基礎；大家只知道習用步驟手續，像演算數學，只套用公式，並不知道為何要那樣做，其目的何在。因此，在那種場合，你幾乎像個笨蛋石頭，默默無言，覺得毫無興趣。民主更需要一種不經解釋的瞭解，而你經常看到的總是滿篇頭頭是道的誤解；民主是從絕對冷酷無私的本質中建立點溫情希望或什麼的芝麻，而反民主則是在表面的溫情光滑化中卻讓人知道了背裡的冷酷芝麻，使人覺得無望；這太可怕了。好像你明明知道有一天會死，於是便胡亂來了；這一點正好讓人覺得是中國人的現實哲學，為了掩飾人情味裡的窩囊心地，便來了些……啊，和西洋紅毛鬼那些虛偽幾乎同樣不能返璞歸真，同樣是人類的贅敗芝麻；可是西洋笨蛋卻在個人的幻滅感中，建立人類羣體延綿的存在希望來，藉用科學探求真理，前仆後繼，幾秒幾分幾時幾日幾月幾年幾世紀地研究和傳遞；而中國的幻滅感則太自私了，只圖個人生活領域的富貴榮華，是道道地地的真幻滅，真絕望，所以你是現代的中國人，便會感到來生，第一希望成為會飛的鳥，第二希望成為會游的魚；糟糕的是：你也許又會是個倒楣的人。

我沒有許多氣力游泳，我沒騙你，我的確游得很好，只是缺少力氣；我只游到深水的地方，讓身體保持又浮又沉的狀態。那個游泳池說起來窩囊得很，它長二十五公尺，寬十五公尺，四面壁的水泥敷得很粗糙（好像是故意的），游得太靠近或不小心便會擦傷，底面常踏到滑泥濘，實在不比一口池塘更令人覺得滿意，因為它一個星期才換一次水。但是，你幾秒幾分幾時幾日幾月幾年的生活在「土宛」，凡事有勝於無；像餐廳裡的伙食，只能維持活命而已，沒有自己補營養，就會像你那麼瘦弱，何況你又不隨便浪費精力搞那些手淫玩意；而搞那些芝麻的都是營養好，精力過剩而又無處發洩的笨蛋。有一次，我路過台灣大學，好奇走進一間教室，那裡擠了許多大學生，原來是學術演講，一位戴眼鏡的教授正在講什麼鬼「存在現象學」；你本來根本就不懂什麼是哲學，只是好奇湊熱鬧，看看能不能有那種意外的收穫；就像童年時走到收割中的稻田，多少會撿到幾棵稻穗，完全是消遣和好玩；你覺得他似乎在講些窩囊芝麻，英文名詞多得很，翻成中文又可笑得要死；我又無法忍住不笑；你找不到他所說的芝麻是能夠印證於生活事實的地方，也許我太沒有生活經驗和學問知識了，所以我總是笑；那些大學生像呆子一樣鴉雀無聲，後來你感到莫名的窩囊，你不再笑那位教授，也不笑那一大羣呆子，你笑你自己為何要笑，所以不快樂地走開了；好像你發覺到撿到的幾棵稻穗根本無濟於貧窮，太接近他們又會被指為偷竊，甚至被他們搶回去打一頓趕走你似的。那時我會在池子中想起來，是因為你在游泳池的水深處又浮又沉；你可以游，可是你沒有氣力；你可以站在水淺的地方，可是那樣會累死人；你終於在這種情況中，找到了可印證於事實的「存在現象」；你生活在「土宛」的現象就集中在那池髒水中，又浮又沉地度過了幾秒幾分幾時幾日幾月幾年了。

我突然覺得渾身發癢；手摸胸脯，胸脯發癢；手摸肚皮，肚皮發癢，手摸耳朵，耳朵發癢，手摸鳥兒，鳥兒發癢，而且發覺嗅到一股混雜的屍臭味，我覺得不對勁，馬上跳到岸上來，連向那池惡水吐了幾口唾液。他媽的，原來那天正是放水後的第六天；說出來你不相信，那天是星期二，所以整晚看不到有人去游泳。明天星期三又輪到洗池，那個跛腳的台灣水電工，水放掉後，裝模作樣地用掃把比劃兩下，曬幾秒幾分的太陽，便打開水龍頭放水。那個雞巴水龍頭看起來很可憐，時停時洩，神經病似的，有時又很有衝勁；但是無論如何，到晚上不會滿到十分之一；可是普通科的那些混蛋傢伙，已經不能控制，跳下池去，簡直是貼在底面，頭部又抬得高高地，有點像人面蜥蜴；到星期四，水有二分之一，全校的游泳課幾乎都排在這一天，從上午第三節課開始，到下午第八節完畢；有時是五班在一起，或十班，或十五，或二十班，岸邊水裡都是混蛋，可媲美邁阿米美國海灘；而且水未滿，可以保障安全，這又是學校的如意算盤。到那天晚上，水初滿，你可以來看，整晚有人游到天亮；當然有的是初更來的，有的是二更，有的是三更，有的是四更，有的是五更才到。星期五中午給鬼女生做鴨子戲水，她們會把狐臭或什麼臭遺在水裡；下午則安排給教職員，他們等於是來洗澡，把一星期的油污都泡在水裡。星期六早晨，你站在池邊看，水已經成半透明黃綠色，看不到底面；星期日則成為教職員們成千成萬的小鬼的天下；所以在星期一，你能看到池邊已經長出青苔或什麼的水草，有些傻子下水游一下過過癮，但必須趕快跑到浴室去沖水。那天是星期二，池水已經發臭了；秉天良，是假話你不說。

十五

我跑回寢室前頭設在走廊的那間浴室沖洗身體。也許你會深深地覺得，那種受到環境影響的情形，使人的觀念，感覺都覺得不對勁。我沖完身體，才覺得清爽涼快。回到寢室時，我儘量地不使自己發生很響的聲音，來擾醒那些明天要過關的混帳；要是明天校長不准許我參加，過不了那通往小學教師工作的最後關頭，那是我自己的鳥事，與那些笨傢伙完全沒有關係。我拿出乾毛巾擦乾身體，換穿乾淨的內衣褲；你一面穿一面凝視兩邊蚊帳中間空下來的那片狹窄的鋪位；終於還是決定穿上長褲和上衣，也把鞋子再套在腳上；你根本不想睡在那裡，已經夠了，幾秒幾分幾時幾日幾月幾年，夠了；你根本就沒有睡意，也根本不必睡覺。那時你要的是思想、思想再思想；這種機會真他媽的難得透了，不是人人都能有你這種時機來思想，或什麼的。所以你不要睡眠。那時你真想要的是刺激；但不是想做什麼窩囊事，如社會上的混帳傢伙幹的那些窩囊芝麻；你不是想麻痺自己，倒想要各種的清醒；你想看，想思想，想體會。不過，那夜可真漫長無盡，一夜就像幾秒幾分幾時幾日幾月幾年。那夜就像那位台灣大學的混帳哲學教授所講的笨蛋海德格的鬼存在現象學，那些鬼畫的符號都可以在那夜找到它窩囊的事實印證；哲學，這從死往回想的芝麻，真使人不敢不相信它的不可磨滅的存在現象。

所以，我當然又好奇起來，一個一個翻開蚊帳，想看看那些笨蛋的死睡樣，燈早已熄掉了，房間裡呈灰黑的氣氛，就完全像是黑白的恐怖片中的幽暗色彩。據說：當人睡眠時，他的靈魂就脫離軀殼到宇宙去雲遊；因此，你如果在睡覺的人的臉上，偷偷地塗些粉彩，改變了他的容貌；那麼靈魂回來看到，認不出是原來的樣子，就會走開，那個人便會醒不來。所以我想，如果你那時動手那樣做，天明前靈魂們回來，一定擁擠在屋子的空間裡爭執，甚至到最後關頭，匆忙之間紛紛爭佔而入錯了身體；他們起來後，一定都像瘋子混帳，既覺得自己不對勁，也懷疑他人是否就是自己；既笑別人，也被人大笑。世界上也許就有這麼一位偉大的魔術師，專門惡作劇來轉移人類的靈魂；這樣的傢伙，不是過去，就是未來，一定有一位；但不是現在，也不是我。

真的，他們的死睡樣，就彷彿是你的祖父、叔公、父親、伯叔或兄弟死的模樣差不了多少；因為這種樣子真「冷酷」「無情」，除了用這兩個詞，你沒辦法再真確地形容人死的樣子。有的人的相貌，在平時，我的意思是醒的時候，可真漂亮；眉毛、眼睛、鼻子、嘴和臉框配合得十分勻稱動人；有的人則很醜陋，好像父母塑造他時依了他們的醜樣子來；但到這個時候，似乎每個人的相貌都差不多了，分不出「醜」與「美」。有些人平時對你很熱情；有的很會說笑；有的很善良；有的很從容英俊；有的很陰險；有的很傲慢；有的很芝麻，但到這個時候，都歸於「冷酷」與「無情」了。

我翻開蚊帳對他們注視，便獲得這種感想。他們睡得真死；有的張大嘴，有的流口水。你不會相信他們那時有什麼鬼靈芝麻，只是肉，物質芝麻罷了。我翻到馬步良時，這傢伙可真特別；他仰躺著，裝了一個大鬼臉，兩排暴牙並排而整齊地顯露出來；就彷彿打開一個埋了多時的棺材所看到的骷髏頭一樣；要不是平時你們是兩個鬼好友，不然會大嚇一跳。這樣的長相，也有鬼女生欣賞，使你絕對想不透女人的欣賞力是件什麼芝麻，她們憑什麼標準來選擇；有時你在電影中看到，明明是一個漂漂亮亮、端端莊莊的高尚女人，卻摟著一隻胖肥豬，不斷地吻他的豬臉、豬鼻、豬嘴；就像有人滿欣賞邱吉爾那條小豬*一樣，你永遠摸不透女人到底是什麼芝麻動物。馬步良一旦和鬼女生相愛，便會把萬事撇開，專只做著一件事，和那個鬼女生在一起，不斷地注視那鬼女生的右側四十三度角的姿容。我輕輕地拍一下他的面頰，輕輕喚著他：「馬步良。」

他無動於衷，不理就是不理。他的父親真絕，給他取個「馬步良」的名字，所以小時候患小兒麻痺，好不全成了跛腿子；要是他的父親有眼光，給他取個「馬步不良」，現在也許要好些。至於你的名字，你也要罵你的笨蛋父親，給你取個「武雄」，叫人以為你喜歡打架或什麼的，其實我做什麼事都要優雅於那些鬼女生。慎終追遠地說：「武」字，來自「戈」與「止」的配合，骨子裡的意思是停止動兵器；「武」德的最高境界便是「和平」。要是你的笨蛋父親為你取個「文雄」，那麼可以想見，你一定是個大粗漢。所以我「武雄」本性是個善良的愛和平的君子，除非他媽的被凌辱到連自尊自由權都沒有了，就是力氣單薄打不過人家，也要拚死到底，絕不像那些懦夫，來個「明哲保身」或「好死不如歹生」的鬼哲學。說起來我的父親還真有學問和遠見，不像馬步良的父親老王賣瓜，明明是個跛腿兒子，卻來個「馬步良」的名字；要不是他取這種名字，他的鬼兒子還可能不是小兒麻痺不跛腿呢。言歸正傳：我再稍大點拍馬步良，他還是那種死樣；於是就用力狠打了他一下，我想這一下雖沒有把他本人打醒，卻可能把別人驚醒了；馬步良真有一套，他只喘了一口氣，繼續裝死，把牙齒暴得更出來；我只得停手，否則再進一步，他就要起來嚇死人。我把他的蚊帳放下，換另一個。

我想看看和你打架的健美先生周英郎是什麼樣子，翻開他的蚊帳，卻看到阿財死睡在他床位上。這很奇怪，你想。你翻開阿財的蚊帳，客人鬼睡在裡面，而且客人鬼的臉扭曲得像受到了無比的委屈。當我最後翻開客人鬼的蚊帳時，真如你所料，周阿英郎那傢伙眼睛睜得很大躺在裡面。

「你還沒閉眼嗎？」我問他。

「你想做什麼？」他反問我。

「想看看大家，看你。」

「要報復嗎？你錢不要，我去時你跑掉了。」

「我完全忘掉了。」我說：「我不會記得你要給我什麼鬼錢的。」報復和錢都不是我心中的主題，誰還會想到報復和錢這芝麻事來。

「你想騙誰？」

「起碼我不騙你，只是你心裡窩囊，才那樣想。」

他把一疊鈔票伸到我面前來，大約就是五百元。

「拿去，你不是什麼聖人。」

---

* 邱吉爾的妻子稱呼邱吉爾為「親愛的小豬」（作者註）。

「聖人就不會要錢嗎？」

「少廢話，拿去。」

「這樣幹什麼？」

「我希望你讓我睡覺。」

「你儘管睡罷，我親愛的。」

我覺得又無聊又洩氣，假如你遇到周英郎這麼差勁的笨傢伙，你會覺得他的父母枉費性交生了他，所以我把蚊帳放下，蓋在他的笨頭上，走出寢室。

「你拿不拿？」

什麼尖東西抵在我的腹邊上；不料他在走廊上追上來，手裡握著一把小刀子。我看情形有點不對勁，覺得這個混帳已經瘋了，不能再和他開玩笑。

「我拿。」我把他手中的鈔票拿過來；「你把刀子收起來。」我站著面對他數鈔票，好像這是一樁正經生意；他看我很在乎，所以把刀面合在刀柄裡。

「才四百九十塊嗎？」

「讓我留個十塊錢，等幾天掛號信來了，再補你。」

「不過，周英郎……」

「什麼事？」

「我說過要報復你嗎？」

「我們協議這樣辦，就這樣做。」

「你真讓我看不起你。」

「要不是明天畢業考，我現在就把你打死，不要說給你五百元。」

「是四百九十元。」

「我會補你。」

「你實在是個有眼無珠的傢伙。」

「別說了，不然我就揍你。」

「你想揍我，足夠有餘，我不是你的對手，你為什麼要在這個時候，巴結我，讓我把你看成笨蛋。」

「我說不要再說了，你會把我逼瘋。」

「我要你認識清楚；三年來，你幾乎把我視為壞蛋，你站在導師的一邊，你便不能有公平的立場；你想一想，你也是學生；你卻無法容忍我；你失掉本性；反而自以為正常；老實說你是個迷糊蛋；眼光短淺；由於家境好；便卑視別人。看看現在：你想做傻事；把我也侮辱在內；你的一切都是學社會那窩囊的榜樣，我要你現在認識清楚；認清我……」

「我早就認清你，你是個笨蛋。」

「不錯；我是笨蛋。」

我終於笑出來，總之，在任何場合，我是忍不住笑的。

「不要再說了，就這樣協議好了。」

於是我又想哭：可不是像劉備那窩囊傢伙，只會自我憐憫，為自己的事哭，不會為別人哭。於是我的鬼靈在身內又開始作祟了。

「你不覺得現在我們才開始互相認識嗎?」

「認識了又怎麼樣?協議是最好的,我會再補你十塊錢。」

「×死你×,誰要你這些臭錢。」

我突然把鈔票猛擊他的臉部;他大大嚇了一跳,我開始拔腿快跑。老實說:我窮都窮過了,那些芝麻數目,讓我看不順眼;要嗎,千萬;萬萬;萬萬萬,看能不能彌補你這輩子的屈辱。他在後面追過來,我故意繞到木工教室走廊,再轉彎跑進紅磚大樓裡。木工教室走廊下有一盞不明亮的孤燈,樹影搖曳地投影在牆壁上;據說過去有一個學生不知道什麼緣故在那裡上吊;所以那個地方看起來便非常恐怖,十點以後,沒有同伴便沒有人敢走過那裡。不錯,那個膽小鬼就止步在木工教室前面幾碼的地方,他站在那裡張望一下,他看不到我,我卻能從紅磚大樓的窗戶看到他,他終於轉回去了。你想,他一定回去去拾起那些散落在走廊的鈔票;那個該死的傢伙,實在叫人看不起,平時作威作福,骨子裡根本就是大草包;他睡不著,那是他家的鳥事,與我何干?

我步上樓梯,沿著走廊走到大樓的中央,那裡有一個特別大的窗戶,開向運動場。你臨窗而立,天際滿天星斗;不知什麼時候,天氣轉變得這麼晴朗,沒想到黃昏到安東街去時,還下了一場夏季的驟雨。我俯視運動場,及四周校舍,那時幾乎連一個鬼都沒有了;大地安靜得很,除掉地面地下的蟲鳴;南面音樂教室也沒有燈光了;月亮已偏向西天,夜已很深很深了,使你覺得你是在歷史的古代存在;那夜,除了混蛋以外,是一個很美的平安夜。

我轉身走進美術教室，打開電燈，看到

宙斯

赫克里斯

凱撒

奧古斯都

蘇格拉底

柏拉圖

黛安娜

阿弗羅黛蒂

維那斯

環立在寬大的屋子四周，他（她）們以一生中最優美的姿態，迎著你進來；好像那是一間天庭的內室，你是他們最貴的貴賓。「不是，不是，我什麼都不是，我只是到這裡來暫時避避難，希望沒有打擾到你們。」我打開櫥櫃，取出幾條花布和毛氈，鋪在角落的地面上，再去把燈熄掉，然後躺下來休息。

但我並沒有很快睡著，你好像想到什麼，覺得有點不對勁；你想：為什麼中國人沒有在他們自己的美術教室豎立

黃帝
周武王
孔子
孟子
老子
莊子
荀子
漢武帝
唐太宗
玄奘
成吉斯汗
……

他們難道不夠莊嚴、威武、美和性格嗎？或是不比西洋鬼壞和混帳？或是他們的頭髮不像頭髮，眼不像眼，鼻不像鼻，嘴不像嘴，胸不像胸，身體不像身體，比例不對，光線不對，或是為什麼？西洋鬼是鬼，他們就不是鬼嗎？假如他們不行？為什麼不換另一批人？而中國的女性都躲到那裡去了，沒有人能扮演美神和愛神嗎？而美和愛只有性交一事可做嗎？

是那麼現實，那麼實惠，那麼絕望嗎？×你×，難怪每次畫素描，便越畫越悶。你越這樣想便越覺得氣憤和洩氣，想爬起來把所有的石膏像摔碎。突然你覺得他們都在說話：神在頒佈神諭；英雄在發誓；哲人在演講；美女在歌唱和呼喚。好了，夠了，你們只不過是一些癡人說夢，我不會相信你們那一派胡言。但是你冷靜地想：為什麼他們的話那麼莊嚴、那麼優美、那麼動人、與人類血脈的跳動相諧和；而我們中國人說的話，到底在這世界中算什鳥語？不論如何，你能這樣想，將來便會有點希望；而將來人類也不會在同一個圓球再彼此分出東西兩個窩囊世界；我記得好像有一個傻子這樣說：

不論是
白種人
黃種人
黑種人
紅種人
明天
我希望變成
一隻蝴蝶

我記不清楚是不是這樣說的；總之，你會瞭解我的意思。因此你現在在西洋鬼的文化氣氛薰陶之下，也並不覺得羞恥；你的感覺只是歷史歷程的片刻，你現在在精神上找不到什麼人能安慰你，愛你，你也不在乎暫時在愛神阿弗羅黛蒂的撫慰之下休息；這樣也許能長得更茁壯更靈通更適當更熱情；所以我起來把鋪位移到她的胸下，使我能在幽暗中，看到她的美唇，和圓熟的肩膀……

十六

我起來，走出美術教室：倚窗眺望日出。

「一道晨間的紫霞照在我的窗子上，
比書裡面的哲理還要使我滿足。」
「看看天之破曉罷！
小小的光輝凋落了大而薄明的暗影，
空氣對我的味覺是這樣的甘美。」
「我們也是如同炫耀而猛烈的太陽一樣的上升。」

這是神經病的惠特曼說的癡語：我差不多跟著他一樣發瘋。也許就是這樣；使我覺得有更重要的事去做，而把要做小學教師的準備工作都撇開；可是沒有人告訴我要那樣，我自己也不十分清楚，但和惠特曼我不能不說是一拍即合，以致神經兮兮起來。說真的，我做個流浪飄泊的乞丐，要比幹道貌岸然的小學教師適合多了；小學教師別人幹起來也許滿適合，但對我便會把一切都搞糟，小學生也不會怕我，我甚至比那些天真活潑的小學生還要幼稚可笑；總之，我不能裝假，你一裝假便比死還難受。我把惠特曼的詩集由圖書館借出來，抄在日記本上；還有一事，我不能逐日寫日記，那會要我的命。圖書館的詩集相當多，在這之前，我不喜歡詩，會突然之間選了惠特曼，完全是魔神的牽引；我讀了以後便不能作罷，所以抄在日記本上，隨時可以讀兩句；我這樣做，那些混蛋同學常常站在一邊斜眼瞥我，而且似乎在說：「有一天你將會倒楣。」而那時我真的是倒楣了；就像所有喜歡這玩意倒楣；像惠特曼一樣倒楣；像李白一樣倒楣。而所有為這芝麻倒楣的人，都全不在乎倒楣這一回事，因為似乎倒楣之後更能入迷這芝麻；事情往往就是那麼奇怪；照一般人的說法是：你走了邪道，便難再回頭了。

我走出紅磚大樓，到體育處後面的廁所去。又是體育處後面的廁所；不過這也不過是從昨天午後到現在的第三次；也許這是在「土宛」的最後一次，再沒有尿可放，而這一次是起床後解大便，以免整天感到不輕鬆；你便有這個好習慣，其他都可以說是壞習慣；這個習慣是你在「土宛」的唯一健康之道，你雖然瘦，但不會生什麼胃腸的窩囊病。

但是不幸得很，你蹲在裡面，發生了閉結的現象。三年來第一次閉結；閉結是神經緊張引起的，可是我緊張個什麼芝麻呢？這使得你必須面對牆壁那些亂糟糟的素描，畫著有如鋼砲的小鳥。首先你並不覺得怎麼樣，但是當你靜靜蹲在裡面等待和注視時，你便覺得它很窩囊，最後它變得非常令人不齒和討厭。

於是，我用了一張衛生紙：沾點口液貼在那上面，暫時把它遮住。糟糕的是：左右兩旁，大大小小，幾乎潦草又隨便地畫有十到幾萬不止的小鳥，各種各樣的形狀，變態和畸形的，使你想到許多好笑的芝麻事來。看到那些小鳥，像看到有那種小鳥的人的臉，然後讓人想到他一生的屈辱和說不出來的苦衷；所以我想：小鳥和一個人一生的命運有密切的關係；這種說法，有點像江湖中算人命的半仙的那套「面相」、「手相」等玩意芝麻。不知道是那些笨蛋畫了這些亂糟糟沒有美感的東西，要是能像藝術科的把它畫得很真很像，也許看到了還有點感動，產生些美感來；因為無論什麼芝麻，只要你能把它畫得好，就會給人超俗的感覺；譬如，我說的雖都是不三不四的正經事，但要是我說的是真的，能喚起你經驗的共鳴，那麼你便不會覺得我是在亂開玩笑；相反的，有些人喉嚨孔大就空口呼口號愛國，寫文章三避四忌非正經事不寫，居高位就談禮教，讀點古書就要出世，要明哲保身，有點錢又想入世，什麼都看不順眼覺得粗俗，除了喜歡漂亮的芝麻女人；無疑的，我們這些純樸的人會認為他們偽君子勢利眼。有一次，我跑去師大藝術系參觀，第一次看到他們在畫真的女人，我問了他們中的一個笨蛋：

「台灣有模特兒嗎？」

「沒有；但僅僅有一個例外。」

「什麼例外？」

「林絲緞是個例外。」

「誰是林絲緞？」

「林絲緞就是林絲緞。」

我和那傢伙比起來，不知那一個更傻，所以我說：

「那麼例外就是例外了。」

「當然，林絲緞是個例外，台灣根本沒有模特兒。」

「偉大，林絲緞萬歲。」我說。

我覺得林絲緞真了不起，不管師大藝術系的那些笨傢伙，把她畫得多麼醜，都跟她本人的偉大精神無干，假使我也能畫她的裸體，那麼就不會像師大藝術系的傢伙的笨手腳一樣了，我相信能把她的精神畫出來；當我畫她的背部、臀部、手臂和乳房時，這些臀部、手臂、乳房和腹部就呈現著她生命的精神，不會像那些笨傢伙想到什麼窩囊事，於是把她畫得像泡水般浮腫，像木頭般生硬，像沒洗澡般塗得很骯髒；只要我有熱情，便能做到這點願望。回到「土宛」後，什麼興趣也沒了，除了照畫冊上的裸女畫一畫，我什麼都覺得洩氣。所以我想：學藝術的絕對不會單畫小鳥，把它畫成鋼砲的模樣，會畫成那樣一定有某種意識形態存在他腦中，好像它是打仗用的，令人覺得它殘酷和無情；而你如想像男女間幹那芝麻事就是打仗的話，這全都要歸咎那些把小鳥畫成鋼砲的人；而使那些笨傢伙會去把小鳥畫成鋼砲，則要歸功教育的人的虛偽……

轉回後面看，還不錯，那裡畫有一隻凌空飛翔的海鷗。可是你再想想，再仔細注意看，那並不全像海鷗，海鷗背上怎麼會托著一堆雜亂的芝麻毛。畫那傢伙的傢伙一定和人反向解大便，一定是個平時最保守和最吝嗇的混蛋畫的，他想做什麼齷齪事都是在密室裡；而你可以相信，「土宛」都是這一類的混蛋，像一股暗流，有如在城市的陰溝裡面滾。記得去年，「土宛」一度把所有的廁所都粉刷一次，警告全體混蛋，不可再到裡面去塗鴉和寫字；不久，有一個倒楣的體育科傢伙被捉住；我不知道怎麼會捉住他；總之，是捉到一個，把他開除出去；這種作用當然很大；但是，既然是一股暗流，除了正導，否則不容易阻止；不到半年工夫，所有的廁所又都充滿了那類塗鴉。你覺得那個體育科的傢伙真冤枉。體育處後面的廁所，平時還是職員用的，那麼你可以想像寢室前面的那幾間廁所了，一層一層地，畫上有畫，搞得密密麻麻，齷齪不堪。有些傢伙甚至對著牆壁窩囊，留下了像鼻涕水的痕跡，像盧梭青少年時代，所遇到的那兩個大俄羅斯熊一樣，走向牆壁角落，把芝麻射出來。所以凡事也不能全怪正在發育期的混蛋學生；可以想像那些教職員裡面，一定也有怪異變態的傢伙存在，他們有的也沒有學繪畫，畫出來的芝麻也像小孩塗鴉；不過藝術科的教師和學生，有時也會權用左手，使畫出來的東西也像塗鴉；匹卡索那隻怪獸也畫那些男女芝麻，畫得很夠淫；總之，你應明白我心中的意思，許多事你不能隨便用規尺來量，而夏禹治水是一個很好的說明。

因此，我又花了一張衛生紙，把那隻背上托著芝麻毛的海鷗遮起來，免得使它遭到千百萬門鋼砲的殘酷和無情的轟擊。而事實上，那些殘酷和無情的鋼砲，總是東西兩邊互相打。

我蹲在裡面，似乎已經過了幾年幾月幾日幾時幾分幾秒了，最後才把又小又硬的芝麻解下來，好似你三餐都沒吃飽（中餐有沙魚，你便泡湯吞了一碗飯了事），而又緊張操勞所形成的不良現象。唯一的好處是：費時解下這些硬圓而小巧的羊屎芝麻，並不髒到肛門，用一張衛生紙意思一下便可以；因此，你便能將剩下的二張紙，再把那些小而可憐的鋼砲遮住；老實說，那些比較小而可憐的傢伙，實在不好拿出來用，反正用了也打不出什麼強有力的芝麻來。你覺得必須要給「土宛」萬分的同情，有些彎曲的砲莖，就是能打出什麼芝麻來，也只不過是反窩囊到自己罷了。可憐的「土宛」。

我走出廁所，橫過運動場，「炫耀而猛烈的升起的太陽多麼迅速地曬殺了我，」精神病的大地為精神病的太陽光所融化成又明朗又欣悅的精神病的世界；「假使我不能在現在並且永久地送出了我心中的朝陽！」但是，世界畢竟還不能全是精神病的理想，你那時還是在齷齪窩囊的「土宛」。雖然如此，那天早晨對你，你好似精神病靈感君臨的寵兒，在你的眼光中，「好」固然是「好」，「壞」你也能看出它對你的「優美」和「有益」來。所以你已不再是個畏縮膽小的傢伙，你已成為一個明朗和光明的混蛋，正滾向佈滿荊刺的寢室。

十七

我走進寢室，那些同班的傢伙沒有一個開口和你打招呼；他們有的坐在床上，有的坐在桌子，有的坐在打開的窗戶，有的站著背靠牆壁，但都手裡拿著書本。你突然的闖入，使他們停下來，用著陌生而警戒的眼光看你，好像三年同窗，今天才使他們看清你是個鬼，不屬於他們同一輩；看他們每一個人，他們便把頭低下或轉開；他們的情形彷彿是同籠的雞羣，有一隻被宰了，其他的在一陣騷動之後，繼續啄米或什麼的，使人想到每個人內心中隱藏著的絕望。我沒有看到馬步良，沒有看到老簡。客人鬼和阿財坐在床上翻白眼，你真看不起這兩個傢伙，兩個傢伙在你看他們時，便假裝在背誦什麼芝麻，你眼睛轉開，他們又注意你；其實寢室中的每一個混蛋都如此對待你。周英郎一看就知道他昨夜一定做了大噩夢，臉色比他昨夜手淫十次更難看，好像突然瘦了十公斤；他沉默多了；你也相信他不會過來惹你，除非你想再挑逗他，他或許真的發瘋殺人，所以你也不會去惹他；那種人是不堪一擊的，你最好能同情憐憫他算了。我拿了臉盆再出走寢室，你可以感覺他們的幾百隻眼睛都投在你的背影上，我走到浴室去刷洗，你也覺得精神十分好。我心裡想：這是很好笑的世界，你看他們是混蛋，他們看你是笨蛋，各站在自己的立場，不知道誰真誰假，或誰不真誰不假，或什麼鬼芝麻；那些親看耶穌被釘十字架的猶太人，恐怕比耶穌更痛苦罷？所以我非常抱歉，他們那種受驚的樣子，是有點魂不附體的模樣；他們看起來平安無事，可是你想想，他們才是受到懲罰而難受的一羣；至於我，我樂於你的鬼遭遇。

因此，事實上，我並沒有期望他們能對我做什麼（耶穌期望同族的猶太人對他做什麼嗎？）他們用那種眼光看你，便已經足夠了。並不是因為他們是混蛋，才如此沉默無情；在那時就是聖人，也是沉默無情的。所以我行我素便可以了。

我把臉盆拿回寢室時，同時聽到了吃早飯的號音，大家像往常一樣由寢室走出來，我也像往常一樣混在行列中，步上大餐廳。你可以想見人真多。

我端正坐在位置上，每人分到一個饅頭，一碗很稀的豆漿；二個大錫盤上，一個放著一塊四方體的小豆腐乳，另一個放著十幾粒花生米。對你來說，那天早晨的一餐，是你一生中最重要最難忘的一頓早飯；最後的早餐。

你吃到兩三粒花生米，然後慢慢咬嚼那個鬆軟的饅頭；雖然是很稀的豆漿，但因為是熱的，所以喝起來也很舒服滿足。同桌的七個混蛋，不好意思與你為伍似的，喝完豆漿，拿著饅頭就離開了；他們那樣沒有什麼不對，只是讓你感嘆而已；你一個坐在那裡，反而覺得自在些。

你一面吃一面觀望四周左右鄰人，甚至遠望那些坐在北面靠牆壁的鬼女生。我已經記不得昨天你像一隻餓狗，走到那一張餐桌去尋找芝麻食物。

你突然看到那位曾在餐桌上把你逮住的主任教官鄂仁傑，又是神不知鬼不覺地悄悄從一個邊門走進來，他想再逮住什麼？他看起來比上次逮你時更為得意的樣子；從他的眼神，就知道他已經知道你的事情了；他故意不看你，好像你並不存在，但他的表情無疑是說：這一次的教訓要超過上一次，你這個混蛋，只有每況愈下了。後來你發現他偷偷地盯你一眼，他沒說什麼，但那也已經夠了。我說過，他是你看過最為無人性的一個軍人，所有的軍人都勇敢愛國，他是一個特殊的例外，而你是正巧倒楣在「土宛」遇到他；他幾乎把你看成敵人，因為他說過你是學校的盲腸，應該割除；全國只有他一個，其餘的軍人看起來都很好很標準，只有他一個是特殊的例外，所以所有的軍人朋友不要誤會，凡事都有例外，有害羣之馬（像我，以他的看法；像他，以我的看法），整個事件絕不影響你們軍人的好榮譽。而坦白說，這一次要比上一次，令我更討厭他，因為我會忽視了功課，完全和上次的事件有著關係，我相信沒有上次，便不會有這一次了。

我自覺，你一夜之間，已經成為名人，像那些窩囊的電影明星，一夜窩囊之後，身價不同凡響。餐廳在那時，混蛋男生都快走掉了，鬼女生也走掉了一半。你還是自得其樂，覺得很好。但不要以為你又在那裡跟鬼女生眉目傳情或什麼的，她們要是知道你是這等身份的人，連你都嫌浪費，何況你又長得那麼瘦那麼糟；在那種時候，沒有人看你清秀說你清秀的；在勢利的世界中，如果你很得志很富有，即使你是個癩蛤蟆，他們說你英俊很可愛。坦白說，那些鬼女生又圓又矮又醜，我雖是個倒楣的人，也不說她們漂亮來討她們的同情，但是林美幸除外；你把眼睛看過去，就是為了尋她。不過，事情真奇怪，凡是對你有點關懷的人都避頭不見面，像馬步良那傢伙，就在那勢必要見面談談的場合，還是裝鬼來嚇你。我孤零零地坐著，彷彿過了幾秒幾分幾時幾日幾月幾年了。那一餐的饅頭是你有生以來覺得最可口的一個，可是你想吃第二個，根本沒有第二個；寶貴也在僅僅是一個，所以你必須慢吃緩嚥，好好回味。

饅頭寶貴，可是還是有笨蛋把皮剝下來，丟棄在錫盤上；你一生之中連蘋果是什麼滋味都不知道，可是你看過有人吃蘋果還是削掉一層厚皮。我想：這個世界的東西，應該盡夠人類來享用；可是事實不然，饑餓和匱乏的很多；由此可以論斷：有些東西是被隨便浪費掉了。真他媽的，關鍵在分配不平均，但是任何事不平均是常有的現象；我的意思不在一絲一毫求均等；可是總不能差太多，相差到有人浪費，有人卻饑餓。對於你，饅頭皮比饅頭肉好吃；相同的，蘋果皮比蘋果肉有營養；還可以依此推論許多事物。

只要你能看到那些齷齪的廚夫，粗手粗腳收拾盤桶的匆忙樣子，就可以肯定他們總有一天都會因那種匆忙樣子而撞上車死掉。你想坐在那裡吃完早餐，也是應該坐在那裡吃完早餐，可是你被他們的動作嚇壞了，他們幾乎是在做摔盤踢桶的遊戲，那種非常吵鬧的聲響，很影響你的消化，因此，你不得不離開那裡。你只得一面走，一面把未吃完的饅頭塞在嘴裡，然後站在外面走廊繼續嚼；一頓早餐還需分許多地方吃，真令人不能相信。可是誰願意說假話？當這個世界已經普遍不說真話的時候，你也不在乎有時胡說八道一番。

我在水龍頭地方洗手時，遇到王光明那個蘋果賊走過來；你真不願意再看到他。他問我星期六晚上到醫學院參加舞會，順便觀看女屍體的事決定了沒有；我想到林美幸會在那裡，和那些窩囊的醫學院學生跳舞，就覺得萬分洩氣，所以我說：

「我什麼都決定了，就是決定不去參加那個鬼舞會。」

「你今天怎麼搞的，早飯沒吃飽嗎？」

「的確是沒吃飽，不是和你開玩笑的。」

「怎麼搞的，你不一樣了？」

「不像我本人嗎？」

「是的，怎麼搞的？」

「沒怎麼搞的，恐怕畢不了業。」

「是真的嗎？我早上也聽人說了，是真的嗎？」

「我什麼時候曾經騙過你？」

「那很好啊，明年我們總算拉平了。」

「誰和你拉平了？」

「我們可以在一起，不是算拉平了嗎？」

「×死你×，誰我也不和他在一起。」

「那也好，不過，我現在不和你爭論這個。」

「你記著，你犯不著再把偷來的蘋果丟給我。」

「好，好，我記著；不，我現在也不和你爭論這個。」

「你也不必再說那女屍體……」

「我現在幾乎什麼都不跟你爭論。」

我朝著他笑笑，他也朝我笑笑。

「還有什麼說的嗎？」

「有，你幹的那些玩意，我都不喜歡。」

「那麼我們拉倒好了。」

「不錯，誰我都必須和他拉倒。」

「那麼你也拉倒自己嗎？」

「不錯，我也把自己拉倒。」

「算你贏了，再見。」他走開了。

「再見，王光明。」我說。

我走回寢室時，聽到升旗早會的集合號響起來，你又再一次看到那些混蛋緊張的狼狽模樣。從昨日黃昏開始，我已經不理會那一套，平時你和「土宛」的所有混蛋一樣，是桑代克實驗室中的一隻老鼠，現在你突然神聖而尊嚴，高他們一級，我行我素了。能有這樣的日子可真好，只要你願意（甚至被強迫）放棄，你便能覺得一切自由。人能摒棄生活的芝麻羈絆，都能成為高僧。老實說，這相當困難，因為人類這種動物是越來越矛盾軟弱和芝麻無比，大家思古之幽情，便是如此，因為你越來越不及古代人之簡樸和堅強。不過，你知道這些芝麻事，並不是說你已經可以辦到了，你和那些大學博士教授一樣許多事情還是只說不做的。

所有的混蛋傢伙都跟到操場去集合，只留下我坐在寢室床邊。背後架子上放有你的書，抄錄惠特曼《草葉集》詩句的日記本、筆、墨水和水彩顏料；另一格架上是臉盆；下一層白布遮掩著一隻小皮箱，另有一個帆布袋；白布前是棉被，平常須摺成四方形，把四角拉出來才算合格。我坐在那裡，可以意識到他們在做什麼。立正口令，稍息口令，全體肅立，你還是坐在床鋪邊；唱國歌，你還是坐著；師長訓話，你還是坐著。突然，你有一種不屬於「土宛」一份子的恐懼感；你像笨蛋石頭一樣呆呆坐著，在那裡意識你本身以外的新奇事物；而那些新奇事物，是你已經做過幾秒幾分幾時幾日幾月幾年了；你現在才第一次感到不屬於你，這不是叫人好笑洩氣嗎？

當你這樣在思想著的時候，突然，那些混蛋傢伙又一窩蜂擁進；而我知道：他們進來，便是你要出去。你什麼都和他們相反；他們進來是準備等搖鈴聲（畢業考時間與平時作息時間不同），好像桑代克的老鼠在等芝麻；而你出去，是到校長室去見倪莫樂校長。

十八

一切虛套我都不說了；你可以想像，你和校長兩個人僵持在那間佈置幽雅的鬼房裡；兩個人都像看見了鬼似的十分驚奇；你看他，他看你；而你是一個新鬼，他是一個老鬼。

校長，倪莫樂，什麼政治和芝麻兩項博士學位，年紀剛過六十歲，但看起來比七十歲的人更老更衰弱。他認識你，你也認識他；那一次餐廳跳舞事件，他見過你；訓導會議時，他們討論到學生儀表問題，巫榮先生堅持要傳你到場亮相，他就見過你。那時他們說：你的頭髮太長，服裝不整齊，穿鞋不穿襪子，沒有洗臉（他們真無恥）。說你早晨不洗臉，你倒想問他們，他們昨天有沒有洗澡；你可以發誓，有一位國文老師姓黃，小鳥已經爛了一半，其他齷齪鬼還多不勝舉。記得那位姓黃的國文老師，是上海大夏大學畢業的，比你還瘦，每次上課總是講到徐志摩；他每次談到那個風流鬼的掌故，你總笑個不停；因為他的國語發音不正確，有些事是國語閩南語雙關，有些是語義三關，有些是窩囊事四關，讓你笑得要死。可是坦白說，你可以發誓他是個極好的人，比任何一位老師更令人可愛和可敬；他不但學問好，而且心地很仁慈；有一次，他叫我到他的單身宿舍去幫他算成績，他的寢室到處都是髒衣服，連他身上穿的衣服也是髒的；他說他不會「加減乘除」，但是他說，無論如何，最起碼要給學生六十分，成績是一種形式，不是什麼標準，人類的生活不應與這些數字有關。他說得很有道理：人要是去斤斤計較這些芝麻，人便要變得很勢利，勢利會驅使人成為惡鬼。所以我跑來見校長時，他看到你像鬼一樣的邋遢嚇了一大跳。

因此，我不知道是不是你出現在他的面前，才使他的胃發痛。我起先無法確定這件事。總之，他的臉扭曲成鬼的模樣，兩邊嘴角下垂，眼睛縮到裡面露出凶光，鼻孔不斷在噴氣。事實上他早已把張國周胃散擺在桌上。你見他的表情，覺得好像他的腸子絞成一團解不開。你在等著他回答你，但他卻痛得一句話也說不出來；而你卻站著一直注視他在痛；好像痛是什麼樣子，你第一次看到，想看個究竟。

第一次預備鈴搖響了，音波從禮堂走廊傳過操場，傳送到紅磚大樓，進入校長室來；你可以想像，那時候所有畢業班的混蛋傢伙紛紛走向禮堂。

我開始憐憫校長倪莫樂的胃痛，像他那樣的一個病夫，還要來上班，主持一個龐大而重要的校務，實在有點殘酷。他應該在家休息，或到醫院去徹底治療；可是他卻坐在一張富有權威的大椅子裡；我想：如果一旦他放棄位置離開，他就像什麼都失去了，只留下一個腐爛的軀殼；所以他明知自己的軀殼腐爛，還是必須牢據位置，至死不能讓人。所以你很同情他的遭遇，他的遭遇可以說是生活哲學的失當；在那一刻，你已完全忘掉為何事而來；你只是覺得，你沒有救他，免除那嚇人的疼痛，你便是一個沒有良心的混蛋。

所以我很想為他倒一杯熱開水，然後打開胃散的盒子，用裡面的一隻小匙舀一匙藥粉，請他把嘴打開，送進他的口腔裡，叫他飲一口開水吞下。但是只要你再注視他的臉，他似乎不全然是胃痛，表情裡帶有令人不解的極端複雜的悔恨，而把人拒斥於千里之外。於是你只有分心去猜想，那種表情大概與家庭、事業等情感有關；也許他還懷記在學生時代為愛人所棄的那件事；而他的事業，也許他想當大學的校長，並不志在「土宛」吃力不討好；或者他本想有志於政治外交，他是政治學博士，學非所用，卻落後在教育界打滾。沒有人知道他心裡有多少窩囊事表不清；但你可以確信，他在你的面前顯露了醜相。

記得在那次訓導會議席上，你被傳來做他們討論的標本時，他們是坐著，你是站著，而且不能隨便亂動，就像採來的植物一樣；全校的導師，訓導處人員、教官，和那位弄臣巫榮先生，都圍著一張大長會議桌，偏著身體看你。可憐的導師殷雨天的臉是一陣黑一陣白，讓他的死對頭巫榮指著你評頭論足一番。他說得你有聲有色，你覺得很榮光；你為你生存的樣子覺得滿意；好似精神病的惠特曼在詩中所說的：

「我如同我之所是而存在這就夠了。」

當他說到你的服裝不合身時，你突然開口爭辯說：

「這是原原本本發下來的制服，我沒有修改過。」

但是教官大聲罵你：

「沒有叫你講話。」

我不能講話，這是什麼世界；戲都是他們導演的，你只能做傀儡，你想做一個像樣的人而講話也不可以。那時，我真想哭出來，如果早備有眼淚。記得第一年從鄉下來「土宛」時，因為聽說是公費，所以很高興，除了依照規定帶來棉被臉盆外，就只有一身穿的衣服；因為他們說會發制服，所以我穿了一條初中的童子軍短褲來。可是來後才真叫人洩氣，根本不是你想的那麼回事，等到十月廠商來量尺寸，十一月發下制服時，你已穿了三個月的短褲，好在是大太陽天，平時你不得不動腦筋向別人借長褲穿，幾乎借遍了全校的混蛋，也得罪不少傢伙。當那些發下來的制服，在那天晚自習大家試穿時，才真叫人啼笑皆非，有的過大，有的過小，根本沒有按照尺寸做給你。於是，有錢的傢伙，紛紛拿到對面成功新村的眷區，請人修改。至於你，只有照穿。現在你想，你沒有受到鬼女生的青睞，關鍵就在你的服裝上，至於你的臉孔，比那些混蛋都清秀。而體育科的那些傢伙，個個衣服修改得像美國西部的英雄。我記得那次會後，教官又單獨把你叫去，問你：

「你為什麼不理髮？」

「我的頭髮根本不長。」

「你這樣的頭髮還不算長嗎？」

「不長。」

「我看是太長了。」

「我自己覺得不長。」

「我認為長就是長。」

我沒有再爭辯，因為他認為長就是長；那時沒有披頭的流行，你的頭髮只是沒有常常保持戴上帽子後，兩邊和後面須光光的不能露出頭髮而已。教官繼續逼問：

「那麼你理不理髮？」

「理，只是頭髮長得太快了。」

「現在你還跟我說笑話，混蛋。」

我一再地被他弄得不得開口說話。

「那麼我命令你現在去理掉。」

「我沒有錢。」

「你沒有錢?!」

他一向領錢和管人慣了，不知道被管的人常常沒有錢用。他似乎很慷慨地從袋子裡掏出一疊藍色鈔票，可是卻態度惡劣地抽出一張，用力打在桌面上，並且大聲說：

「去理！」

假使你遭遇這種境況，你要怎麼辦？你也許會說：

「好，我去理。」

可是你要不要拿他的錢呢？你呢？我沒有拿他的錢，他說：「你沒錢就不應該來讀書。」我離開那裡，心裡永遠記住他的話：沒錢不要讀書。我根本就不想受什麼鬼教育，要不是混蛋父親責打我非上小學不可，然後他自己上天國去清靜，讓我留著到處受苦。我想：讀書沒什麼了不起，尤其讀美其名為正式的課程；沒讀書也會有用的，只是凡事不要欺騙人；要不是說公費，我便不會來「土宛」，你也不會出這種錯；那教官說的不錯：沒有錢就不應該來讀書；的確窮人自會有窮人的打算，不一定要上學受罪。坦白說，你在「土宛」可真記不住曾讀過什麼讓你感動的書；除了《茵夢湖》、《懺悔錄》、《老人與海》、《林肯外傳》、《諸神復活》，還就是你最喜歡而且全本抄錄在日記本上的惠特曼的《草葉集》。

然後是第二次鈴聲傳來，考試已經正式開始。我和校長倪莫樂先生，兩者到了最後關頭，似乎還未談到正事。這種情形真叫人洩一萬噸的氣。鈴聲連續搖了五次，我在心裡清清楚楚地數著；我想，一定是那個跛腳的水電工，臨時叫來扮演這種搬搖的角色。自從昨日黃昏起，我便在期待著這個鈴聲；你聽到它拖泥帶水般的聲音，便想到童年在家鄉等候那個賣冰淇淋的老傢伙，聽到他的搖鈴聲，便迅速地跑出去，手中握著一毛錢。

鈴聲停止，心裡頓時覺得一陣痙攣般的舒服，彷彿你獲得了正式的赦免。

同時，我心裡也湧起無比的感激之情，因為倪莫樂校長的胃痛，使他無能批准你參加畢業考試。我真希望他進一步痛得昏厥過去，因為他如准你去考，你要憑什麼功夫去寫那些要命的試題呢？坦白說，我擔心你會一個字也寫不出來；要是事情真的演變成那種樣子，那麼你的災禍才算是真的災禍了；你一句辯白的話也不能說了，變成事情一切都是自己搞糟的，再不能責怪別人了。現在的社會不都是這樣嗎？把責任推給外力，那些墮落的人把自己墮落的因素推給國家不強盛；拍不好電影便歸給觀眾要那種口味；寫不成好小說，便說讀者能力低；把詩寫成那調調，說是一種創新；總之，什麼芝麻有差錯都不是自己，都是時代、都是國家、都是潮流、都是別人，但絕對不是自己差勁；不然就說那是混飯吃的，這是給二流雜誌的，真正的好貨實在抽不出時間寫。如果你倒得更楣，在禮堂冒冷汗，寫不出一個字，叫人捉到這種證據，你便得冤枉地繼續留在「土宛」當笨蛋做笑料，那時你比啞巴吃黃連，更加有苦說不出了；不是嗎？你必須感激倪莫樂校長擔當了這個責任，他畢竟有超人一等的透闢的仁慈，不像葛文俊教師把你踢給教務主任閔真先生，閔真先生再把你踢給校長，而校長倪莫樂先生便沒有地方可踢了，假使他心狠把你踢到禮堂去，你將怎麼辦？

我真想走過去，去為校長倪莫樂先生捏肩筋，讓他的胃痛平服下來（在鈴聲響前，你希望他昏厥過去）。他畢竟是個仁慈的好人，一個相當沉默而不得志擔負使命的好人，你無疑是這樣相信。那時我覺得你站在他的對面（中間隔著一張巨大的辦公桌），似乎已經有幾秒幾分幾時幾日幾月幾年了；因為一切算成定局了，你站在那裡開始覺得十分無聊和洩氣。你也不必對他說：

「謝謝，倪莫樂校長，謝謝您。」

他的仁慈並不需要你的恭維；他過橋比你走路多；你只要離開就是了，可是你別把他胃痛的事宣揚出去；因為人人都有那該死的胃痛；長期情緒不好所鬧出來的胃病；你只要心裡記住：因為校長倪莫樂先生的胃痛，所以無能批准你參加畢業考試，這樣就得了。雙方沉默是有好處的，沉默代表一種最廣度的諒解；你離開就是，校長倪莫樂先生相信自己能照顧自己，不用你來關照他。畢竟我已經站在那裡有幾年幾月幾日幾時幾分幾秒了，所以你便移動腳步走出來，像童年聽到鈴聲走出戶外向那個賣冰淇淋的老頭買冰淇淋時一樣，連對校長倪莫樂先生行禮都不要，那些虛套芝麻在所有正事之前，的確顯得笨手笨腳，誰都恨那些虛套芝麻。

十九

我回到寢室，躺在床鋪，仰望著天花板。你在那裡聽、感覺和想；你已經不能再想到任何事物是與你有關係的；你也不能感覺「土宛」是你的家；你聽不到任何聲音與你有連繫；你曾是桑代克的一隻嘗試與錯誤的老鼠，現在已經不是，所以我仰臥在那裡，備覺無聊和洩氣。你的整個生命的熱血寒流靜止後，正待著溫暖而重新流動；你的思想指向著一個理想的出發，指向一個不知如何是好的未來；你覺得去流浪或者去做勞工是一種了不起的形態；你想去尋找什麼，雖然還未確定那是什麼，可是你總覺得非要那樣做不可。你想到在家鄉日夜盼望你成為一個小學教師的癡癡的母親（她已經指日可數的盼望你回家），便想向天空申辯什麼，否則那似乎是單純的一種愧疚；而母新和她的兒子之間的瞭解總是那麼單純；母親對她的兒子的希望也是那麼單純；而做為母親的兒子是多麼艱難地去履行那種單純的付託；做為母親的兒子的心情也總是那麼的矛盾和困苦。所以你想：有她和沒有她都沒什麼分別了；母愛和孝親真是他媽的不能相等而語；這裡面沒有一個人可以有資格指責別人是他媽的不母愛或不孝親。我發過誓罷？我多麼容易忘掉自己說過的話；如果沒有，我再發一次誓；不過我好像在開始時就聲明，不把這種說不清的芝麻加在這個故事裡。所以你要免除這一方面的情緒；假如你想這種情緒是不能免除，那麼我可以將家庭的事以及貧窮的芝麻，再做另一個開始和長長的述說；在那另一個單獨的故事裡，主題當然是貧窮這罪惡的芝麻，想罵的當然是社會的道義，以及人心的消極，讀書人的自私，和血液中的奴婢性格。貧窮的由來當然是苛酷的剝削，以及……我發誓不在這裡再說有關它們的半句話；要說我將在別的地方，因為這個事件就快結束了，只要我把它結束便完畢了。說了那麼多不三不四的話，一定十分惱怒你，不過我知道你寬闊的胸懷可以包涵無疑，只要你覺得我是多麼單純，多麼善意，多麼愛自己的國家和民族，你便不會在乎我說了什麼而得罪你；因為你也是那麼單純，那麼善意，那麼愛自己的國家和民族；自己的人所說的讚美的話太多了，也應該有時有人出來說說批評的話。我知道我在說這個故事時，犯了許多錯誤，許多文學上的錯誤，可是你要原諒我不懂那些文學上的萬千的禁忌和避諱；譬如錯字是我的特徵，所以要全靠你明瞭我的內在聲音就是了；譬如重複說到貧窮，那實在真不容易控制；假如一個人的生命一直是由那樣的一條路而來，那是真不容易控制的事；有時脫口說出半截，才猛然發覺，卻已經不能避免，只要還來得及加以阻止，任何人都能諒解；只要它們說出來，不失為一種和諧美好的韻律，任何人都能包容。

記得童年在家鄉，遇到不高興的事時，我會帶「西洛」到沙河上去排遣整個下午；或者高興的時候，你也到沙河去，夏天尤其好，開始在淺水的地方學習游泳。可是現在已不能回到那兒，你已經長大了，沙河也和以前不一樣了，人們把垃圾都傾倒在河床上，把水污染了；你在每年暑假回去，走近沙河便嗅到一種腐臭的氣味，瀰漫在十分潔淨的童年的空氣裡，所以你只得掉頭離開。但是還有別的乾淨地方可去，到沙河上游的水潭中去釣魚，不過「西洛」已經死了，沒有任何的好伴侶。可憐的「西洛」死於狂犬病流行的那年；那是剛光復不久，各種傳染病都有，父親也染上天花，真慘；但父親不是死於天花，他的死是失業和悲憤；而「西洛」在外面誤食毒狗的餌肉。一條狗死時，有時是比一個人死時更使人傷心。父親死時，我只嘆了一口氣，我不能說是悲傷或是不悲傷，因為他失業太久了，已經喪失了希望，對於我只有極壞的影響；我不知道他日日憂鬱想的是什麼？但我想一個人要是失掉生活的希望，最好是死掉。我不是不喜歡父親，可是他似乎像一般人一樣仇恨這個時代；他的年歲在失掉鎮公所職員職位時，已經不可能再從事任何職業；我也覺得既是公務員就得一輩子是公務員，否則就去死。現在回憶起來，比那時他死時要傷感得多；因為時間越長，我便能越看清楚；譬如有一件事是我現在不能否認的：我是他的兒子，和他是一模一樣的笨蛋。現在我倒想為他灑幾滴淚，但那時一滴也沒有流出來，覺得他死了倒好些；那天上午出葬，下午我便和「西洛」到沙河去；我一直往上游走，發現了許多我不曾看過的事物；我那時只想一直走，不再回到鎮上的家來；可是有些混蛋就是那麼好管閒事，硬把我拖回來。而「西洛」在掙扎時，真叫人不忍卒睹，要是你有槍，也許會加牠一彈，趕快結束牠那因毒害而痛苦的掙扎，「西洛」的嘴一直冒出白沫，中毒很深，眼眶和鼻梁都發黑，母親說不能靠近牠；那時牠是你的好伴侶，你如何能不去抱住牠呢？可是母親寧可讓你哭昏了，也不放開你去接近牠；最後那可怕的黑紫色的血從嘴和鼻孔流出來；牠就躺在大街上，那裡圍著一大堆人；我覺得真羞憤，然後有人把牠拖走了。

可記憶的事真多，在那童年的時光裡，但並不像中國文學家所寫的那一味的快樂甜美；沒有快樂，假如你是生長在貧窮和失業的家庭裡，你便沒有甜美和快樂，而是一大堆說不完的不快樂；而那些芝麻說出來一定十分煩厭別人。總之，你突然想到：必須離開「土宛」這個鬼地方；就像你那時離開家鄉那個鬼地方一樣。

要是說，讓你不經過那一關畢業考，也給你小學教師的工作，我想你也不會覺得高興或滿足了；你真不想當什麼窩囊小學教師，因為你的情感已不再能適應什麼窩囊小學教師的那種齷齪工作了。不過，別誤會，小學教師的工作並沒有什麼不好；我的意思是說：假如你是生存在一個很愉快自足的情緒裡，就是給你清道夫的工作，你也會覺得自由勝任愉快；而假如你是生活在頹喪、迷茫、無可如何的情緒裡，就是給你什麼高地位芝麻，你仍然覺得不自由不快樂；總之，你覺得空氣真不對勁，你必須趕快離開「土宛」；你要是在那裡再躺一分鐘，你便會窒息死掉了。

我從床鋪跳起，幾乎要撞到天花板，像一條憤怒的魚躍出水面很高。我把帆布袋子從白遮布後面拖出來，打開皮箱，把幾件內衣褲塞在帆布袋裡。突然發現衣服底下有一個木質十字架，白質的耶穌全像嵌在上面；它有一尺長，是寒假回鄉時，妹妹玉美給你的。天真活潑的妹妹信奉天主教，所以有這種東西。由於那耶穌像照過陽光後，在黑暗地方便會發出紫色的光，你覺得十分稀奇而感到興趣。妹妹玉美在小鎮和那些時髦信奉天主教的有錢子弟混得很好；但你很討厭他們，可是你卻很喜歡耶穌這個傻混蛋，因此你便把祂和十字架帶著來。我的厄運似乎是自從帶著祂來開始的，那麼你應該把祂毀棄，不應再帶著祂與厄運挑戰到底。但我並不做這樣無稽的想法，我覺得帶著祂，反而給你慰藉；沒有人比耶穌更傻，比耶穌遭到更大的苦難；所以祂應該是你的朋友，有祂在你身邊會有益，信心會大增，更覺得「土宛」實在不是什麼了不起考驗人的地方，你越快離開越好。

我站起來注視架子上面的東西，把抄錄《草葉集》的日記本也塞在帆布袋裡，但是墨水瓶沒有了，我想，一定是馬步良把它拿去了。馬步良那混蛋，凡是我的東西也等於是他的東西，但是他的東西並不一定是我的東西。現在你根本不計較這些芝麻，你把牙刷也塞進帆布袋裡，其餘的，你就不方便帶走了。

突然之間，我想到一位在東部花蓮的長輩，名叫劉仁和，是祖父的兄弟，他是家族中的一個怪人，曾受到日本人的監禁，到過日本和中國大陸，光復那年才回家鄉來。他始終是個單身漢，他出發到東部去，從此沒有任何他的消息。你只大概知道這些事，並不知道他到底是怎樣的一個人，甚至也沒有任何有關他的影像的記憶，那時你聽父母說時年紀太小。現在我會想到他，好似你與他有什麼共同的地方；你也像要出發到東部，你想像中他單獨住在東部山坡的小木屋裡，你也要單獨住在那裡；只有這一點使你感到他與你有點接近，就像你看到耶穌像，也同樣覺得接近。這就夠了，不是嗎？這就足夠了，生存的確並不如你想像中那麼寂寞或什麼的，你的信心逐漸增加升高起來。

我必須留一張字條給馬步良，叫他把你的遺物託運火車，寄回鄉下給母親。這樣不好，應該讓母親永遠不知道你的事；有一天，始終沒有等到兒子回家，便會相信她根本沒有這樣的一個兒子可期待。所以遺物應該轉贈給慈善的救濟機關，分贈給貧窮的人；但我又覺得你的東西太貧乏，救濟機關根本就不會接受這些零當芝麻，他們比什麼更勢利；於是你想把它燒掉。突然你因這樣想而興奮起來；為何不把「土宛」也放一把火燒掉呢？當你看到那些傢伙驚慌地從禮堂跑出來時，一定會使你大笑不已。這是十分好的主意，也真叫人看到火花時歡快一場。但是你的心突然為一盆冷水灑涼了，因為這樣做，假使你逃不出這火劫，不啻是把你要去尋找的理想敗滅；你便沒有機會尋找你的理想。總之，你不能太計較眼前的這些芝麻，你只要放在那裡離開就是了，你畢竟有更重要的事要做，你不能做個瑣碎事的笨蛋，為這些瑣碎芝麻操心。

所以，我根本不需要寫什麼字條留給馬步良，他會看得出來，甚至他管不管都無所謂。他根本不是你什麼了不起的朋友，他也有他的事要做。活在現世的人都沒有時間去為其他現世的人著想什麼；人是個奇怪的動物，他總是為未來的人想，或想過去的人，至於現在的人，便不關心了。你只要知道這一點，便不會埋怨任何混蛋，或詛咒任何齷齪的窩囊事。

好不容易，我終於提著帆布袋踏出寢室門口。我沿走廊走，那些「土宛」的走廊是四通八達的，使你覺得走不完似的。所以你踏著輕鬆的腳步，沒有人為你送行，根本就不必搞心情沉重或依依不捨的假玩意；你覺得腳步真輕，好像沒有著地，幾乎是在薄冰上，沒有聲音。

突然我覺得身後似乎有人跟蹤，但你不知道他是誰，你根本不想回頭看，因為要是讓你認出他是鄂仁傑教官或那一位混蛋傢伙的話，一切都要改變了。那時，你真不希望再有節外生枝那一回事，一切都夠了，無需再改變什麼了，應說只照著你自己的路走。我記得聽過這樣的告誡：在黑暗的地方走路不要回頭看。好像是母親說的，因為她每天到鄉下去買雞時，總是來不及在天黑之前趕回來；那些山路總是聽人說鬧鬼；我想母親單獨一個人走時一定相當害怕；那麼她說這樣的一句話，一定是充滿了體驗。坦白說，我那時在「土宛」的走廊走，感覺和苦難的母親是一樣的；雖是大白天，你覺得到處都黑漆得很。比晚上在山路走更令人想到什麼芝麻混蛋。母親就是母親，總是把她的體驗告訴她的兒子，以免兒子將來吃到虧。因此我拐彎抹角地走，而我覺得那不明傢伙好似緊跟不捨，距離你有十五碼或二十碼，但你無論如何堅持不回頭。

我覺得像在那些山路走廊走了幾年幾月幾日幾時幾分幾秒了，因此，你必須想辦法擺脫那個跟蹤的鬼。突然你轉到鬼女生的宿舍去，走進門口的那間其大無比的廁所，躲在數千萬間中的一間，把門關起來。你在裡面屏息地傾聽著，那個鬼好似迷惑在門口，他好似為了什麼顧忌沒有走進來尋找，一直等在走廊徘徊。

你在裡面覺得很窩囊，奇怪的是，你在那裡也發現了用鉛筆畫的「海鷗」。幾乎是清一色的海鷗，牠們密密麻麻地飛著，不容易分出那一隻是那一隻，好像每個進來過的鬼女生，都會為自己留個存在的記號。開始時，你覺得在裡面實在無聊透了，所以決定蹲下來數一數那些「海鷗」。你默數著，時間像過了幾秒幾分幾時幾日幾月幾年了；牠們有一萬隻不止，而且在細辨和比較之下，不會有兩隻相同的。突然你意外地發現，在海鷗羣中藏有一個什麼，非常神祕，非常的小，如果你不是一隻一隻地去細數海鷗，你便不會從中分辨出來。無疑它很可愛，就像畫冊中丘比特那隻小巧可愛又好玩的小鳥，凡看過丘比特畫像造形的人都相信。你不會想像它想射出什麼窩囊東西出來，除了有些笨蛋把他的造形塑造在私人的花園中當噴泉，那是無聊透了，而這它只是一個美麗可愛的象徵。

這事，我想，好像最先有一個喜歡幻想的鬼女生，想把丘比特畫在牆壁上，但丘比特卻沒那麼容易畫，最後只畫了他的小鳥做代表。於是凡看到的鬼女生，便為自己畫了海鷗圍繞在上面，因為她們無不喜歡丘比特的緣故，她們看到了那可愛的東西都能會意，產生純美的幻想和期待。我想：這沒有什麼可非議的。於是，在不知不覺中，我突然喜愛那些鬼女生了，變得很懷念，突然你也記起來，童年時和雪娥姐姐，以及一些鬼女孩玩家家酒。你非常的想念她們，正像你那時在裡面懷念那些鬼女生。你想一一把她們的名字大聲地唸出來，可是你想到外面的鬼會聽到。

我再倚耳傾聽，無疑他還在外面的走廊徘徊，等候你出來逮住你。可是我擔心，一會兒鬼女生下課衝進來時，會弄得場面很尷尬不堪，你想解釋也說不清。我抬頭望出後窗，看到那堵高牆就在窗口近前，圍牆頂上露出閃亮不已的獰犽的玻璃片，於是爬上窗戶，非常小心地，勿使自己發出任何響聲。你站在窗上了，伸出右腳，踏在圍牆頂上的玻璃片上，然後把重心移到右腳；你覺得玻璃片正在刺穿鞋底，但我顧不得那麼多了，迅速地左腳移過來；由於太慌張，便整個身體翻落到牆外田埂上，差一點滾到水田裡。那年第一期水稻繁茂生長高度，正好把我的身體遮掩起來；我坐在那裡，翻看右腳，血正從刺穿的鞋底擠出來，好像流血的不是你的腳底而是那塑膠鞋底；可是還算慶幸，你終於跳出了「土宛」了；不論三七二十一你都得走上自己的路了。

後記

文學批評界近來有一極令人注意的現象，那是周寧先生和高全之先生所具有的瞭解和寬容。但我以為距離現代文明的社會所應對文學藝術的接納的精神還有一段頗長的距離。文學家的任務並不在提倡高調的生活哲學，也並不規劃什麼健全的倫理；但他的責任是批判現時的社會生活，更重要的是揭露人類生存的心象；他的生命在於創作。西洋文學藝術萬象並存，極合乎自然之道，我希望在台灣亦能開花結果，站在更高主知地位的文評界不能觀念偏狹，或重彈老調。

過去十年，我寫了許多作品，分別收到幾個集子裡，仍有許多作品因為我的懶惰沒有成集出版。這個集子是熱心的朋友在一夜之間為我成集，巧合的是，這些作品大都有一個共通的現象來說明男女情愛的夢幻，譬如〈蘇君夢鳳〉所寫的，一個懷抱理想戀人的男子，在事實成空之後，竟依然固執不能接受現實之愛。〈絲瓜布〉所寫的是一個男人的情愛理念在與勢利的現實無法取得諧調之後的憤怒，這一點與高全之先生的解釋顯然有深淺程度的差距，這種體會也許會因人而異。

但我要特別指明的是，那不是單純的一巴掌，也不是男人單獨對待一個個人女子。在那一瞬間，那女子已由男人私有的情人而轉變為他所希望愛和生存的社會的一個象徵。這一層實在不必由作者自己來加以解說。但也許有人會指出它的篇幅太短，無以形成那樣大的力量。但我再想用多的描述是無益的；靈感促成我需那樣寫，它必須只有那樣寫，那一巴掌履行了我的意念的達成。那個女子購買絲瓜布是社會行為，她與另一個女子合買變成一個社會階層的代表，鄉婦則是另一窘狀階層的象徵，我認為此作比一首動人的詩更有震撼力。

當然高先生的文章非常的精彩，許多站在文評界的學者亦會那樣說。但我要說他的精彩是他提出的問題，即命題本身而已。其內容，我感覺瑣言太多，尤其多半解釋得不十分深入或有偏差，有時很武斷指我是暴君。

談到「自由」與「獨立」這兩個名詞，他就有挖苦人的味道。自由與獨立是做為人類的呼求與態度。人需先獨立才有自由，我將特別著重人需先健全自己才能爭取到自由。我不諱言在這一層上有教誨別人的意圖，但它包括警惕自己過活不要失去這個原則。它的意義使我在任何的情況裡都想去加以發揮和闡明，因此，它在個人的生命意志與宇宙的關係意義上較之個人與政治立場上的關係更為明顯和重要。而誹謗之加之於我，可能就在這裡的誤解之中。我畢竟非三十年代或某一個時期某些作家特意標榜自己為某種階層，裝作想為某階層做為代言人；如能統觀我過去的所有作品，將更能明白；因為把自己立於某一派別或某階級的作家而言那是一種驕狂；我不是個合羣的人，絕不會產生那種意識形態。

批評之危險是文評家不明白作者的真正成長歷程，粗心的文評家會馬上將手上的資料當作真憑實據而發出套套的立論，這類者又往往不能從作品中判斷何者是作者的早年作品，何者為後，以及辨別作品的性質，最可惜的是他無法從作品捕捉作者靈思的真面目，而只在理論上捕風捉影。以高先生為例，他就不明白我的作品那一篇屬前，那一篇屬後。《僵局》雖是我最先出版的書，但裡面的篇章大都較〈精神病患〉、〈放生鼠〉而後寫的，照他的意思，好像我已進入瘋顛的地步，使我也不得不被他弄得發笑起來。我希望不久的將來，將我從民國五十一年至六十一年這十年間的作品按照創作的順序而編成一個小全集，這可以方便文評家，相信也會給愛好沉思的孤獨讀者一點喜悅。

事實上，我的作品發表和成集的經過，可以寫成一本辛酸的故事。有一位迷信筆畫數字的朋友對我說，我的名字將有一個收受冤屈的命運。我常常懷疑出版家的原則和理想在那裡？就像文評家，他到底站在何種地位替誰講話？有人說少數的批評界都是一些利用文評的交際專家，這事是否可相信？是否有真才實學的良知型批評家被壓抑了？許多的事也許大家都心照不宣，所以像高先生或劉紹銘先生的批評之不忠懇之處，我想他們心裡有數。我可以相信繼周寧先生和高先生之後將會進入一個新的批評時代，而且很顯然地有某些作家將成為這個新年代的祭酒，他們的作品也將成為文評家的試金石。

中華民國六十四年十二月十日

（本文為一九七六年遠行版《來到小鎮的亞茲別》序）

七等生創作年表

INK PUBLISHING

七等生全集 04

削瘦的靈魂

作　　者　七等生
圖片提供　劉懷拙
總 編 輯　初安民
責任編輯　陳健瑜　孫家琦　林家鵬　宋敏菁　施淑清　黃子庭
美術編輯　黃昶憲　陳淑美　林麗華
校　　對　呂佳真　潘貞仁　林沁嫺

發 行 人　張書銘
出　　版　INK 印刻文學生活雜誌出版股份有限公司
新北市中和區建一路 249 號 8 樓
電話：02-22281626
傳真：02-22281598
e-mail：ink.book@msa.hinet.net
網　　址　舒讀網 http：//www.inksudu.com.tw

法律顧問　巨鼎博達法律事務所
施竣中律師
總 代 理　成陽出版股份有限公司
電話：03-3589000（代表號）
傳真：03-3556521
郵政劃撥　19785090　印刻文學生活雜誌出版股份有限公司
印　　刷　海王印刷事業股份有限公司

港澳總經銷　泛華發行代理有限公司
地　　址　香港新界將軍澳工業邨駿昌街 7 號 2 樓
電　　話　852-27982220
傳　　真　852-27965471
網　　址　www.gccd.com.hk

出版日期　2020 年 12 月　初版
I S B N　978-986-387-372-3
定　　價　390 元

新匯流出版中心

國家圖書館出版品預行編目資料

七等生全集. 4／
削瘦的靈魂/七等生著 -初版. --
新北市：INK印刻文學, 2020.12 面；　公分
ISBN 978-986-387-372-3(平裝)

863.57　　109017954